Marianne E. Meyer

Zugvögel

auf Rädern 2

Gesund Reisen im Wohnmobil

Für Marokko-Insider

Die in diesem Buch vorgestellten Informationen wurden sorgfältig recherchiert und nach bestem Wissen und Gewissen weitergegeben. Dennoch übernehmen Autorin und Verlag keinerlei Haftung für Schäden irgendeiner Art, die direkt oder indirekt aus der Anwendung oder Verwendung der Angaben in diesem Werk entstehen. Die Informationen sind für Interessierte und zum Weitersagen gedacht.

© 2016 by Marianne E. Meyer, Tavira, Portugal
Alle Rechte bei der Autorin
drmarianneemeyer @ gmail.com
www.marianne-e-meyer.com

Umschlaggestaltung,
Satz & Layout: M. Meyer

Bildnachweis
Titelbild und alle nicht bezeichneten Fotos M. Meyer
Rückseite: Die Marokko Globetrotter
Fotos im Innenteil: R.Taylor S.2, C. Troßmann
S.9, P. Meyer S.18,28, 31,58,90,92,94 R. Daun
S.54,89,91, E.F. Braun S. 87, H.Müller, S.91,
CMC S. 99

Herstellung und Verlag:
BoD - Books on Demand, Norderstedt
ISBN 978-3-7347-8885-7

Einige weitere Bücher von M. E. Meyer:

Familien-Code - Der Tod ist keinesfalls das Ende

Wasser verbindet unsere Welten

Spirulina für ältere Menschen

Psyllium - So bekommen Sie Ihr Fett weg

Wunderwesen Wasser: Clusterwasser stoppt Allergie, Alzheimer, Krebs...

Spirulina, das blaugrüne Wunder

Marianne Meyer, Apartado 320
P-8801 Tavira

M. Meyer hat bereits 4 Kontinente bereist. Ihr geht es stets mehr um das Verstehen von Land und Leuten als um das Sammeln von Sehenswürdigkeiten.

Beruflich hat die Autorin viele Lebensstationen mit dem Fokus Lebenshilfe und Heilen angelaufen. Einst Arzthelferin, studierte sie später mit den Schwerpunkten Familientherapie und Gerontologie in Frankfurt. Es folgt ein Studium der Ernährungswissenschaft in USA. Die Dissertationsstudie über Immunabwehr und Spirulina veröffentlichte Dr. Meyer in ihrem Bestseller *Spirulina, das blaugrüne Wunder.* Sie lebte 10 Jahre in den USA, dazwischen in Südhessen. Bis vor Kurzem arbeitete sie zeitweise mit schwer erziehbaren Jugendlichen in der Algarve. Pioniergeist und eine große Hingabe an das Wohl der Menschen beflügeln sie.

INHALT 3

Bemerkungen zu *Zugvögel auf Rädern* Band 2

Die Leser der Erstausgabe, *Zugvögel auf Rädern - von Michelstadt nach Marrakesch,* waren von meinem lebendigen Schreibstil begeistert. Es sei ihnen beim Lesen vorgekommen, als ob sie mit dabei gewesen wären. Einige hätten aber etwas ganz anderes erwartet. Deshalb habe ich die vorliegende erweiterte Ausgabe meines Reiseberichts präziser betitelt. Natürlich finden Sie bei einer Ernährungsexpertin auch Gesundheits- und Lebenshilfetipps. Allerdings fällt das in dieser Romanform kaum auf, da sie meist im Gespräch mit alternativ Geheilten, den *medizinischen Wundern,* vorkommen.

Diese erweiterte Neuauflage enthält ein weiteres Kapitel: *Von der Algarve zur Plage Blanche.* Es beschreibt unsere Reise durch eines der schönsten Länder der Erde von Anfang Februar 2015 bis Mitte April nach zehnjähriger Pause.

Seit fast zwanzig Jahren schreibe ich vor allem Gesundheits- und Lebenshilfebücher. Wir sind alle mit bestimmten Talenten geboren worden. Meine sind, Menschen Hoffnung zu machen, sie zu motivieren, ein gesundes, erfülltes Leben anzustreben und die Dinge zwischen Himmel und Erde zu erkennen und benennen, die gemeinhin für unmöglich gehalten werden. Oder, um es mit Shakespeare auszudrücken, aufzeigen, dass es *mehr Dinge zwischen Himmel und Erde* gibt, *als Eure Schulweisheit sich träumen lässt.* Meine mütterlichen Verwandten, zu denen auch die berühmte Sängerin und Schauspielerin Doris Day gehört, haben fast alle das Zweite Gesicht.

Mit *Übersinnlich in L.A.* und den Wasserbüchern beschritt ich bereits heikles Terrain. Das ist bekanntlich alles, was mit sogenannten paranormalen Phänomenen zu tun hat; zumindest für jene, die ihren wissenschaftlichen Ruf nicht aufs Spiel setzen wollen. Mein autobiografischer Roman *Familien-Code - Der Tod ist keinesfalls das Ende,* der auch über Doris Days Leben informiert, sollte laut einer Leserin in keinem Haus fehlen.

Vorwort

Liebe Verwandte, Freunde und Interessierte, mit diesem Reisebericht will ich Euch zeigen, wie Peter und ich den Winter zu überlisten pflegen. Auch ist es mir ein Bedürfnis, dem familiären Geheimnis auf den Grund zu gehen. Dieses hat mich schon zum Schreiben zweier Bücher veranlasst, stets in der Hoffnung, eines der Bücher würde in die richtigen Hände fallen. Eines der ersten Exemplare des Buches, das ich Doris Day zum 90. Geburtstag schenkte, hat mir sogar der Schwager von Donald Sutherland abgekauft. Da er nur ein einziges Mal unseren Shantychor besuchte, dachte ich an eine Fügung. Findet ihr es nicht auch mega merkwürdig, dass in Carmel nicht nur die prominente Verwandte meiner Mutter lebt, sondern sich auch der Großvater meines Vaters daselbst niedergelassen haben soll?

Namhaft oder *Nobody* ist mir egal. Indes liebäugele ich mit dem Gedanken, Henry Miller könnte mit meinem Vorfahren verwandt sein, da sein Vater ein Schneider aus Bayern war und seine Mutter in Hessen aufwuchs. Michelstadt ist in Schusters Rappen Distanz vom Dreiländereck Baden-Württemberg, Bayern und Hessen. Großmutter Marias veröffentlichte Gedichte sowie meines Vaters und Bruders literarische Ambitionen sprächen dafür. Auch lebte Henry Miller zehn Jahre lang in der Nähe von Carmel. Und, obwohl längst in höheren Gefilden lustwandelnd, macht er ständig auf sich aufmerksam. Meine Freundin Celeste war ein halbes Jahr lang seine Gesellschafterin. Sie verriet mir einige Geheimnisse. Irgendwo las ich, Schützen könnten keine für sich behalten. Ich schon! Schade für Euch. Wie Henry sich in *Big Sur und die Orangen des Hieronymus Bosch* darstellte, erinnerte er mich an meinen Bruder Heinrich, der wie Miller am 26. Dezember geboren wurde. Können so viele Übereinstimmungen

Zufall sein? Von meinem Urgroßvater, der sich mir in unserer ersten kalifornischen Bleibe als Geist zeigte, weiß ich nur so viel: Der wohl neuapostolische Hanauer wanderte, nachdem er an Weihnachten 1901 das Kind der Liebe gezeugt hatte, nach Amerika aus. Ein Ehrenretter aus der neuapostolischen Gemeinde heiratete Wilhelmina Meckes in aller Hast und am 5. Oktober 1902 erblickte Maria als *7-Monatskind* das Licht der Welt.

Viele, denen ich mein Geisterlebnis berichte oder die es in meinem okkulten Erfahrungsbericht lasen, glauben an einen Traum. Gleichwie hat sich mein hagerer Urgroßvater mit buschigen Brauen und Koteletten in einem hellblauen Hemd mit hochgekrempelten Ärmeln und dunkelgrauer Hose sichtbar gemacht. Könnte ich die Alben aller nordkalifornischer Victors durchblättern, würde ich ihn wiedererkennen? Er habe den Namen Dieter Victor angenommen und in der Gegend um Carmel gelebt. Klar, 100% sicher war ich mir hinterher nicht mehr, ob ich den Namen richtig verstanden oder ihn mir korrekt gemerkt habe. Deutsche Kinder meiner Generation wurden selten so erzogen, dass sie sich in irgendeiner Sache ganz sicher fühlen. Da mir aber meine Mutter kurz darauf dieses Familiengeheimnis ausgerechnet bei einem Spaziergang durch Carmel lüftete, betrachtete ich es als Bestätigung. Doch die übergroßen Werbepostkarten des Buchs *DORIS DAY AND MY SEARCH FOR RELATIVES,* die ich an 15 kalifornische Victorfamilien mit erklärendem Text sandte, ergaben bisher kein Feedback.

Heizungstrockenes Wintergrauen ade!

Die eisige Jahreszeit hatte ihre morbide Pelerine ausbreitet, und die Kälte fraß sich durch sämtliche Ritze. Unser Stimmungsbarometer sank stündlich, besonders das von Peter. Früher stutzten wir Onkelchen Frosts Flügel und

verdrückten uns auf die Kanaren, bis wir uns im schönsten US-Staat am Pazifik nieder-ließen. Den hatten sich die Amerikaner 1848 im Mexikanischen Krieg einheimsen können. Derzeit ist Kalifornien vom Fukushima Fallout bedroht. Schlägt das Karma zurück?

Das Leben im Sonnenparadies genossen wir zehn Jahre lang. Sieben fette Jahre lebten wir in unserem in die *Santa Monica* Berge eingebetteten Refugium, zusammen mit Rehen, Kojoten, Waschbären, Uhus und Wildgänsen. Doch, da wir wegen des Gästestroms kaum verreisten, staute sich mein Drang nach Freiheit und Veränderung, besonders nach einem *Thanksgiving* bei Celeste. Die Ex-MGM-Managerin lebte in Topanga, der Hippiegemeinde westlich von L.A. Dort lernten wir Pia kennen. Die Schwedin modelte früher in München. Wir sprachen auch von ihrer berühmten Kollegin Uschi Obermaier. Pia schwärmte von Uschis Luxusbus, mit dem die Mutter aller Supermodels und ihr Lebensgefährte Dieter Bockhorn in Asien, USA und Mexiko unterwegs waren. Ich war selbst schon Feuer und Flamme als Pia den Kontakt zu der Bajuwarin herstellte. Das Gespräch mit Uschi verursachte mir das gewisse Kribbeln im Bauch und weckte meine Reiselust. Bei mir als Schütze mit Aszendent Zwilling braucht es dazu nicht viel. Ich sehnte mich nach einer Veränderung. Ich hätte gern ein Jahr lang unser Haus mit Uschis Bus getauscht. Meinhalb im Scherz geäußertes Angebot überging sie nonchalant mit einem Bericht über ihren geplanten Bildband, durch den sie dann eine Art Comeback schaffte und sich ein Haus in Topanga leisten konnte. Über ihre Reisen vermochte ich ihr nur wenig zu entlocken. Auf dem letzten gemeinsamen Trip war ihr Lebensgefährte bei einem Motorradunfall verblutet. Wir Globetrotter müssen alle damit rechnen, am anderen Ende der Welt unsere Partner zu verlieren. Zum Glück hält uns das nicht ab.

Wieso wir wieder im deutschen Schmuddelwetter gelandet waren, habe ich in *Familien-Code* ausgiebig ausgeführt. Es kam so einiges zusammen. Hinterher ärgerten wir uns, dass wir nicht in die Bacha California gingen oder nach Belize, wo das Leben viel preiswerter war. Aber der Fauxpas konnte auf Dauer unsere Laune nicht verderben, denn wir machten es den Zugvögeln nach. Wir ließen uns Flügel in Form eines Appartements auf Rädern wachsen. Da Peter befürchtete, es könnte doch nicht so unser Ding sein, übten wir erst mal mit einem antiquierten Wohnmobil der eigentlich exklusiven Marke *Concorde*. Aber wir gerieten an ein Alufraßmodell, mit dem sich selbst der Hersteller nicht mehr identifizieren wollte. Wäre es nach mir gegangen, hätten wir uns gleich ein neueres Wohnmobil gekauft. Mir liegt das Zigeunern im Blut. Immerhin war mein Opa Binnenschiffer und ständig auf Neckar, Rhein und Waal nach Rotterdam unterwegs. Zum Glück stiegen wir auf ein 1½ Jahre altes Womo um.

Als wir Anfang Januar 2002 mit unserem Hymer als letztes Gefährt in Algeciras auf die Fähre düsten, wurden wir von Erika aus Varel gefeiert. Sie fand es *mega cool*, wie wir binnen einer halben Stunde die Fahrkarten besorgten, Reiseproviant einkauften und in letzter Minute das Schiff erreichten. Sie erzählte es einigen Kollegen. Irgendwann kam der Bericht über *Radio Camping* wieder bei uns an. Jedoch dramatisch verändert: Die Männer hätten die Auffahrrampe wieder heruntergefahren, als sie uns mit 100 Sachen durch den Hafen rasen sahen.

Unsere erste Tour unternahmen wir 1998/99 und hielten es 6 Monate in Spanien, Portugal und Marokko aus. Danach fuhren wir nur noch drei Monate, da auch Peter sein Hobby zum Beruf machen, es aber nicht, wie ich, überall betreiben konnte. Das kam so: Als die Börse 2000 krachte, verloren wir wieder mal fast unser gesamtes Vermögen. Das passierte übrigens dreimal. Das muss uns erst mal einer nachmachen, dreimal Millionäre zu sein, jedes Mal nahezu alles zu verlieren und wieder von vorn anzufangen. In meinem astrologischen Chart steht u. a., dass meine Lebenslehre mit Verlusten zu tun habe. Da ich zu Sparsamkeit erzogen wurde, geriet ich immer an Partner, die mir zu Verlusten verhalfen. Edi *crashte* mein Auto, Günther überredete mich, für Edi's Schwester zu bürgen. Zwar hat Peter das Geld übers Gericht wieder geholt, aber bei ihm lernte ich das Loslassen *bigtime*. Mein Streben nach sicheren Geldanlagen entlockte meinem Glücksritter stets nur ein müdes Lächeln. Das Gejammer war diesmal besonders groß: Was soll ich bloß machen? In meinem Alter bleibt wohl nur noch die Müllabfuhr. Ich leierte den in Kalifornien so oft gehörten aufmunternden Spruch herunter: *Do what you love to do and the money will follow.* Zu Deutsch, tue, worauf du Lust hast und das Geld wird folgen. Oder: Lebe dein Talent und du wirst reich und glücklich sein. Bei mir fiel dieser Leitsatz auf fruchtbaren Boden. Meine amerikanischen Freunde sagen: Wir müssen so tun, als ob wir das, was wir gern sein wollen, schon sind. Da Lesen und Schreiben schon immer meine Hobbys waren, stellte ich mich fortan als Autor vor und fing an, Reiseberichte über Kalifornien zu schreiben, vor allem darüber, wie man ohne Geld *fun* haben kann. Falls du mal per Auto oder Wohnmobil die Vereinigten Staaten erkunden möchtest, probiere doch meine Favoriten mal aus:

1. Werktags können wir uns in einer Loge der Hollywood Bowl an einem besonderen Ohrwurm ergötzen. Die Musiker üben fast täglich für ein Wochenendkonzert und sind

6

dabei viel entspannter als bei ihren Auftritten. Viele Zaungäste genießen dabei in der Vormittagssonne ihr Picknick.

2. Liebhaber seltener Kunstschätze können sich im Paul-Getty-Museum die Zeit vertreiben. 1976 vermachte der Ölmilliardär dem Getty Trust $700 Millionen unter der Auflage, die Sammlung weiter auszubauen und Besuchern kostenlos zur Besichtigung freizugeben. Das reizend angelegte Areal mit dem atemberaubenden Blick über L. A. bis zum Pazifik versüßt einem noch den Aufenthalt. Das Museum befindet sich auf der linken Seite des 405er Freeways, kurz, bevor er in den 101er übergeht.

Das 3. Gratisvergnügen dient der körperlichen Ertüchtigung, die für das Aufrechterhalten einer funktionierenden Körperabwehr so wichtig ist wie das Entspannen: Wir können kostenlos Tennis spielen. Jede Gemeinde stellt einige Hartplätze zur freien Verfügung. Und wer mal keinen geeigneten Schlafplatz findet, fährt zu Denny's. Diese Speiselokalkette hat rund um die Uhr geöffnet.

Diese Aufzeichnungen gehörten zu meinem ersten schriftstellerischen Erguss in Form eines Kalifornien-Reiseberichts. Als allererster Leistungsnachweis wanderte er, Gilb ansetzend, von Schublade zu Schublade. Mein erstes Buch *Spirulina, das blaugrüne Wunder* basiert auf meiner Doktorarbeit über die Mikroalge Spirulina und Immunabwehr. Seitdem erfreue ich mich am wonnigen Prozess des Schreibens und am Glück, mit meinem Hobby Geld zu verdienen.

Zu Peter sagte ich, verschleudere deine Talente nicht, sondern lebe sie! Wir gestalten unsere eigene Wirklichkeit. Stell dir einfach vor, was du am liebsten machst. Bei mir hat es doch auch geklappt. Ich hab im Geist Lesungen veranstaltet und auf der Buchmesse meine Bücher vorgestellt. Peter motzte, du

hast gut reden, schreiben kann man in jedem Alter. Mir macht nichts Spaß, außer den ganzen Tag über die Nordschleife zu brummen. Glaubst du, mir altem Sack gibt irgendjemand Geld dafür, dass ich auf dem Nürburgring fahre? Stell es dir einfach nur jeden Tag vor! Unglaublich, aber wahr: Wenige Monate, nachdem ich meinem besten Freund das schöpferische Training seiner grauen Zellen riet, wurde ihm ein Job als Testfahrer bei AMG Mercedes angeboten. Jahrelang durfte er durch die *grüne Hölle* rasen!

Dieses Prinzip der Gestaltung unserer Wirklichkeit macht uns wirklich happy. Das Hobby kann erst mal Nebenjob sein. Ich bin dafür, alles auszuprobieren, was Freude bereitet. Letztlich sind unsere eigenen gesammelten Erfahrungen die wahre Wissenschaft.

Willst du z. B. wie wir, den Winter in Südeuropa oder Nordafrika verbringen, stell dir die Reise täglich vor. Selbst wenn du erst mal ein Wohnmobil mietest und es nur ein langer Urlaub von 4 oder 5 Wochen wird.

Uschi Lenz weckte vor einigen Jahren einen Wunsch in mir. Sie und ihr Mann Jürgen, unter den Campern als *Hauptmann* bekannt, erforschen seit Jahren mit ihrem Geländewagen Südamerika. Das würde mir auch gefallen. Wir kennen nur Mexiko, wo wir Ende der 80er nach rostfreien Oldtimer Ausschau hielten. Nun träume ich davon, Mittel- und Südamerika zu bereisen, doch statt mit dem Camper in Hamburg einzuschiffen, 4 Wochen lang europäische Häfen abzuklappern und von Dakhla gen Süden dem Panamakanal entgegenzusteuern, male ich es mir so aus:

Wir fliegen nach Kalifornien, kaufen ein Gefährt, fahren damit gen Mexiko, schließen an der Grenze eine Zusatzversicherung ab, sehen uns in Mittel- und Südamerika um, und wenn wir genug haben, verkaufen wir das Auto wieder oder lassen es bei Freunden stehen.

7

Die beiden Franken lassen ihren auf einer Auktion ersteigerten, selbst ausgebauten Mercedes 911, ein ehemaliger Funkwagen der GSG 9, auch in Südamerika stehen.

Bei uns kam alles anders: Wir landeten in Portugal. Doch wenn die Rente durch ist, soll es so weit sein, sofern kein anderes Lebensziel dazwischenfunkt. Alles ändert sich ja immer. *Veränderung ist die einzige Konstante.*

Bursins: Sandy & Sir Peter Ustinov

Beim Verlassen von Michelstadt in Richtung Neckartal bereiten wir uns mental auf die Feier des zweiten Weihnachtstags mit Kindern und Kindeskindern im Schwabenländle vor. Zügig passieren wir Erbach, die Gemeinde, die nach dem Wunsch vieler Bürger und Touristen längst mit Michelstadt vereint sein sollte. Als ich meine Lehre als Arzthelferin in Erbach absolvierte, waren Witze über die verfeindeten Städte an der Tagesordnung:

Zwei Erbacherinnen unterhalten sich über ihren üblen Nachbarn, der stets seine Frau verprügelt. Dass die sich des gfalle lässd. Sachemol, wo issn die eigendlich her? Ei vun Mischelschdad! Awas! Ei, doann keertre ah!

Da in der Papierfabrik hat mein Vater in seiner Jugend als Elektriker gearbeitet.

Er hatte also einen Kurzen in der Hose.

Ha, ha, hat der einen langen Bart.

Ein letzter Blick streift die Kuppe der Weidenhänge in Schönnen und das vorm dunklen, scharf abgegrenzten Mischwald im Glanz der Sonne thronende Bahnwärterhaus. Die kahlen Äste der flankierenden Bäume sind frostig angehaucht. In der warmen Zeit können Vorbeifahrende das Buntsandsteingemäuer hinter einer Symphonie von Büschen und blätterüberschäumenden Bäumen allenfalls erahnen. Wohl ein Grund, warum Günter Wallraff es stets von meinen Eltern mietete,

wenn er im Odenwald Vorträge über seinen Enthüllungsjournalismus hielt. Das Bahnwärterhaus *Posten 19* hat viel zu erzählen!

Während des Krieges fand dort eine burleske Gemeinde ausgebombter Verwandte und Freunde Unterschlupf. Bis vor 60 Jahren in einer Frühlingsnacht mit mahlend rüttelndem Getöse ein Panzer der US-Army angerollt kam, mit seiner vibrierenden Masse die Schranke durchbrach und das Haus zum Beben brachte. Maria versteckte den Armeemantel ihres noch minderjährigen Sohnes, der aufgrund von Krankheit und Heiratsurlaub nie zum Einsatz gekommen war. 50 Jahre später fanden hier zwölf Bosnier eine neue Heimat. Wieso führen denkende Menschen Kriege?

Schweigend passieren wir die prächtige steinerne Eisenbahnüberführung vor Hetzbach. Auf der verschneiten Höhe in Beerfelden sinke ich tief in den Sitz. Mein Gesicht entspannt sich, die Augen senken sich schwer in ihre Höhlen, die Arme hängen schlaff her-

8

unter. Immer wenn wir abfahren, fühle ich mich völlig losgelöst und finde die absolute Ruhe in der Bewegung. Peter neckt mich mit den Worten, du hast ganz vergessen zu erwähnen, dass deine Oma das Viadukt gerettet hat. Mehr als einmal hatte ich ihn beim Vorbeifahren daran erinnert, wie sie gegen Ende des Krieges das Sprengen des imposanten Bauwerkes verhindern konnte:

Als die Soldaten anrückten, fragte die resolute Schrankenwärterin nach deren Vorhaben. Der Kommandant sagte, wir haben den Auftrag das Viadukt zu sprengen. Seid ihr denn verrückt? Der Krieg ist doch fast vorbei. Es ist doch schon genug kaputt gegangen. Die Amerikaner kommen doch nicht mit dem Zug. Ihr könnt ja die kleine Marbachbrücke kurz vorm Viadukt sprengen. Letztes Argument der Marie Holschuh überzeugte die Soldaten.

Früher erinnerte uns mein Vater fast jedes

Mal, wenn wir sonntags zu den Schwestern meiner Mutter nach Eberbach fuhren, dass ohne Oma das schöne Viadukt zerstört worden wäre und dass ihr eigentlich eine Medaille zugestanden hätte. Im Geist schaute ich wieder *aus den geteilten Fenstern unseres VW-Käfers auf den buntsandsteinernen Prachtbau. Bergauf nach Beerfelden fahrend, stimmte Pa das Lied "Wenn wir erklimmen schwindelnde Höhen ..." an und, alle zusammen singend, fuhren wir dem Gipfelkreuz zu.*

Die mit spinnwebfeiner Eiskruste überzogenen Hügel gleißen in der Sonne und machen mich müde. Gleich kommen wir zum Malibu des Odenwaldes. Ja Peter und zu *meinem roten Haus.* Kurz vorm Erreichen der Bahnunterführung in Richtung Neckar, taucht es auf. Im Geist höre ich meine Mutter sagen. *Dein rotes Haus, Marianne, wir sind gleich da!* Haus war eine Untertreibung. Die Gelatinefabrik ist die größte der Welt. Jede vierte Tonne tierisches Eiweiß kommt aus diesem Familienbetrieb. War es ihre prophetische Gabe, dass sie es *mein* rotes Haus nannte? Zwar habe ich persönlich nichts damit zu tun, aber die Urenkelin des Werksgründers Heinrich Koepff ist meine schöne Schwiegertochter. Wie die Verwandten meiner Mutter leben die von Michaela in Eberbach. Sie feiert ihren Geburtstag am selben Tag wie Doris Day und ihre Tochter Marika mit meinem Vater!

Braun schillert der gemächliche Strom. Vom fein aufsteigenden Nebel zaubert die Sonne seidiges Engelshaar. Verhangenen sind die bewaldeten Berge des Neckartals. Der in Dunst gehüllte Horizont scheint mich in eine andere Zeit zu entrücken. Ein Gefühl der Unendlichkeit lässt mich entgleiten. Erst als Peter nach den Pässen fragt, verlasse ich die *Insel der Seligen.* Zum ersten Mal seit dem Unfall unserer Hündin übernachten wir wieder an der **Raststätte** *La Côte*, nur wenige Meter von Sir Peter Ustinovs letzter Ruhestatt. Der ganze Film läuft noch einmal ab:

Peter weckt mich kurz nach 7:00 Uhr. In ärgerlichem Ton sagt er, du musst dich mal um deinen Hund kümmern, die Schlampe kommt nicht, wenn ich rufe. Wie in Trance schlüpfe ich in die Jeans und frage, wieso hast du sie von der Leine gelassen? In von Gewissensbissen gemilderter Färbung sagt Peter, da war einer mit nem Boxer. Er hat ihn hinten auf der Wiese laufen lassen. Ich hab Sandy losgemacht, die beiden haben miteinander gespielt. Dann rief er seinen Hund. Ich hab Sandy auch gerufen, aber sie hat mir diesen gezeigt. Er hebt den Mittelfinger.

Rufend renne ich umher. Keine weiß gelockte Hündin mit schwarzen Flecken in Sicht. Ich laufe querfeldein in Richtung des nahe gelegenen Ortes Bursins. In der Ferne entdecke ich... mir fällt ein Stein vom Herzen. Ich lege einen Zahn zu und rufe, Sandy, Sandy! Als ich näherkomme, treffe ich unweit der Friedhofsmauer eine große schwarzhaarige Frau. Meine grazile Hündin entpuppt sich als gut im Futter stehender Boxermix. Die warmherzige Französin, die noch einen dunkelbraunen Vierbeiner an der Leine führt, scheint meinen Kummer zu ahnen. Ihr Gesicht drückt schmerzliches Bedauern aus, als ich sie nach dem Border Collie Mix, le chien, blanc noire, frage und die Hand auf die Höhe meiner Oberschenkelmitte halte. Während ich ihre Lieblinge streichle, zählt sie in Englisch einige Möglichkeiten auf, wo ich nach Sandy schauen könnte. Beim Abschied wünscht sie mir „bonne chance".

In Bursins spreche ich einen Automechaniker an, der versucht, einen alten R4 zu starten. Er sagt, auf der anderen Seite der Raststätte ist eine Polizeistation und bietet an, mich hinzufahren. Ich hoffe, mich durchs Joggen beruhigen zu können und lehne ab,

freue mich aber über das nette Angebot.

Ich steige in den Lift, überquere die Autobahn, fahre auf der anderen Seite runter und laufe an der Tankstelle vorbei zum Polizeigebäude. Was folgt, hatte ich 1½ Jahre zuvor geträumt. Damals sagte ich zu meiner Mutter, binde dich emotional nicht zu sehr an Sandy, sie wird wohl nicht älter als 2 Jahre. Sie lebte vom 27.11.1998 bis zum 1.12.2000.

Ich klingle, ein ziviler Beamter kommt zur Tür. Ich frage nach Sandy. Der Mann nickt, sagt etwas auf Französisch, das ich nicht verstehe. Aber die Handbewegung zur Halsschlagader war deutlich. Er geht ins Gebäude und kommt mit einem anderen Polizisten zurück. Der hat Sandys rotes Lederhalsband in der Hand, schaut auf die Steuermarke und fragt, où est-ce que vons habitez? Halb erstickt hauche ich, Michelstadt. Er sagt, oui und überreicht mir das rote, mit hellem Leder gefütterte Halsband. Mir schießen heiße Tränen in die Augen. Ich wende mich um und wandle zum Camper zurück. Leise sage ich zu Peter, Sandy ist überfahren worden ... sie war sofort tot ... der Kopf muss übel aussehen. Der Polizist hat gefragt, ob wir sie haben wollen. In minutenlanger Erstarrung sitzen wir da. Dann fährt Peter einfach los. Ich sage nichts. Etwas später murmele ich, wir hätten sie irgendwo im Wald begraben sollen. Jetzt liegt ihr Körper im schwarzen Plastiksack und ihr feinstofflicher Teil ist bei uns.

Ich sehe sie vor meinem geistigen Auge, wie sie sich von meiner Mutter verabschiedete, so als ob sie ihr nahes Ende geahnt hat. Ich denke an letztes Jahr, wie sie im spanischen Mazzaron angebunden an unseren Camper wie wild einen drei Womos weiter stehenden Mann angebellt hat. Wir wunderten uns, weil Sandy noch nie Leute angebellt hatte. Beim Näherkommen sehen wir, dass es unser Bekannter Gert Grünewald war. Aber Sandy hat-

te ihn nie zuvor gesehen. Wie geht das?

Ich sage, sie wird jetzt bei uns sein und gar nicht begreifen, wieso wir sie nicht beachten. Wir lernen oft nur auf die harte Tour. Doch diese Regel haben wir intus:

Lass deine Vierbeiner auf Autobahn-Raststätten unter k e i n e n Umständen von der Leine!

Wieder kullern Wässerchen über Wangen. Wieder schnüren Klöße Hälse zu. Wir finden keine Tankstelle, weil Sonntag ist. Zerknirscht sagt Peter, der Reservekanister ist leer. Man, wie immer bestens vorbereitet! In Annecy entdecken wir endlich eine Tankstelle.

Werktags kann man am preiswertesten bei den Supermärkten tanken.

Wir führen uns selbst Energie zu und witzeln beim Brunchen über das tolle Skigebiet und die mit kahlem Geäst traurig blickenden Wälder. In Beerfelden liegt Schnee, hier kein Flöckchen. Wir bedauern unsere Freundin, die zusammen mit ihren Kindern und Freunden in der Nähe den ersten Tag ihres Skiurlaubs genießt. Ich sage, 15 km vor Chambéry und kein Fitzelchen Schnee in Sicht. Die Ärmsten, das wird ein Sylvester werden. Wir packen zusammen und setzen den *Hymer* in Gang. Es geht stetig nach oben. Schlagartig stirbt der Tag. Über uns verdämmert schauerschweres Grau. Bleiern fällt der Schnee auf die Frontscheibe. Die Straße hat sich in Spülwasser verwandelt. Der Scheibenwischer schiebt das pappige Nass im Schneckentempo. Selbst bei 25 Sachen fürchtet Peter, jeden Moment zu rutschen. Er sagt, wenn wir hier hängen bleiben, dann Gute Nacht Sylvester in Marbella.

Ich sage, wir könnten Csöpi anrufen, die sind nur 20 km von uns weg. Oder ein Abschlepper aus Rumilly erbarmt sich eines Mitglieds der Partnerstadt. Seit mehr als drei-ßig Jahren knüpft Michelstadt freund-schaftliche Bande zu der Savoyengemeinde.

Zum Glück schaffen wir es ohne Freundin und ohne Bergungsdienst. Dennoch mache ich mir einen dicken Knoten in meine grauen Windungen: Künftig unterlassen wir das Spötteln und rasten erst nach dem Bezwingen eines Gebirges bzw. nach der Talfahrt.

Sauer macht nicht immer lustig

Auf der Umgehung von **Narbonne** ruhen abgetakelte Enten auf einem riesigen Schrottplatz. *Deux Chevaux* Besitzer können hier Teile finden. Windräder bei der Abfahrt Port Novelle. Auch vor der einst spanischen Stadt Perpignan drehen sich Energieerzeuger vorm Hintergrund des schneebedeckten Massivs der Pyrenäen. Umwelt und Wirtschaft widersprechen sich nicht. Beim Anblick der exquisiten Gipfel mache ich mir den mentalen Vermerk:

Decke dich reichlich mit Trinkwasser ein, am besten mit Montcalm, dem schmackhaften, leichten Bergquellwasser aus den Pyrenäen.

Der erste Weg in Spanien führt uns daher zum *Mercadonna* Supermarkt und wir decken uns reichlich mit *Montcalm* ein. Die marokkanischen Quellwässer *Sidi Ali* und *Sidi Harazem* sind weniger preiswert und mineralarm. (Mittlerweile gibt es aber auch günstige 5-Liter-Flaschen; Frauen und Kinder sammeln die leeren ein, weil sie 1 DH dafür erhalten.)

Je weniger ein Wasser mit anorganischen Salzen belastet ist, desto besser reinigt es unseren Organismus und desto weniger Abla-gerungsprobleme, wie Alzheimer, Arthritis, Arteriosklerose und Steinbildungen haben wir.

Mineralsalze sind für den Körper am zuträglichsten, wenn sie durch Pflanzen, also durch Fotosynthese verstoffwechselt wurden. Das heißt, viel Salat, Gemüse und Obst essen!

In Portugal schmeckt mir das *Glaciar*

Hochquellwasser am besten. Es ist besonders leicht. Doch mit 9,40 µg Uran ist es auf Dauer ungeeignet; für Kleinkinder sowieso. Die meisten Wässer sind weltweit im sauren Bereich. Das portugiesische Bergquellwasser **Monchique** zählt mit einem pH-Wert von 9,5 zu den seltenen basischen Wässern, enthält aber 1,2 mg Fluorid; also auch kein Dauerlebensmittel. Nach dem Genuss von Cola (pH 2,5) ist es aber zu empfehlen! In Portugal steht der pH-Wert auf allen Wasserflaschen.

Schreib an deine Volksvertreter, damit wir uns überall informieren können!

Das Gezische und der Gestank im Chemieunterricht sind mir in lebhafter Erinnerung. Doch vom Gelehrten habe ich kaum mehr behalten, als: Säuren färben Lackmuspapier rot, Basen färben es blau. Jahrzehnte später lernte ich während meines Studiums in Ernährungswissenschaft, wie wichtig ein neutrales Gemisch der Körpersäfte für unser Wohl ist. Säureüberschüssige Kost puffern wir besser mit basischer ab, damit der pH-Wert des Blutes nicht zu sehr in den sauren Bereich kommt. Wer Brot, Pizza, Hamburger, Würstchen, Chips, Gebäck und Süßes isst, braucht Grünzeug oder bald keinen Kamm mehr! 70-80 % unserer Kost ist besser basisch: Gurken, Zucchini, grünes Blattgemüse, Löwenzahn, Wegerich und was sonst noch auf blühenden Wiesen abseits vom Verkehr zu finden ist.

Falls du dich über mein Engagement wunderst: Nach numerologischen Gesichtspunkten wurde es mir als Grundtyp 7 (Quersumme von Geburtstag, -monat und -jahr), dem die Sonne als Planet zugeordnet ist, in die Wiege gelegt. Unter *7/34* schreibt Helmut von Kritzinger in seinem Buch *Numerologie und Partnerschaft*:

Die Disziplin (Sonne-Saturn) bringt Verantwortungsgefühl für sich selbst und den Mitmenschen, eigene Erkenntnisse über das Le-

ben (Uranus) werden bereitwillig für andere zur Verfügung gestellt. Diese Funktion lässt sich mit einem Medium oder Kanal beschreiben. Die Hilfsbereitschaft verbunden mit einem Herz für die Probleme seiner Mitmenschen prädestinieren diesen 7er-Typus schon früh für die Rolle des Lebensberaters. (S. 109)

Eigene Erkenntnisse erwarb ich durch säurebildende Kost, chemische Arzneien und Röntgenstrahlen. Diese schwächten mein Immunsystem. Mit 10 erkrankte ich am Altersstar beider Augen, da ich schon so viele Gifte bzw. Schlacke angesammelt hatte wie mit 70.

Frankreichs idyllische, mit Pappeln gesäumte Landstraßen begeistern mich immer wieder. Sie erinnern mich an die schöne Chaussee, die meiner Großmutter und mir Schatten spendete, als wir Mitte der 50er Jahre zum Bahnwärterhaus marschierten. Sie fiel, wie viele andere Alleen, den Rasern zum Opfer.

Wir übernachten im reizenden **Fischerort Mèze**. Peter holt sich ein Dutzend Austern in der Markthalle. Ich bin nicht scharf auf die *Rotze mit Fischgeschmack*. Während ich auf ihn warte, verrät mir ein hier lebender älterer Amerikaner:

Die Austern in den Läden an der Straße sind besser und nicht teurer. Der Platz in Mèze mit Entsorgung & Wasser ist im Winter kostenlos.

Wir passieren das Weingut *Château Font des Prieurs* in **Gabian**. Letztes Jahr gönnten wir uns auf der Rücktour fünf Liter biologisch angebauten Wein. Jetzt probieren wir den in **Le Boulou** und kaufen zwei Fässchen roten von einem kleinen Weinbauern, den uns Dieter und Ingrid empfahlen. Die im *Flair* reisenden Ex-Pauker sind Spezialisten, was den *le Rouge* betrifft. Auch kennen sie viele heiße Quellen in Südeuropa. Ingrid leidet an MS. Nach den Bädern geht es ihr besser. Die

Thermalquellen befinden sich oft in der Nähe von Vulkanen. Sie helfen bei Hautkrankheiten und Muskelschmerzen und wirken lindernd bei Depressionen oder inneren Erkrankungen. Du kannst sie unter anderem in Orten finden, deren Namen mit Fuente (= Quelle) beginnen.

Eine 53° C heiße Quelle findest du in Balneario de Fortuna, Region Murcia. Sie hilft bei Rheuma und Erkrankungen der Atemwege. Du kannst hier schön stehen.

Letztes Jahr nächtigten wir nach unserem Besuch beim Weinbauern hinterm Eichenbuschwald und genossen den wundervollen Blick auf die gepuderten katalanischen Pyrenäen. Du kannst auch beim Winzer über Nacht stehen, falls die Weinprobe zu heftig ausfällt.

(Richtung **Le Perthus** gibt es nun auch ein Tank- und Rastplatz mit Entsorgung.) An der Grenze staut sich der Verkehr wegen der hohen Tabakpreise. Viele Franzosen decken sich mit den weißen Sargnägeln ein, die mit der Zeit alle Organe von Rauchern und Mit-rauchern schädigen. Vielleicht hält die Studie aus den Staaten einige ab. Ergebnis: *Der „blaue Dunst" kann zu Blut-, Magen-, Nieren- und Pankreaskrebs führen und birgt ein erhöhtes Risiko, an Augenerkrankungen bis hin zur Erblindung zu leiden.*

Asphaltschwalben und karmisches Gesetz

Die hereinbrechende Dämmerung überzieht die vorbeihuschende Landschaft mit Schwermut. Heuer fallen uns die vielen Freudenmädchen aus den GUS-Ländern auf, die freiwillig oder unfreiwillig im Westen landen. Meine Gedanken drifteten zu Michel Friedmann. Ich erwähne den originellen Medienstar gern im Kontext mit *Gruppenreinkarnation*, um die Begriffe Reinkarnation und Karma zu erklären. Würde es nicht Sinn machen, wenn jene Nazis, die Anfang der 40er Jahre polnische und russische Arbeiterinnen für ihre Munitionsfabriken zwangsrekrutierten, heute als verschleppte Liebesdienerinnen arbeiten, die von Bürgern jüdischen Glaubens ausgebeutet werden?

Reinkarnieren wir stets, um uns zu rächen, werden jene, die auf brutalste Weise ihrer Zukunft beraubt wurden, wie Millionen amerikanischer Ureinwohner, bei der nächsten Fleischwerdung auf der Seite der Barbaren stehen. Sie wollen lernen, wie es sich anfühlt, Menschen schlimmer als Vieh zu behandeln. Etwa in der Haut von NS-Offizieren, die anordnen, Millionen Juden zu ermorden und damit die Lebensplanung ebenso einzigartiger Menschen mit einem Streich zunichtemachen.

Was wird aus den Mädchen, wenn sie nicht mehr attraktiv genug zum Anschaffen sind? Können sie für sich sorgen, eine Ausbildung absolvieren? Werden sie zurückgeschickt? Peter sagt, vielleicht landen sie in der Wolga.

Warum müssen Menschen in Armut leben und ausgebeutet werden? Das karmische Gesetz von Ursache und Wirkung besagt: Auf jede Aktion folgt eine Reaktion. Wenn ich anderen etwas gebe, bekomme ich es auf irgendeine Weise doppelt und dreifach zurück. Wenn ich anderen etwas nehme, wird mir doppelt und dreifach genommen. Vergegenwärtigen wir uns vor jeder Aktion dieses

Gesetz, werden wir uns unserer Handlungen immer bewusster. Dann verzichten wir lieber auf einen Hieb, da er uns später in diesem Leben, oder in einem anderen, doppelt treffen würde. Wir bekommen alles zurück. *Auge um Auge, Zahn um Zahn.* Wenn Jesus sagt, der Geschlagene solle auch noch die andere Wange hinhalten, meint er, dass dann seine karmische Schuld erlischt. Der auf diese Weise Erleuchtete ist sodann vom Rad des Karmas befreit. Er braucht seine Schuld nicht mehr zu sühnen. Indem er erkennt, dass er den Angreifer in einem anderen Körper in einer vergangenen Existenz selbst geschlagen hat, verzeiht er ihm seinen Schlag. Er bittet ihn mit dem Hinhalten der anderen Wange gleichzeitig um Verzeihung dafür, dass er ihn zuvor geschlagen hat. Alfira Weihe, die Ärztin, die mein Buch ins Russische übersetzte, sagte, als ich am Telefon die Reinkarnation erwähnte, ich bin Christin und glaube daher nicht daran. Dabei waren die Urchristen sich der Wiedergeburt in einem anderen Körper bewusst! Damals gehörte es zur christlichen Lehre. Es wurde herausgenommen, weil man angeblich die Menschheit noch nicht für reif genug hielt. Dabei ging es nur um Machtausübung. Die Menschen lassen sich besser ausbeuten, wenn sie Angst haben. Die dauernden *fake* Pandemien dienen auch als Angstmache.

Nehmen wir nun mal das obige Zitat der Vergeltung: Was würde es ohne die Reinkarnation für einen Sinn machen? Wir wissen doch aus Erfahrung, dass manche Menschen zeitlebens ungestraft sich auf Kosten anderer bereichern oder deren Körpern Schaden zufügen. Dann gibt es Jene, die ein Leben lang für andere da sind, sie hegen und pflegen, am Ende aber ohne Dank ganz allein dastehen. Würde das ohne Aussicht auf ausgleichende Gerechtigkeit in einem der nächsten Leben überhaupt einen Sinn machen? Deshalb kann *Auge um Auge* bzw. der Verzicht auf Vergel-

tung nur bedeuten: Wir kommen wieder, um uns entweder zu rächen oder die andere Wange hinzuhalten. Ersteres impliziert, wir reinkarnieren immer wieder zwecks Erfüllung unseres Karmas. Verzichten wir dagegen auf die Rache und verzeihen uns und unseren Mitmenschen die Schuld, sind wir vom Rad des Karmas und damit vom Fleisch befreit.

Solange wir das karmische Gesetz verkennen, bleibt das Menschheitsproblem bestehen: Immer werden irgendwo auf der Erde schreckliche Abscheulichkeiten im Namen der Rache verübt. Immer wieder kehren wir zurück und beteiligen uns an dem, was einige einen kosmischen Jux, viele das irdische Jammertal nennen.

Ich zitiere öfters Jesus, da ich es bis zu meinem 12. Lebensjahr gewohnt war, meinen Vater oder einen Onkel jeden Sonntag in der neuapostolischen Gemeinde predigen zu hören. Diese in meinen grauen Zellen gespeicherten Lebensweisheiten könnten auch von Buddha oder anderen geistigen Führern stammen.

Auf der Küstenstraße N340 fallen nicht nur die vielen auf Freier wartenden Mädchen auf. Auch locken unzählige Klubs mit ihren grell bunten Lichtern die Fernfahrer an. Bei Tag bekommst du das allerdings kaum mit.

Am Ebrodelta empfangen uns angenehme Temperaturen. Keine Fischer mehr bei der Arbeit, keine Bauern mehr auf den Feldern. Auch die gewöhnlich auf der Lauer liegenden Beamten der *Guardia Civil* haben Feierabend.

Zwischen Tarragona und Castellón tanken wir in Vinaròs bei Sabeco (heute heißt der Supermarkt Hiper Simply) den günstigsten Sprit auf dieser Route.

Hier schwingen immer noch zwei Landvermesser ihr Senklot, um eine neue kommerzielle Zone abzumessen. Etwa einen Kilometer weiter halten wir bei einem *Carrefour* Supermarkt, um eine Batterie zu kaufen.

Das Küstenstädtchen Borriana südlich von Castellón bietet einen stillgelegten Campingplatz mit Wasser und Entsorgung.

Wir schlafen ruhig wie in Abrahams Schoß.

Auf der Autobahn, die um Valencia kostenlos ist, überholen wir vier Schweinetransporter mit dicht gedrängt stehenden Tieren. Schockiert ruft Peter, wirf all meine Würste weg. Ich sage, kauf keine mehr. Die Schweine werden in der Eiseskälte in offenen Lastern durch ganz Europa nach Marokko gekarrt, weil dort das Schlachten billiger ist. Ein unfassbarer Stress! Aus ihrer gewohnten Umgebung gerissen, mit fremden Tieren zusammengepfercht. Stürzt ein Tier, wird es durch Tritte anderer verletzt oder getötet. Schopenhauer sagte: *Die Welt ist kein Machwerk, und die Tiere sind kein Fabrikat zu unserem Gebrauch. Nicht Erbarmen, sondern Gerechtigkeit ist man den Tieren schuldig.*

Wir können die verwerflichen Auswüchse der Agrarpolitik und künstliche Preispolitik stoppen. Verhindern wir, dass Tiere für saftige Prämien leiden. Boykottieren wir tierische Billigprodukte. Wenn wir den Fleischkonsum reduzieren und Produkte aus artgerechter Aufzucht essen, schonen wir die **Kreatur** und belasten uns weniger mit schlechtem Karma und schädlichen Substanzen. Dem Futter von Milch- und Schlachtvieh werden trotz Verbot Antibiotika zur Vorbeugung von Krankheiten verabreicht. Dadurch und wegen der schädlichen gesättigten Fettsäuren erkranken Vegetarier nur halb so häufig an Krebs wie Karnivoren. Auch mit der Ressource Wasser ginge es bei pflanzlicher Ernährung weniger rasch bergab. Denn, um Fleisch zu produzieren, wird 15-mal mehr H_2O benötigt, als für die Produktion von Getreide. 2025 soll jeder 2. Mensch an starkem Wassermangel leiden. Schon jetzt sterben jährlich zehn Millionen Menschen an den Folgen von verseuchtem Süßwasser (3. Weltwasserforum, Kyoto 2003).

Gerade bin ich in Gedanken bei Susanne und Kenny in Marbella. Das Handy piept. Kenny meldet sich mit zwei Fragen: Kommt Ihr zu Sylvester? Wo seid Ihr denn? Peter sagt, 50 km vor Granada. Dann schafft Ihr es ja heute noch. Nein das wird zu spät, hinter Granada werden wir übernachten. Wir sehen uns dann morgen gegen Mittag. Die Empfängerqualität unseres Freundes bestätigt wieder mal Rupert Sheldrakes *morphische Feldtheorie*, nach der eine telepathische Verbindung zwischen Organismen durch Raum und Zeit besteht.

Wir nächtigen in **Láchar**, wo unser in Calpe lebender Freund fast ein maurisches Schloss gegen seine Villa in Österreich eingetauscht hätte. Der Deal scheiterte. Der Besitzer wollte glatt tauschen. KD war auf Geld *on top* aus. Und da Gier bestraft wird, das durfte ich mit Peter oft lernen, legte er mit dem Haus in Österreich eine Nullnummer hin.

Peter zeigt mir den rötlich braun getünchten Koloss mit den goldfarbenen Ornamenten. Er sagt, der Besitzer hat noch ein Haus in Jávea. Er will jetzt nur noch segeln. Schön für ihn.

Ich war dabei, als Karl-Dieter den Kasten besichtigt hat, ziemlich spartanische Einrichtung. Ihm schwebte eine Modelagentur a la *Star Search* vor. Er wollte wie bei seinen anderen Residenzen Toni Herner mit der Einrichtung beauftragen, die Räume mit schwulen Sofas bestücken. In jedem Schlafzimmer sollte eine *Bang & Olufsen* Hi-Fi- und TV-Anlage installiert werden. Ich werfe ein, jedem sein Ding. Mein Traum hätte weniger mit Medienschnickschnack zu tun. Bei mir gäbe es ein Wellness- und Kulturzentrum.

Der Schritt vom Esel zum Automobil geschah in vielen Regionen Südeuropas zu rapide. Autowracks und Verbotsschilder auf Autobahnzufahrten mit abgebildeten Traktoren, Fahrrädern, Reitern und Fußgängern zeugen davon. Wir verzichten trotz häufiger Staus zwischen Fuengirola und Marbella auf die Benutzung der Autobahn. Wir Wohnmobilisten regen uns über verstopfte Straßen kaum auf, da wir eh zu Hause sind und uns mal eben einen Tee oder einen Happen zubereiten können.

Im *La Cañada* Shoppingcenter erstehen wir eine Magnumflasche Schampus. Peter zeigt mir *Mannes Imbissbar*. Erinnerungen werden wach: Der beleibte Schwiegervater des Besitzers verkaufte Ende der 1970er unsere Autos. Hugo hatte damals seinen Autoplatz auf der Spielbank verzockt. Der amüsante Erzähler erinnert mich an eine Figur von Balzacs *La Comédie Humaine*, jener fesselnden Bände, die ich in meiner Jugend alle verschlang. Jedem seine Sucht. Hugo würde einige Lacher generieren, sollte ich irgendwann die Autohändlerszene der 1970er/80er Jahre verewigen.

Am Silvesterabend helfe ich Susanne mit ihren *Spaghetti Gourmet*. Die 1½-jährige Jolyne rennt mit ihrer Flasche Kakao und Cerealien in der Küche herum und freut sich des Lebens. Mittags schimpfte ich noch mit ihren Eltern, weil sie sie so nah am Pool laufen ließen. Wir sind doch dabei, gaben sie zurück. Jetzt ja, sagte ich streng, wiewohl ich meinen schlimmen Wahrtraum vom Ertrinken des Mädchens vergessen hatte. Franco spielt mit den Figuren eines Seeräuberschiffs, die er glattweg mit denen der *Seaworld* Besucher verbündet. KD ruft an. Er hat einen Termin beim deutsch sprechenden Zahnarzt in Marbella und fragt, ob er mit Corinna ein paar Nächte bei Kenny schlafen kann.

Am Freitagabend sitzen wir um den runden Holztisch in der Küche. Bilder vom Junior gehen herum. Susanne sagt zu Corinna, Tavi hat deine Augen. Nein, erwidert diese, er hat die grünen Augen von Karl-Dieter. Der trinkt heute mehr Rotwein, als wir alle. Ein paar

meiner grauen Zellen widmen sich der Binsenweisheit: *Geld allein macht nicht glücklich*. Oder hat er einfach nur Zahnschmerzen?

04-01: KD sitzt am Frühstückstisch, den Kopf auf die Ellbogen gestützt. Er schaut aus verquollenen Augen. Ich sage, du siehst nicht gerade happy aus. Isst du denn genug Frisches, hast du genug Bewegung? Corinna reißt die Augen auf und prustet mit hochgezogenen Brauen einen Kubikmeter Luft aus. Ich konstatiere, also gar nix. Wenn du deine Knochen nicht bewegst, schwinden sie, auch der Kiefer. Iss jeden Tag knackiges rohes Gemüse und deine Zahnprobleme sind *History*. Säuerndes greift die Zähne an. Grünzeug ist basisch und neutralisiert die Säuren. Ich war früher auch mehr beim Zahnarzt als im Kino.

Wer seine Knochen bzw. Kauwerkzeuge nicht bewegt, leidet irgendwann an Osteoporose.

Die Hausherrin kommt mit frisch gewaschener Blondmähne aus dem Schlaftrakt. Ich gehe mit ihr nach draußen, um die *5 Tibeter* auf dem Rasen durchzuführen. KD sagt, machst du wieder den Brummkreisel? Susanne platziert die Filmkamera auf den Tisch, damit sie die Positionen später nachahmen kann. Als wir die *Brücke* beenden und zum *Berg* ansetzen, gerät Peter in Aufbruchstimmung. Er will schnellstens nach Marokko übersetzen.

KD ruft nach draußen, eh, wenn du willst, bring ich dich mit deinem neuen Buch ins Fernsehen. Ach, ich weiß nicht, ob das so viel bringt. Ich war mal bei Ingo Dubinski in der ARD-Wunschbox. Da sind meine Spirulinabücher vorgestellt worden. Aber der Verkauf war nicht gar so rasant angestiegen. Wegwerfend sagt KD, na ja, Spirulina, im Tonfall auf verheißungsvoll umschaltend, das Übersinnliche ist doch interessanter. Nee, Spirulinabücher hab ich fast 80.000 verkauft, von *Übersinnlich in L.A.* noch nicht mal 100. Wenn das richtig aufgezogen wird ... lass mal, ich schreib lieber, der Medienrummel ist mir lästig. Peter sagt, das gehört dazu, sonst kannst du es gleich lassen. Ich brauch keinen, der mir sagt, was ich tun oder lassen soll.

KD und Kenny sind Künstler im Tauschen. Als wir noch zu den Handelsleuten zählten, ging es stets um Autos, mal Neuwagen, mal Cabrios, mal antikes Blech auf Rädern. Unsere *Berühmtesten* waren Yul Brynners 300 SL Flügeltürer und Grace Kellys 190 SL.

Wir lösen uns immer mehr vom Begehren, der Leidenschaft, dem Konsumieren, den nichtigen Werten der Welt, die wir geschaffen haben. Wir üben derzeit das Loslassen und die Mäßigkeit. Das geht glänzend mit einem Appartement auf Rädern. Wir stehen frei, wo es uns gefällt, allein oder in Gruppen und erkennen: Wir brauchen gar nicht viel, um glücklich zu sein.

Auf dem Weg zur britischen Enklave sagt Peter, wir besuchen auf der Rücktour besser KD und nageln ihn auf seinen Vorschlag fest. Ach ich weiß nicht. Peter sagt, lass doch, vielleicht kommen wir so wieder zu unserem Geld. Ich sage, schön wär's. Stell Dir nur mal all unsere Außenstände auf einem Haufen vor. Da hätten wir für die nächsten zwanzig Jahre ausgesorgt: João, Julio, Schnitzler, Strott, Zimmerlein, Rost ... und für die 120.000 Dollar von Clemens Martin könnten wir uns ein neues Wohnmobil leisten.

Gibraltar, kleines Land und *kleine Welt*

Durch La Duquesa fahrend, entdecken wir den Kreisel, der zum Castell führt, wo wir gewöhnlich ein paar Tage am Strand stehen. Das Gelände, auf dem sich einst 6 bis 8 rote Katzen tummelten, ist inzwischen eingezäunt.

Weiter geht es auf der N 351 in Richtung La Linea. Der Felsen von Gibraltar liegt vor uns. Der um die Enclave gezogene Stacheldrahtzaun verbreitet die übliche Tristesse. Die Seilbahn ist wieder mal nicht in Betrieb. Doch die meisten Besucher kommen sowieso nur wegen der zollfreien Waren.

1998 schafften wir es, in 3½ Stunden um den Affenfelsen zu radeln. Nur im Tunnel stiegen wir vom Drahtesel ab und nahmen die Anhöhe zu Fuß. Als wir wieder im Hafen ankamen, sahen wir ein Paar mit zwei an Leinen geführten Minihunden am Schaufenster eines Bootshändlers stehen. Sie kamen mir bekannt vor. Waren sie Akteure in einem prophetischen Traum? Über die Vierbeiner kam ich in Kontakt mit den beiden. Die Unterhaltung mit Désirée, die Körper, Geist und Seele anregende Kurse gibt, brachte gemeinsame Bekannte zum Vorschein.

Peter deutete auf ein Boot in der Auslage und wechselte nonchalant das für ihn leidige Thema, das dann bei Robert Redford landete. Dieser besaß nämlich ein Boot, das in der Nähe des der beiden lag. Doch das Zusammentreffen war für mich arrangiert, denn wir waren schwuppdiwupp beim alten Thema, als ich sagte, ich kenne die Haushälterin von Robert Redford. Sie ist Sannyasin. Hab sie öfter bei meiner Freundin Anda getroffen. Mit der war ich übrigens auch bei Hasya, der Frau des Produzenten von Der Pate. Sie leitet die Hollywoodgruppe der Sann ...

Eh, ich kenne Hasya gut, unterbrach Désirée meinen Monolog freudig erregt mit funkeln- den Augen. Jung wäre entzückt ob dieser Synchronizitäten am laufenden Band.

Kleine-Welt-Storys, sogenannte Zufälle zählen zu diesen von C.G. Jung benannten Phänomenen. Vielleicht hast du selbst schon solche Synchronizitäten erlebt: Du arbeitest z. B. gerade an einem Projekt und wirst plötzlich auf geheimnisvolle Weise von allen Seiten mit Hinweisen und Impulsen bombardiert. Oder dir wird ein Thema nahegelegt, wie mir vor Jahren, nachdem ein mir bekannter Wasserforscher gestorben war. In der Folge schwirrten mir Bücher, Berichte, Einladungen und E-Mails über das Thema Wasser ins Haus. So konnte ich gar nicht umhin als ein Buch darüber zu schreiben. Unsere himmlischen Helfer sind stets bemüht, uns zu dienen und zu unterstützen. Folgen wir unserer Intuition, wird uns stets Hilfe zuteil.

Ich wähne stets, wenn ich Leute treffe, sie könnten von geistigen Helfern geschickt worden sein, um mich in meiner Arbeit zu unterstützen. Deshalb erzählte ich Désirée von meiner übersinnlichen Erfahrung mit meinem Urgroßvater und dass ich gern wissen würde, ob ich Verwandte in USA habe. Désirée sagte, geh nach Ellis Island und suche dort unter den Namen der Einwanderer. Das hatten mir Jocelyn Brando und zwei weitere Freundinnen aus der Filmbranche auch schon geraten. Aber mein Urgroßvater wird wohl kaum mit dem angenommenen Namen eingereist sein. Er hat sich sicher erst später Victor genannt.

Da besuchst du ein kleines Land und stellst

fest: Die ganze Welt ist ein Dorf. Seit ich mehr auf Zufälle achte, bereichern sie mein Leben. Geht es dir mitunter auch so, dass dein Telefon klingelt und du vorher schon weißt, wer am anderen Ende der Leitung ist? Oder du denkst an eine Person, die dir kurz darauf über den Weg läuft. Oder so:

Vor einigen Jahren trieb uns eine unerklärliche Hatz in 48 Stunden von Michelstadt nach Calpe. Wir schliefen im Hafen direkt neben dem Halteverbotsschild! Als wir am nächsten Morgen die Tür öffneten, kam ein Paar an. Die Frau sagte, Erbacher Kennzeichen, wo sind Sie denn her? Aus Michelstadt. Wir auch. Ich sagte, ich bin eine geborene Holschuh. Sie rief, ach, das gibt's doch nicht. Ja, am Lachen sieht man es, die Frau Holschuh. Wir kennen Ihre Mutter. Sie hat mal am Friedhof den Schlüssel im Auto stecken lassen. Sie hat bei uns geklingelt und gefragt, ob sie die Tochter anrufen dürfe. Da Sie in der Nähe wohnen, hat mein Mann sie gleich zu Ihnen gefahren. Wir sind jedenfalls die Neumanns. Ich sagte, und wir die Meyers. Ich glaube nicht an Zufälle. Vielleicht haben wir uns was zu sagen? Frau Neumann sagte,

18

ja, merkwürdig, sonst laufen wir nie hier vorbei. Heute hat es uns mal in den Hafen gezogen. Einem Gefühl folgend sagte ich, ich hab es mit Gesundheit zu tun. Vielleicht haben Sie irgendwelche Probleme und ich kann mich eventuell für Ihre gute Tat revanchieren. Erstaunt sagte Frau Neumann, ich leide wirklich in letzter Zeit unter Rückenschmerzen. Na, sehen Sie, da sind Sie bei mir an der richtigen Adresse. Nehmen Sie täglich 3x2 Spirulina-Presslinge mit einem großen Glas Wasser. Das ist die Menge, die ein Freund braucht, um schmerzfrei zu sein. Er ist schon mehrfach an der Wirbelsäule operiert worden, da sie vom Schleppen schwerer Lasten stark abgenutzt ist. Zuvor hat er 3 x täglich die stärksten Tramal, zusätzlich Valoron und Novalgintropfen genommen. An seinem Geburtstag hab ich ihm mal ein großes Glas Spirulina geschenkt. Er hat sich die Tabletten in sein Arzneikästchen einsortiert. Als die schweren Geschütze alle waren, hat Werner nur noch das „Grüne Gold" genommen und war überrascht, dass er keine Schmerzen mehr hatte. Es wäre ein Segen, wenn wir kaum chemische Arzneien nähmen. Nicht nur wegen der Nebenwirkungen. Zwei Drittel der eingenommenen Medikamente werden mit dem Urin ausgeschieden und gelangen in Flüsse und Seen. Durch den Wasserkreislauf kommen sie in unser Trinkwasser.

Das ist ja furchtbar.

Ja, der *Diplomingenieur Thomas Junker, aus Erbach, hat ein preisgekröntes Miniklärwerk gebaut. Er wollte den Verlauf einer radioaktiv markierten antibiotischen Substanz verfolgen. Dabei hat er entdeckt, dass 93% des Antibiotikums in die Flüsse gelangen würde!*

Die Episode in Calpe endete mit der Übergabe eines Glases mit Spirulinatabletten. Einige Monate später berichtete Frau Neumann: Es ging mir bald viel besser, und meine Tochter

nimmt nun auch regelmäßig Spirulina.

Wir registrieren Koinzidenzen als seltsame Zufälle. Könnte es nicht sein, dass wir sie, einem Impuls folgend, nach einem nicht ins Bewusstsein vordringenden inneren Ablauf selbst in Szene setzen? Verkehren wir telepathisch miteinander? Inszenieren wir diese Zusammentreffen? Oder führen uns geistige Helfer zu den Orten und arrangieren Situationen, die unseren spirituellen Weg forcieren?

06-01: In La Linea eintreffend, folgt gleich die übliche Prozedur beim Beschaffen zollfreier *Krebsstängel* in Gibraltar, mal mit Piagio, mal zu Fuß. Zum Glück konnte Peter sich das flüchtige Giftgemisch abgewöhnen. Wer braucht schon Ameisensäure, Ammoniak, Arsen, Blausäure, Formaldehyd, Kohlenmonoxid, Methanol bzw. Methylalkohol, Nikotin, Phenol, Stickstoffoxide, Teer und mehr als 3000 weitere Gifte. Danach nehmen wir die Gelegenheit wahr, auf dem butterweichen Asphalt bis zur Dämmerung zu inlinern; im Dunkeln ist es zu gefährlich. An einem gekappten Eisenstab holte sich im Vorjahr ein Hannoveraner Busfahrer einen Platten. Nach dem Verarbeiten der Panne war er indes begeistert, wie günstig und schnell eine Werkstatt in der Nähe den Ersatzreifen montierte.

Überfahrt und Einreise

Am nächsten Morgen *the same Procedere*. Sonst muss ich Peter zum Laufen überreden, aber zur zollfreien Enklave kann er gar nicht schnell genug kommen.

Gen Hafen fahren wir links zur N 351 Richtung Algeciras bis zur Ausfahrt (Salida) 112 Poligono Palmones. Nach dem 2. Kreisel hinterm Carrefour-Parkplatz befindet sich die Agentur der STA Shipping & Transport.

Zu erkennen an den Wohnmobilen, die dort stehen. Es ist nach 10:00 Uhr. Wir wissen nicht, wann das nächste Schiff geht. In der Agentur frage ich eine junge Frau nach dem Gruppentarif: €190. Peter geht zum Camper, um den Kfz-Schein zu holen. Die Preise sind vom letzten Mal um €33 gestiegen. Das Retourticket kostet pro Wohnmobil und 2 Personen jetzt 219. Juan Carlos taucht auf. Ich spreche die gestiegenen Preise an. Der Chef schaut auf seine Armbanduhr und sagt, es ist jetzt 10:20 Uhr. Das Schiff geht um 11:00 Uhr. Wenn Sie mit €210 einverstanden sind ...

Ich sage okay, gebe der Frau meine Bordkarte vom letzten Jahr, damit sie die Daten des Fahrzeugs übertragen kann, packe €250 aus und tausche den Rest in Dirham. Mehr umzuwechseln ist nicht ratsam. Denn:

In Marokko ist der Wechselkurs besser.

Peter kommt mir entgegen. Mit einem Bin-ich-gut-Zwinkern sage ich, alles erledigt, wir müssen uns beeilen. Das Schiff geht in einer halben Stunde. Nun läuft alles blitzschnell ab: Einkaufen (Tipps im Anhang), zurück zum Hafen (Puerto Norte). Um 10 vor 11 Uhr hetzen wir als Letzte aufs Schiff, das rund 2½ Stunden braucht. Die Schnellboote schaffen die Strecke in 35 bis 45 Minuten. Sie gehen gerade vor uns ab.

Die Fähre der *Trasmediterranea* wirkt mit geöffnetem Bug wie ein Hai vorm Angriff. Bei Kaiserwetter und ruhigem Seegang legt sie kurz vor 11:30 Uhr ab. Es herrscht reger Schiffsbetrieb rund um den Affenfelsen. Ich sitze an einem der weißen Plastiktische und schreibe. Peter schlendert mit dem Feldstecher von einer Seite zur anderen. Ab und zu knipst er hinter einem auslaufenden Schiff her.

Vom Tuckern, Schaukeln und alternierenden Schreiben und Aufschauen ist mir flau im Magen. Trotz ruhigem Seegang wird das Auf und Ab immer gewaltiger. Das Schiff ist randvoll und liegt beängstigend tief im Wasser. Wo sind auf Deck die Schwimmwesten?

Während mir die Frage durch die grauen Zellen geistert, lache ich innerlich darüber. Die Abberufung fürchte ich nicht. Nur der Gedanke, wie der Sterbeprozess diesmal sein würde, schleicht sich ab und zu ein. Ideal wäre, im Bett einfach so hinüberzugehen oder im Stehen zu sterben: wie ein vom Blitz gefällter Baum oder ein abgemähter Grashalm. Ich denke an eine Bekannte mit der Nahtoderfahrung durch Ertrinken. Das sei gar nicht so schlimm gewesen. Das Gefühl, keine Luft mehr zu bekommen, halte nur ganz kurz an.

Wir gehen hinab in den Schiffsleib. Die Menschenschlange zeigt an, dass hier die Einreiseformalitäten abgewickelt werden. Gemächlich gleitet die Fähre auf den westlichen Eingang der Straße von Gibraltar zu. Die Sonne überzieht die weiße Stadt mit sanftem Glanz. Wir steuern auf einen futuristisch anmutenden Steg zu: **Tangers Special Entrance.** Das Ungetüm öffnet sein Maul und spuckt die Fahrzeuge aus. Ein ziviler Polizist kontrolliert die Pässe der Herausfahrenden. Wir folgen den anderen zur Zollabfertigung. Der Ablauf lässt in puncto Koordination noch Wünsche offen. Ein dreisprachiges Merkblatt wäre sinnvoll.

Im Wagen füllt man die grüne Einreisedeklaration fürs Fahrzeug aus und wartet, bis ein Offizieller in blauer Uniform sie einsammelt und die Pässe kontrolliert. Kommt er mit dem abgestempelten Papier zurück, muss eine der im Wagen reisenden Personen sich mit dem Pass zur polizeilichen Kontrolle begeben.

Immerhin fallen wir nach mehrmaligem Einreisen nicht mehr auf die hektischen Hilfs-willigen herein, die versuchen, jedem Neuankömmling die Papiere aus der Hand zu reißen, weil sie sich ein paar Dirham verdienen wollen. Alles geht viel ruhiger zu als früher.

Wir verlassen das Hafengebäude,

halten uns links und fahren an der Ampel rechts Richtung Rabat bzw. Airport.

Einige hundert Meter weiter tanken wir beim Marjane-Supermarkt Diesel (Gasoil) für 5,60 DH pro Liter. Wir kaufen Obst, Gemüse, frischen Ziegenkäse und gewürzte schwarze Oliven. Ganze Berge von Oliven, Nüsse, Datteln und Feigen laden zum Probieren ein.

> Mittlerweile hat Tanger einen neuen weit größeren Hafen, allerdings rund 40 km von der Stadt entfernt. Wir empfehlen die Autobahn oder vielleicht doch gleich den Hafen von Ceuta. Wir nahmen die Küstenstraße und gerieten nach der prachtvollen Palmenallee in die engen Gassen Tangers. Aufgrund des immensen Baubooms, auch der Straßen, führten uns die Wegweiser nach Rabat mehrmals zu einer Straßenblockade. Es dauerte etwa eine Stunde, bis wir den Supermarkt fanden. Diesel kostet dort derzeit €0,80.

Die Leute scheinen irgendwie besser drauf zu sein als früher. Die Reformen des jungen Königs scheinen zu greifen. Letztes Jahr fiel uns bereits die Veränderung auf. Vor 10 Jahren reagierten etliche Kinder aggressiv, sofern sie keine Bonbons bekamen. Seit Mohammed VI, kurz *M6* genannt, die Bevölkerung übers TV aufforderte, Touristen nicht zu belästigen, herrscht Ruhe. Auch die Analphabetenrate der Männer, die trotz knapp eines Viertels der Staatsausgaben für Bildung noch bei 43, die der Frauen bei 69 % liegt, könnte bald rückläufig sein. Projekte werden ins Leben gerufen, wie z. B. jenes, das Mustafa, der Vermieter von Strandliegen, unterstützt. Er braucht keine Steuern zu zahlen, da er zusammen mit anderen Unternehmern ein Internat finanziert, in dem rund 200 Kinder der Umgebung untergebracht sind. Mustafa berichtete darüber, als er bei uns saß und ein Mädchen bettelte. Er gab ihr 2 DH, legte ihr aber nahe, mit dem Betteln aufzuhören und zur Schule zu gehen.

Lastwagenfahrer blinken auf, um uns als Gäste zu begrüßen oder uns vor Kontrollen zu warnen. Peter legt eine alte Kassette von *Fleetwood Mac* ein. Sein ehemaliger *Sauf-Buddy* aus Malibu legt sich heftig ins Zeug. Wir fahren durch eine kleine Allee. Links taucht ein See, rechts der Atlantik auf. Eine Ziegenherde grast am Straßenrand. Junge dunkle Dromedare tummeln sich am Strand. Ein Pkw-Fahrer blinkt. Peter setzt zum Überholen an. Ich sage, wart doch mal, da stehen bestimmt die Bullen. Diesmal hört er auf meinen Rat, sagt aber einen Wimpernschlag später genervt, jetzt überholt schon ein Truck. Ich hebe warnend meine Hand. Sekunden spä-ter rast auf der Gegenspur ein Bus auf den Laster zu. Kurz darauf steht besagter Lkw nebst einem Pkw am Straßenrand, wo sich Polizisten mit den Verkehrssündern befassen.

Asilah liegt wunderschön. Einige Camper rasten hier schon. (Wenn du heute die durchgehende schnellere Autobahn nimmst, entgeht dir der Blick auf die mediterran wirkende

Stadt.) Wieder warnt uns ein entgegenkommender Busfahrer vor einer Polizeikontrolle. Peter reicht es. Er fährt zur Autobahn. Doch die Strecke erweist sich als Umweg. Es ist kein Auto zu sehen. Auf der Standspur radelt

uns ein junger Marokkaner entgegen. An der **Ausfahrt Larache** finden wir nach einem Kilometer auf der rechten Seite die beliebte **Raststätte** (*Aire de repos*). Auf dem gastlichen Gelände kannst du dich unter dem prasselnden Nass der gratis Duschen erfrischen. Abends gibt es eine köstliche Suppe und andere einheimische Gerichte.

Diese kostenlose Übernachtungsmöglichkeit wurde von Hassan II, dem Vater von „M6", als Geste der Gastlichkeit für Einheimische und Gäste gegründet, wie auch der Aire de repos Malabata in Tanger und der Aire de repos Kénitra in Nord Kénitra.

(Auf diese Stätten der Gastlichkeit müssen wir derzeit verzichten. Aber auf der Rückreise im April 2015 sahen wir bei Larache eine noch größere Anlage im Bau. Das Schild auf der Autobahn weist bereits auf die Raststätte hin).

Fast alle Wohnmobilisten genießen die leckere **Harira Suppe mit Kichererbsen**. Sie holen sie in ihren Töpfen. Inklusive Fladenbrote kostet sie 20DH = ca. €1,80 pro Topf.

Wir wählen die Strecke über Casablanca und Marrakesch. Sie ist kürzer, und die Straßen sind besser.

Wer zum ersten Mal Marokko besucht, nimmt besser die interessante Küstenstraße.

Man sieht mehr von Land und Leuten. Die Bauern pflügen oft noch mit einem vor den Pflug gespannten Unpaarhufer. Beim Züchten von Erdbeeren und Tomaten haben sie zum Teil die spanische Unsitte der Plastikabdeckung übernommen. Marokkanische Landarbeiter schätzen sich glücklich, wenn sie in Spanien arbeiten dürfen. Bei der letzten Überfahrt sagte uns ein Erdbeerpflücker, dass er in Lepe in einem Monat so viel verdient, wie in Marokko in einem halben Jahr.

Um Rabat dominieren Pinienwälder und Kakteen. Wie auf Ibiza: rote Erde. Ibiza, Ju-

gend, mir fällt eine **Übung gegen Hänge-backen und Doppelkinn** ein. Nur selten denke ich daran, das Gewebe aufzubauen. So wie wir im Fitnessstudio unsere Muskeln vergrößern können, geht es mit Isometrik: Ich schiebe den Unterkiefer ganz nach vorn und oben, 5 Sekunden angespannt halten, loslassen. 10 Sekunden Pause. 10 x wiederholen. **Gegen Falten über der Oberlippe** soll das helfen: Oberkiefer nach vorn schieben und zur Seite hin anspannen: als ob du mit jeder Oberlippenseite die Ohren erreichen willst. Bei mir wirkt es mehr gegen Einschlafstörungen.

Bei einer der üblichen Polizeikontrollen winkt uns ein Polizist freundlich zu. Touristen werden selten angehalten. Allenfalls, wenn es ihnen gelingt, eine Bestechung im Bild festzuhalten. Auf der Überholspur unterhält sich der Beifahrer eines Pkw mit einigen Männern, die sich neben ihm auf der Ladefläche eines Lastwagens zur Arbeit schaukeln lassen. Eine waghalsige Nummer, zumal die Bremslichter des Trucks versagen. Nicht weniger gefährlich die *Stunts* der Gemüseverkäufer, die auf der Standspur ihren Handel treiben. Ständig müssen wir mit überquerenden Fußgängern oder Mitfahrwilligen rechnen. Mitgenommene Anhalter zahlen dem Fahrer die Summe, die der Bus kostet.

An der Zahlstelle der Autobahn entblößt ein gut gelaunter junger Marokkaner zwei Reihen blendend weiße kräftige Zähne. Vor **Settat** hört die Autobahn auf. Eine reizende Palmenallee durchzieht die Stadt. Während wir 125 km vor Marrakesch eine idyllische Bergunterführung durchfahren, saust ein Zug über uns hinweg. Am Straßenrand bieten Jünglinge wilden grünen Spargel und frische Eier von frei laufenden Hennen feil. Ein älterer Marokkaner streckt den Verkehrsteilnehmern ein an den Füßen zusammengebundenes Huhn entgegen. Offenbar ist dem Tier die

Freiheit nicht gut bekommen. So regelt sich der Handel von selbst. Meterdicke Kakteenreihen grenzen Felder ab, damit Tiere nicht darüber trampeln. Früher spickte ich meine großen Blumentöpfe mit Kakteen, um unseren Kater Foxi vom Vorteil des Katzenklos zu überzeugen.

Déjà vu in Marrakesch

Der ansteigende Atlas drosselt die Fahrt, der Himmel verschluckt das letzte Licht. Funkelnd schimmert Marrakeschs Lichtermeer durch die Bäume.

Wir passen auf, dass wir den Campingplatz 15 km vor der Königsstadt nicht verpassen. Nach der Tankstelle biegen wir rechts ein.

Ich bereite das Abendessen zu. Peter stellt die automatische Satellitenschüssel ein. Das übliche Surren, plötzlich bleibt sie stehen, rührt sich keinen Millimeter mehr. Wir sind wieder mal ohne TV. Im Vorjahr gab die Oyster auf unserer Rücktour in Gibraltar den Geist auf.

Die Morgensonne streckt uns zaghaft ihre blassen Arme entgegen. Peter werkelt auf dem Dach und lockt Günther an. Wie stets, wenn geschraubt wird, sind Nachbarn da, um zu helfen oder zu lernen. Der pensionierte Heilpraktiker leiht uns einen Gabelschlüssel.

Peter schraubt damit die Schüssel ab, die sich von allein nicht mehr bewegt.

Im Gewühl der rund 1 Million Einwohner zählenden Residenzstadt passen wir auf, dass wir nicht durch eines der gebogenen Tore in die Medina fahren. Im Vorjahr tappten wir genau in diese Falle und mussten die von einer zwölf km langen Mauer umgebene Altstadt auf der Einbahnstraße in Gegenrichtung verlassen. Deshalb machen wir einen großen Bogen um das Weltkulturerbe, schonen unsere Nerven und steuern gleich um die Ecke den

Parkplatz der berühmten fast 850 Jahre alten Koutoubia Moschee

an. Die Polizei scheint hier sichergestellte Autos zu verwahren. Der Wächter verlangt 40 DH und nimmt grinsend die 30, die Peter ihm hinhält, da es letztes Jahr nur 30 kostete. (Heute sind die Kosten auf 80 DH gestiegen.)

Die rote *Perle des Orients* mit typisch berberischem Charakter gilt als eine der schönsten Städte des Maghrebs und als heimliche Hauptstadt Marokkos. In der Medina besticht der farbenprächtige Souk oder Suq.

Der Markt ist als Handels-, Arbeits- und Begegnungsstätte wichtiger Bestandteil des Orientalen Lebens.

Dutzende junge Marokkaner bieten frisch gepressten O-Saft an den Ständen feil, die den belebten Platz säumen. Beim Überqueren der bunten Stätte der Gaukler und Marktschreier kämpfen wir uns durchs Gewühl von Nomaden aus der Wüste und Kamerabehängten aus aller Welt. Wir entrinnen selbsternannten Führern, Bettlern und Wasserträgern.

Neben dem Eingang des Souks schlüpfen wir durch die Tür des *Café Argana*. Auf der Terrasse im ersten Stock ergattern wir einen Tisch in der ersten Reihe und bestellen zwei *Whiskey Marocain*. So bezeichnen Einheimischen scherzhaft den Minztee. Wir schnappen

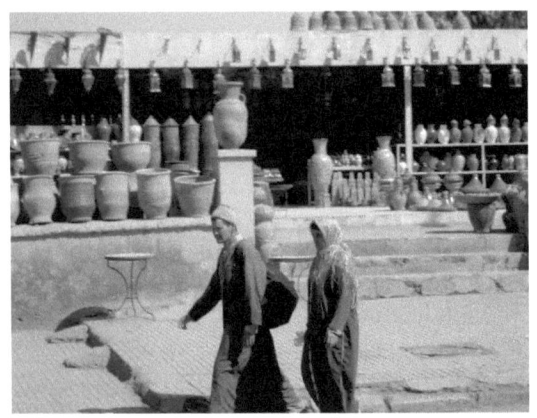

englische Wortfetzen auf. Plötzlich sagt Peter, hier sitzen wir schön auf dem Präsentierteller für Terroristen. Verstimmt über den gemeinen Gesellen, der ihn geritten haben muss, um unser Vertrauen zu untergraben, dauert es nicht lange, bis ich zum Aufbruch mahne. Vor meinem geistigen Auge tauchen zerfetzte Arme und Beine auf. Waren das Vorahnungen?

Am 28.4.2011 tötete eine Bombe in einem liegen gelassenen Beutel 17 Menschen, meist europäische Touristen, vorwiegend junge Franzosen. Das historische Kaffeehaus am *Platz der Gaukler* wurde zerstört, mehr als 20 Menschen wurden verletzt. Die Behörden gingen von einem Anschlag des El-Kaida-Terrornetzwerks aus. El Kaida bestritt dies. Bei Wikipedia konnten wir über Gerüchte von entfernten Internet-Blogs lesen, dass der Angriff nicht von islamistischen Terroristen durchgeführt wurde. Der *modus operandi* sei mit Al-Qaida oder den al-Qaida-Methoden *inkongruent*.

Die ferngezündete Bombe lässt an militante Gruppen der Regierung oder Parastaat-Organisationen denken. Die Gerüchte sprechen von einem Komplott der Regierung, um die Demonstranten des Arabischen Frühlings zu beschwichtigen. Wir denken aber, dass die Marokkaner kaum etwas forcieren, das dem Tourismus schaden könnte.

Im instrumentalen Klangwirrwarr und Stimmentumult des Platzes fühle ich mich wohler. Über alles bläht sich wie eine Blase das erregte Murmeln der auf den Bänken vor den langen Tischen sitzenden Gäste der Garküchen. Der an meiner Nase vorbei wehende Duft von Cumin und Koriander lockt zum Schlemmen.

Wir setzen uns auf die Bank einer dampfenden Heißküche, die mit den vielen anderen mobilen Kochplätzen konkurriert. Der Chefkoch hat sich ein Sträußchen Korianderkraut ans Ohr geklemmt. Allen bärtigen Männern ruft er Ali Baba zu und preist lautstark seine Leckereien an. Uns gegenüber am langen Klapptisch sitzen vier Berberinnen. Schwatzend laben sie sich an Gemüsegerichten. Wir bestellen Linsensuppe, gebratene Auberginen

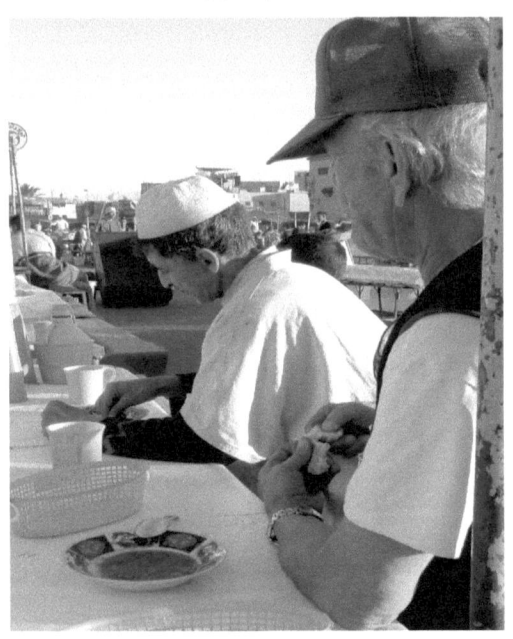

und Blattspinat. Oliven, Tomaten-/Zwiebelsauce und Fladenbrot bekommen wir zum Gedeck. Suppen und Gemüsegerichte kosten 5 DH. Ich sage zu den unverschleierten Frauen, Sem(m)el, das arabische Wort für Schwule ist in unserer Sprache ein Brötchen. Ohne Erfolg. Viele Berber verstehen kein arabisch. Wir lachen über verschleierte Bauchtänzer. Die närrische Art und linkischen Bewegungen verraten die Männer. Wir wühlen uns durch die Menge. Eine Hand berührt flüchtig meinen Hintern. Kurz darauf wiederholt sich das wie unbeabsichtigte Streifen. Mir fällt ein, dass mir vor Jahren bereits die handgreifliche Art der Marrakeschi aufgefallen war. Ich mache mir den geistigen Vermerk, einen Kapuzenmantel zu kaufen. Denn, wer nicht als Tourist auffällt, hat vor Grapschern, Schleppern und Wasserträgern Ruhe. Letztere bestimmen in ihren roten Trachten und den riesigen, mit Glöckchen behängten Hüten das Gesamtbild des Platzes. Auch die Tänzer glänzen in grellroten Roben, an denen Quasten wippen. Leidenschaftlich und temperamentvoll wie Kosaken wirbeln sie über den für sie vorgesehenen Platz. Der Schlangenbeschwörer lockt mit eindringlichen Klängen seiner Klarinette die Kopra aus dem Korb. Zwei Marokkaner schauen in seine Richtung. Und schon legt er sich ins Zeug, auch sie zu beschwören. Oder die Igel, die in ihren Hosentaschen vor ihren Geldbörsen sitzen. Ich mime Desinteresse, um nicht auch zur Kasse gebeten zu werden. Dennoch sehe ich aus - dem Augenwinkel, wie sich die Kobra beim Aufsteigen wie in Trance hin und her wiegt. Der Klang von Kesseltrommeln, Rohrflöten und anderen Holzblasinstrumenten wirkt meditativ. Ich merke, wie ich langsam abhebe. Nur am Rande nehme ich die exotischen Stände wahr. Sie wirken wie ein Rahmen für die Darbietungen der Akrobaten und Musikanten. Fröhlich trällern ein paar Frauen den *Zagharit* für die gelungene Darbietung des Märchenerzählers. Ich denke an den Golfkrieg. Damals flimmerte öfters dieselbe Szene über die Mattscheibe: Moslemische Frauen drückten mit dem schrillen Intonieren der Zunge ihre Freude aus. Dies empfand ich als befremdlich, da ich noch keinen Kontakt zu ihresgleichen hatte. Wir entwickeln erst im Umgang mit Menschen anderer Kulturen Verständnis. An den Verkaufsbuden gibt es duftendes Rosenwasser, Salben, sogar gebrauchte Gebisse, getrocknete Echsen, Pfoten, Häute und undefinierbare Gebräue. Sie sollen alles, angefangen von der Unfruchtbarkeit der Frauen bis zum Zipperlein alter Männer heilen.

Auf dem Weg zurück zum Camper kämpfen wir uns durch zahllose Menschen und Gefährte. Nur von fern nehme ich das Grölen und Hupen wahr. Peter zieht die Kamera. Sanft sage ich, nein, schau es dir nur an. War ich das eben, die gesprochen hat? In der weichen, streichelnden Luft fühle ich mich wie auf Wolken schwebend. In Ekstase drifte ich über den bevölkerten Platz durch eine anwachsende Menge junger Leute. Ich weiche Eselskarren, Mopeds und Pferdekutschen aus und ahne, dass Peter mir nicht nachkommt. Ich beobachte, wie er mich mehrmals im Gewühl übersieht. Das Finden von Dingen ist nie sein Ding gewesen. Ich überquere wieder die Mohammed V und laufe ihm entgegen. Vom Minarett der Koutoubia ruft der Muezzin die Gläubigen zum Gebet. Das Licht der untergehenden Sonne lässt alle Gebäude in altehrwürdigem Glanz erscheinen. Auch die Passanten, die zur kühlen Dämmerstunde vorwiegend in wollweißen, braunen und schwarzen Dschellabas auf dem breiten Bürgersteig flanieren, strahlen Erhabenheit aus. Die westliche Kleidung unter den langen arabischen Gewändern stört die Andacht kaum.

Auf einmal stehe ich im Bann der raunenden Menge in feierlicher Abendstimmung und fühle mich in diesem surrealistischen Ambiente als Akteurin eines Films. Fortgespült von den Wellen des Treibens bin ich außer mir vor Glück. Könnte es doch immer so sein! Wieso fällt es so vielen Menschen schwer, ihre Zeitgenossen zu tolerieren, wenn sie einen anderen ethnischen Hintergrund, andere künstlerische, geistige und moralische Werte oder einen anderen Glauben haben?

Der von Mohammed geschätzte Jesus riet, in uns selbst die Glückseligkeit zu finden und uns mehr zu vertrauen. Nähern wir uns wieder dem Wahren! In allen Nationen wurde viel Wissen angesammelt. Wir brauchen nur die Spreu vom Weizen zu trennen, das Wahre vom Dogma. Wir spüren es bis in die Fingerspitzen, wie wir besser miteinander umgehen und wissen, was dem Ideal der Schöpfung entspricht. Vertrauen wir auf unsere innere Stimme! Sie gebietet oder verbietet, unabhängig von Nutzen oder Vergnügen.

Wir alle haben ein Gewissen, *conscientiae*, dem es zu folgen gilt. Muss die Schöpfung verändert werden? Nein! Nur wir disziplinieren uns besser und leben in Eintracht mit ihr. Wir haben kein Recht, andere daran zu hindern, nach dem Ideal der Schöpfung zu leben. Indianer und Aborigines wurden als *Wilde* verachtet, entrechtet, geknechtet und ausgerottet. Sie wollten nicht nach der Bibel leben und lieber ihrem eigenen Kanal zu den himmlischen Wesen vertrauen. Sie teilten nicht die kolonialherrschaftlich materialistische Betrachtung des Landes, seiner Tiere und Pflanzen. Doch die Haupttriebfeder zum Genozid und zur Sklaverei war die Habgier der Häscher. Die Menschheitsgeschichte gründet sich auf Ausbeutung, Unterwerfung und blutige Reaktionen darauf. Immer wenn Blut im Spiel ist, nähern wir uns dem Fundamentalismus, der wiederum zu Fundamentalismus führt. Kreuzzüge, Heilige Kriege, nie wird es gelingen, das Übel durch etwas anderes als durch Geduld und Toleranz zu meistern. Wir haben eine Wahl! Und unsere eigenen Handlungen haben Folgen!

Wir sind ein Energiefeld, dessen Bewegung im gesamten Universum einen Widerhall hat, *für den wir verantwortlich sind und den wir verdient haben. Wir sind keine Opfer des Schicksals, sondern bekommen das Echo unseres ausgeübten freien Willens zu spüren.*

Nach dem Prinzip *Auge um Auge, Zahn um Zahn* zu handeln, kann also keineswegs das Wahre sein. Unsere Bestimmung ist, über viele Inkarnationen hinweg verzeihen zu lernen und den guten Willen zu entwickeln. Alle großen Religionen und Weltanschauungen gehen im Ursprung ihrer Lehre davon aus: Der Kreislauf des Übergangs von der geistigen in die materielle Welt und umgekehrt, ist notwendig. Im Gegensatz zum Kirchentum ist auch dem Christentum die Reinkarnationslehre bekannt. Im V. Ökumenischen Konzil in Konstantinopel (553), dann erneut im Konzil zu Lyon (1274) und im Konzil zu Florenz (1439) verurteilte die Kirche sie aufs schärfste. Ihre Anhänger wurden verfolgt und oft hingerichtet, da eine Lehre über die Selbstbestimmung des Menschen die Autorität der Kirche untergraben würde. Wenn Jesus lehrte, es bedürfe zur Seligkeit keiner Tempel, sondern allein des guten Willens jedes Einzelnen, heißt das: *Gottesdienst* ist der Dienst am Nächsten. Das frühe Christentum, die Hindus und Buddhisten glaubten Jahrhunderte v. Chr. an die Reinkarnation. Und wir täten gut daran, uns erneut auf diese Lehre einzulassen. Denn:

Müssen wir damit rechnen, dereinst in einem anderen Körper wieder ein Leben auf der Erde zu fristen, gingen wir mit ihr und ihren Bewohnern pfleglicher um.

Und wieso sollten wir nicht reinkarnieren? Gerecht wäre es allemal und auch folgerichtig. Tulpen kommen auch immer wieder, die Zwiebeln wachsen und vermehren sich, aus Raupen werden Schmetterlinge, wieso soll das Wiederkehren in einem anderen Körper ein größeres Wunder sein? Auch beweisen viele

Psychotherapeuten und Psychiater, dass sich ihre Patienten in Hypnose an frühere Leben erinnern und diese oft auch nachgeprüft werden können. Wir reinkarnieren so lange, bis unser gutes Wollen uns endgültig der ersehnten Erleuchtung entgegentreibt. Bis wir die tiefe Wahrheit in den Worten *Liebe deinen Nächsten wie dich selbst* erkannt und praktiziert haben. Teilen wir also unsere Gaben, unsere Achtung, unsere Rücksicht. Bieten wir an, was wir haben, geben wir unser Wesen, unsere Art. Zuwendung können wir alle geben, auch Arme. Besonders Eltern denken besser daran: Liebe zählt mehr als Geld.

Die wissenschaftliche Welt hat betont, dass prinzipiell nichts, *was vorhanden ist, in eine Nichtexistenz übergehen* kann. Daher kann auch kaum die Rede davon sein, dass unser Bewusstsein aufhört zu existieren. Hingegen besteht es im Anschluss an das Ereignis des Todes ohne Unterbrechung weiter. Das Selbst bzw. das Seelisch-Geistige entsteht und lebt mit dem biologischen Körper zusammen. Folglich wird es nach dem Ereignis des Todes in einer neuen Daseinsform, entsprechend der Umgebung, in der es sich befindet, sein Leben weiterführen: im Diesseits oder im Jenseits, wobei das eine vom anderen untrennbar ist.

08-01: Vom Parkplatz der Koutoubia biegen wir links in die Mohammed V ein, fahren geradeaus, passieren schmiedeeiserne Podeste an Kreisen, bis zum Schild, das geradeaus nach Casablanca, links nach Agadir und Essouira weist. Am Stadtausgang die übliche Polizeikonkontrolle, die von uns nichts will.

Auf schnurgerader, im Teerglanz flimmernder Straße passieren wir fröhliche junge Leute in westlicher Kleidung. Vor uns liegt majestätisch der Hohe Atlas mit einer spinnwebfeinen Zuckerkruste überzogen. Die weiß gepuderten Gipfel glänzen in der Mittagssonne. In den *Queds* jede Menge Flusssteine, aber kein

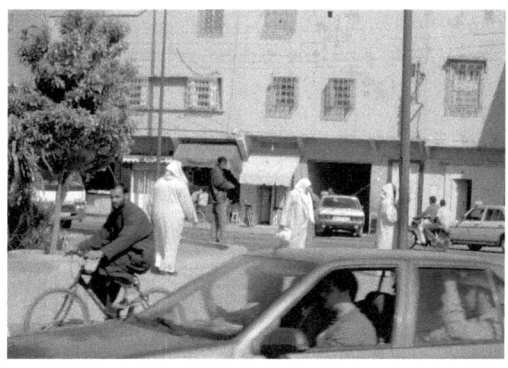

einziger Tropfen Wasser. Aus einer Kurve schleudert uns ein weißer Peugeot entgegen. Zum Glück sind die Fahrbahnränder breit. Doch auf dem Schotter rüttelt der Hymer bedenklich. Peter sagt, wir müssen bald mal wieder die Schrauben kontrollieren.

Herrliche Mandelblüte. 128 km vor Agadir geht es bergab. Wir genießen die prächtige Bergwelt des *Hohen Atlas* ein weiteres Mal. (2015, nach den starken Stürmen hatte ich im Antiatlas statt Genuss Stress; siehe S. 96)

Die verschneiten Kuppen rücken immer näher. 99 km vor Agadir streift uns ein mit Stroh beladener Lastwagen. Die hochgetürmten Biomassen erinnern an einen Fesselballon. Mulmig bestaune ich das passierende Wunderwerk der Ladetechnik und denke an einen Bildband mit aus dem Rahmen fallender Gefährte. Auch Karren und Krafträder sind oft so gepackt, dass sie oft fünfmal höher und/oder breiter sind. Unterhalb der schneebedeckten Bergkette heben sich gestochen scharf grüne Arganienbäume von roter Erde ab.

In der Gegend um den Ort Argane bieten Straßenhändler das wertvolle Arganöl in gelben Plastikflaschen an.

Die Pharmaindustrie verarbeitet es in Salben gegen Neurodermitis. Innerlich hilft es, wenn wir 3 x tgl. 1 Teelöffel nehmen, am besten in Salat oder Pasten. Das Arganöl wird von einer Frauenkooperative in einem mühseligen

Prozess gewonnen. Die Ziegen klettern in die Bäume, um die Früchte zu fressen, wenn der trockene Boden nicht mehr viel Nahrung bietet.

Wir passieren einen Stausee: stummer Zeuge des weltweiten Problems Wassermangel. Auf einem Kleintransporter wackelt eine zweistöckige Eigenbaukonstruktion in der Kurve. Oben bemüht sich ein verletzter Hammel um Balance. In jeder Linkskurve rutscht sein Bein aus der löcherigen Verkleidung. Wieder überholt uns ein Transporter mit einem entmannten Schaf. Das Hammelfest steht bevor. 38 km vor Agadir lassen wir die herrliche Welt der Berge hinter uns. Der Tacho zeigt 3.500 gefahrene Kilometer an.

Meine Mutter ruft an: Habt ihr vom Erdbeben in Teheran gehört? Ja, die Iraner verlegen ihre Hauptstadt besser in ein erdbebenarmes Gebiet. Wenn Teheran so wackelt wie Bam, gibt's Tote in Millionenhöhe. Ma sagt, ich war bei meinen Mietern. Nushin hat sich wegen ihrer Verwandtschaft Sorgen gemacht. Ich sage, was, Nushin ist von Teheran? Ich dachte, sie wäre von Tel Aviv. Hoffentlich ist sie nicht sauer. Ich hab sie im Buch von Israel kommen lassen. Tja, Papier ist geduldig.

Vor meinem geistigen Auge zieht das Beben vom 17.1.94 vorbei, eins der Stärksten in der seismologischen Geschichte. Weit weniger Menschen müssten sterben, wenn überall wie in USA gebaut würde. Wir wohnten seinerzeit nur wenige Hundert Meter von einer Erdbebenwarte entfernt. Experten aus Indien, Australien und anderen Ländern staunten über die geringen Schäden in unserer Gegend, zumal sie weit höhere Erschütterungen gemessen hatten als offiziell angegeben. Der kräftigste Erdstoß, der um 4:31 Uhr wie ein D-Zug durch unser Schlafzimmer ratterte, wurde mit unter 7 beziffert. Wäre er richtig als über 7 eingestuft worden, hätte Onkel Sam uns per Gesetz mehr finanziell helfen müs-

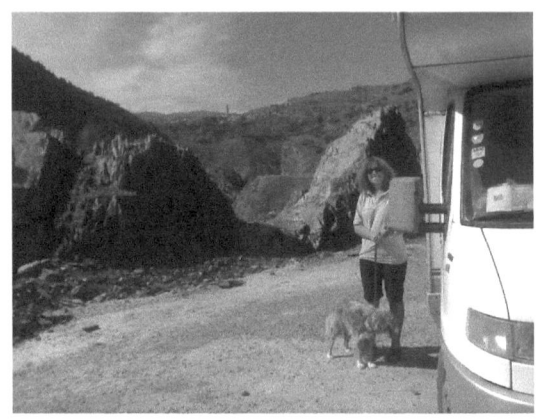

sen. Doch auch so war das Northridge-Beben eine der kostspieligsten Katastrophen der letzten 30 Jahre. Es zerstörte 11.000 Gebäude. Zum Glück gab es nur 60 Tote. Viele davon waren einem Schock bzw. Herzleiden erlegen. In Steinhäusern wären Tausende umgekommen.

Zweitheimat Bananendorf

Der Ausgangspunkt aller Reisen innerhalb Marokkos liegt vor uns. Die rund 650.000 Einwohner zählende Hafenstadt Agadir ist rasant am Wachsen, seit ihrer fast völligen Zerstörung im Jahre 1960. Nicht nur uns ziehen Erdbebengebiete magisch an. Nach dem Motto: *No Risk, No Fun.* Doch, was ist so reizvoll? Das Klima und die gut gelaunten Leute!

Auf der westlichen der drei parallel verlaufenden Hauptstraßen, dem Blvd. Mohammed V, passieren wir einen älteren Radfahrer. Er stützt sich auf die Schulter eines jungen Mannes mit Mofa, um an dessen PS zu partizi-pieren. Wir halten an der Ampel, während neben uns ein weißer Pkw bei knallrot drüber fährt, trotz des unübersehbaren Polizisten, der wild gestikulierend hinterher pfeift. Doch die Blechkiste rast weiter den Berg hoch. Der Ordnungshüter trägt es mit

Fassung. Unter uns breitet sich der größte Fischereihafen Marokkos aus. Hier werden Sardinen eingedost und *en bloc* wie Orangen, Bananen und andere Agrarprodukte des Souss-Tals auf Frachtschiffe verladen. Die purpurrote Sonne nähert sich dem Meer. Die Wellen klatschen unentwegt gegen die Felsen. In Aourir, besser bekannt als **Banana Village**, biegen wir nach der Brücke links ab: Richtung Qued. Bevor wir das ausgetrocknete Flussbett erreichen, fahren wir rechts in die ummauerte Einfahrt. Für umgerechnet €1 lassen wir den Frischwassertank füllen. Es ist eine Freude, wie nett die jungen Leute mit uns umgehen! Der Jüngling, der uns das Wasser einfüllt, ruft lächelnd bonjour Madame. Er streckt seine Hand durch das Fenster und fragt, *Ça va?* Bon! Merci. Damit erschöpft sich mein Französisch nahezu. Mein vorpubertärer Altersstar hielt mich davon ab, frei-

willige Fächer zu belegen. Wer jemals eine Buchseite mit einem Fadenzähler gelesen hat, weiß, wie sich dabei einem der Magen umdreht.

Als wir vor 5 Jahren Wasser auffüllten, war der junge Mann 12 Jahre alt. Seine Geschwister kamen aus dem Haus gerannt, wenn Camper auftauchten. Hatten wir nichts Süßes, gab er dem kleinsten Mädchen, das kaum gelernt haben konnte, seinen Frust zu tolerieren, ein Bonbon. Dies Erlebnis brachte mir meine eigene Kindheit nahe: Anfang der 50er wuchs ich ähnlich auf. Da es unseren Nachbarn nicht besser ging und das Fernsehen noch keine Bedürfnisse weckte, nahm ich keinen Mangel wahr. Im selben Mietshaus wohnte auch so ein einfühlsamer Junge. Für mich war Rolf Broich ein Vorbild. Einmal, als ich beim Spielen mit größeren Kindern all meine Murmeln verloren hatte, griff er in

29

die Hosentasche und hielt mir seine hin. Mein Gerechtigkeitssinn ließ es zwar nicht zu, sie zu nehmen, aber durch sein Angebot stieg Rolf in meiner Achtung. Der beste Freund meines Bruders bereicherte nur kurz unser Leben. Er zog mit seiner Familie nach Hürth/Köln und ließ einen traurigen Jungen zurück.

Liebevoll und einfühlsam zu sein, sind heute kaum vermittelte Werte. Doch, nur im tiefen Empfinden liegt das wirkliche *Erleben* des Menschengeistes. Es löst geistige Energiewellen aus, die dann vielfach verstärkt wirken. Derzeit sind wir dabei, durch unser Empfinden Resignation und Wut zu verstärken. Dem menschlichen Geist mag nicht bewusst sein, dass Empfindungen von Mangel oder Neid gleichartige Gedanken stimulieren. Durch den Anschluss an die kosmische Energie und das Gesetz der Anziehung hat er großen Einfluss auf die Welt. Wir tragen somit Verantwortung und sind daher besser reinen Wollens und streben nach Tugend und Gerechtigkeit. Lassen wir uns von unserer inneren Weisheit leiten und ändern, was unehrenhaft ist! Holen wir alles aus uns heraus, was wir zu bieten haben und steigen auf!

Wir könnten gleich mit der Gleichberechtigung der Geschlechter beginnen. Der junge Mann wirkt anders als viele in Büchern dargestellte Muselmanen. Doch die Erfahrungsberichte von vielen misshandelten Frauen sind erschreckend und beschämend. Moslemische Frauen und Mädchen beneiden oft ihre Ziegen und Esel, weil ihre Männer und Brüder sie weniger schlagen und erniedrigen. Besonders entrechtet und geknechtet sind die Frauen in Saudi Arabien, wie die beiden Bücher einer Al Saud Prinzessin zeigen (in einem TB-Band ISBN 3-442-13317-3). Auch werden noch immer einige Frauen gezwungen, ihre weiblichen Neugeborenen zu töten. Ein er-schütternder Lebensbericht ist der von Souad aus Westjordanland. Sie wurde von ihrem Schwager *bei lebendigem Leib* mit Benzin übergossen und in Brand gesetzt. Was hatte sie verbrochen? Sie verliebte sich in einen Jungen aus der Nachbarschaft. Dieser verführte sie, während sie Schafe hütete. Er versprach ihr die Ehe. Doch als sie schwanger wurde, ließ er sich nicht mehr blicken. Und s*ie* habe damit ihre Familie entehrt. Brutalität gegenüber dem weiblichen Geschlecht gibt es überall. Nicht immer hat es mit Religion und Tradition zu tun. Aber besonders bei Anhängern Mohammeds ist der Irrglaube tief verwurzelt, Männer seien Frauen überlegen und könnten mit ihnen machen, was sie wollten. Tragisch ist auch, dass Eltern ihre Kinder als Besitz betrachten und sie oft schon im Kindesalter gegen ihren Willen verheiraten. Die türkisch-deutsche Soziologin Necla Kelek öffnet uns die Augen über diese moderne Sklaverei im Innern des türkischen Lebens in Deutschland.

Traumhaft zartlila dämmert der Abend. Der Hymer rumpelt am Friedhof vorbei Richtung Teufelsfelsen. Das Stützlager knarrt kritisch. Wir müssen ein Neues über den ADAC ordern. Zum Glück haben wir einen Schutzbrief.

Sigrid Graetz führt in der 82, Rue Mokthar Soussi Cité Suisse, Agadir, eine ADAC-Stelle E-Mail: adacsigi@gmx.net

In den Schränken scheppert und klirrt es. Wir entdecken den 911er von Uschi und Jürgen. Mit den beiden Franken teilten wir im Jahr zuvor zwei Wochen lang diesen zerklüfteten malerischen Strandabschnitt. Wieder genießen wir zu viert den freien Blick auf den blaugrün schillernden Atlantik. In Fontänen spritzt das Wasser aus den Kratern. Hier gefällt es uns besser als auf der Platte, die sich in *Grufti City* und *Hymer 1–3* aufteilt. Uschi sagt, Willi und Gerti sind auch da. Sie stehen mitten im Pulk. Ich weiß, wir haben uns gesimst. Morgen pilgern wir mal zu den Massen.

09-01-04: Nach einem ausgiebigen Brunch traben wir am Strand entlang zur Platte, um die beiden in der Nähe von Wien Beheimateten zu besuchen. 1998/99 hatten wir mit ihnen in den Kakteen gestanden und unsere in den nahe gelegenen Schluchten geborenen Welpen hochgepäppelt. Die Bilder tauchen wieder auf:

Sandy, mit ihrer Mama tollend, und auch ich, erwärmten Herzens, mich ganz in Mutterschaft verlierend: Mit leichtem Schlaf und erstmaligen Hitzewallungen wachte ich über des Welpen Blase. Tanz der Hormone. Die kleine Hundeschar war die bestgefütterte in ganz Marokko. Mindestens einmal täglich gab es ein mit Spirulina angereichertes Fressen. Meine Handgelenke litten unter Sehnenscheidenentzündung vom Heben des Hundebabys. Raus, rein, zigmal am Tag. Dies hielt mich davon ab, dem hier preiswerten Sport zu frönen, bei dem man mit dem Stock eine Kugel in ein Loch schlägt und sogar noch einen Caddie zugeteilt bekommt, der von Golf erheblich mehr versteht als man selbst.

Sindi begrüßt mich mit feuchten Küssen. Sie hatte seinerzeit viel Pflege nötig. Flöhe und andere Parasiten belagerten in Scharen ihr Fell. Ich stelle mir Sandy feinstofflich bei uns vor. Nahe der Österreicher stehen Gottfried und Gisela. Sie kommen zur Begrüßung. Und wieder verlebendigt sich Vergangenheit:

*Zwischen dem Camper der beiden Sachsen und dem Clou von Loni und Karl aus Oberbayern hatten wir uns in der knapp 1000 km südlicheren UN-Stadt **Laayoune** hinter Häusermauern verschanzt. Drei lange Tage heulte der Wind über unsere Köpfe hinweg und legte einen gelben Schleier über Häuser und Autos. Der tonnenweise durch die Luft gewirbelte Sand brannte wie Nadelstiche auf der Haut und fraß sich durch die kleinsten Ritze unseres Hymers. Seither gibt er sich als zeitloses Reiseandenken die Ehre. Ich lernte das Symbol der Unterdrückung schätzen: Der Schleier schützt vor Wind, Staub, Gestank oder Abgasen und verbirgt Falten. Lesen ging nur bei Kerzenschein. Der über die Sonne gespannte gelbliche Schleier verhinderte, dass sich die Solarzellen aufluden. Dann nervten noch jede Menge Flatterheimer. Lonis Mittel gegen Fliegen half: Wir brauchten sie nicht mal zu killen. Sie ertränkte sich in einem Kamikazesturzflug selbst. Peter füllte ein Marmeladenglas mit viel Spüli und Wasser, schüttelte und hielt die verhängnisvolle Lauge im Abstand von 1-2 cm gegen die Decke, wo sich die Insekten am liebsten aufhielten. Sie hüpften ganz von allein ins Glas. Die gleich mit dem Bad nach draußen geschütteten Zappler konnten sich wieder aufrappeln.*

Bevor der Sandsturm tobte, standen wir direkt am Strand neben dem Anwesen des Gouverneurs. Von dort trottete morgens ein ziemlich dusseliger einjähriger Rüde an und spielte mit einer wilden Hündin und unserer Sandgeborenen. Dabei konnte ich feststellen, wie ausgebufft sie mit ihren 3 Monaten schon war. Die beiden größeren Hunde stritten sich um einen Knochen. Der bullige Rüde vergrub ihn und wachte an der Stelle. Die Braune versuchte ihn zu stehlen. Smarty spielte die Desinteressierte. Urplötzlich hetzte sie auf eine drei Meter entfernte Stelle zu und buddelte wie geisteskrank, sodass die Pfoten nur so rauchten. Beide Hunde näherten sich neugierig. Kurz darauf flogen sechs Pfoten durch die Luft. Als die Piesepampel in ihrem Element waren, trottete Sandy mit imaginär erhobenem Mittelfinger seelenruhig zu der Stelle, wo Bully den Knochen vergraben hatte. Sie zog ihn zum Vorschein und machte sich über ihn her. Die beiden Artgenossen tappten deppert heran, gaben sich aber geschlagen und ließen unseren Intelligenzbolzen die gebleichte Röhre bearbeiten. Da Sandy an meinem Geburtstag, 2 Monate nachdem mein Vater seine leibliche Hülle verlassen hatte, das Licht der Welt erblickte, wähnte ich, dass mein alter Herr uns ein Kurs in Hundeliebe gab. Er hätte gern selbst einen Vierbeiner gehabt. In Laayoune hatten wir auch Gelegenheit, ein gewöhnliches Wohnhaus von innen zu sehen. Loni, Karl, Peter und ich waren zum Couscous bei einem ungleichen Paar mit zweijährigem Sohn eingeladen; sie Mitte 20, er in meinem Alter, aber kaum noch Zähne im Mund. Es gibt keine Betten. Geschlafen wird auf bunten Decken, die tagsüber zum Sitzen dienen. Morgens werden sie zusammengefaltet und mit den Kissen an den Wänden übereinander geschichtet. Besonders beeindruckend die automatische Waschanlage: Durch eine quadratische Öffnung in der Flurdecke prasselt der Regen. Der etwas abschüssige Gang reinigt sich so von selbst.

Gottfried holt mich in die Plattenrealität zurück. Er hat einen Roman geschrieben und bittet mich, ihn zu *beurteilen*. Tags drauf sitze ich im Klappsessel vorm Camper und lese sein Werk des Genres *Sience Fiction*, als mich ein Strandverkäufer jäh von Andromeda reißt. Ich zucke sichtlich zusammen, wie eine zu sehr mit Effekten befrachtete Schauspielerin. Der hübsche Junge mit blonden Rastalocken ist selbst ganz erschrocken über meine Reaktion. Er entschuldigt sich mit überzeugend gefühlvoller Mimik, die sein Mitleiden ausdrückt: Sorry, I didn't want to ... Ich unterbreche ihn lachend, it's okay, don't worry. Hätte uns ein Casting Direktor von Hollywood gesehen, wären wir vom Fleck weg engagiert worden.

Uschi besucht mich zu einem Schwätzchen. Die Endfünfzigerin ist ein guter Empfänger. Wie gestern erscheint sie auch jetzt wieder, kurz nachdem ich an sie gedacht habe. Während sie sich mir gegenüber an den Tisch setzt, schaue ich auf ihre Hände. Die flotte Fränkin spreizt neckisch ihre Finger vor meiner Nase. Jeder Nagel weist eine andere Farbe auf, blau, gelb, grün, pink ...

Ich frage, haste schon mit meinem Buch angefangen? Uschi sagt, ja, am besten hat mir das mit Nena gefallen. Wo du schreibst, es sollten mehr ehrliche, authentische und weniger machthungrige Menschen regieren. Ich sage, Nena hat das Buch vielleicht schon vor dir gelesen. Wie das? Sie ist mit Barbara Simonsohn befreundet, die mich zum Windpferd Verlag gebracht hat. Hab ihr zwei Bücher zu Weihnachten geschickt, eins für sie, eins für Nena. Hab bei einem TV-Interview erfahren, dass es der Pop-Lady ähnlich ging wie mir. Ich konnte als Kind meine Eltern auch wie in einer Seifenblase optisch verkleinern. Uschi fragt, fahrt Ihr nächstes Jahr wieder nach Marokko? Ich sage, wahrscheinlich. Sie sagt, viele Camper wollen nicht mehr nach Afrika. Ich deute mit ausgestrecktem Arm nach draußen: Das sieht aber nicht so aus. Es sind doppelt so viele da wie letztes Jahr. Allerdings wird die Angst vorm Irakkrieg der Grund ... kokett ihre von der Sonne gesträhnten Zöpfchen nach hinten werfend unterbricht sie mich, es kommen viele neue dazu, aber die alten sind Marokko-müde. Im Moment ist Südamerika angesagt und Australien. Ich nicke beipflichtend, ja, da wollen wir auch noch hin.

Die smarte Fränkin sagt, wir haben schon gebucht. Die **Überfahrt mit dem Schiff nach Südamerika** von Hamburg aus dauert ca. 4 Wochen und kostet einfach für zwei Personen mit Auto €3.900 inklusive Kabine und Verpflegung. Da krieg ich Peter nie und nimmer drauf, *viiier Wochen!* Uschi sagt, man kann aber in einigen Häfen an Land gehen. Jedenfalls da, wo man kein Visum braucht. Das kannst du vergessen. Um die Welt könnte ich mit Peter segeln. Aber auf einem Ozeanriesen fühlt er sich gefangen. Er wäre fast mal ertrunken. Wir fliegen besser rüber, kaufen uns ein Womo und fahren Euch entgegen. Oder so, wirft Uschi langmütig ein. Ich frage, wie lang wollt Ihr denn bleiben? Sie zuckt mit den gebräunten Achseln, ein oder zwei Jahre. Boah! Na, jedenfalls wirst du unter den Einheimischen kaum auffallen. Mit deinen hohen Wangenknochen und der Frisur gehst du locker als Indianerin durch. Meine Schützenoffenheit ignorierend, sagt die Fränkin, vielleicht fliegen wir zwischendurch mal heim. Ich sage, eigentlich sollten wir zuerst Australien besuchen, dort waren wir noch nie. Wir haben Bekannte in Perth und Freunde in Surfers Paradise, die uns mal in L.A. besucht haben. Und Harald Tietze lebt in der Nähe von Melbourne. Er hat uns vor Kurzem in Michelstadt besucht. Sie schreibt auch Bücher. Vielleicht kennst du seinen Bestseller über Kombucha. Uschi zieht die Brauen nach oben und die Mundwinkel nach unten, um anzudeuten, dass sie es mit der Gesundheit nicht so hat. Sie fragt, weißt du, wie du es in Australien machen musst? Kann's mir denken. Man kauft ein Womo in Perth und verkauft es an der Ostküste in der besten Saison. Uschi nickt anerkennend und sagt, genau so. Übrigens: Junge Leute können dort bis zum 27. Lebensjahr ½ Jahr lang jobben.

Als Uschi gegangen ist, notiere ich das Gespräch und denke über meine Arbeit nach. Unterwegs kritzele ich Erlebtes ins Sudelbuch. Zu Hause brüte ich dann über den Hieroglyphen. In meiner modernen kokonartigen Existenz geht mein soziales Leben überwiegend digital vor sich, E-Mails und *Bloggen*. Unter www.marianne-e-meyer.com setze ich öfters aktuelle Artikel ins Netz. Seltener werde ich eingeladen, Vorträge zu halten oder mal im TV aufzutreten. Da meine Zunge oft dem Verstand meilenweit vorauseilt, fühle ich mich beim Formulieren in geschriebener Form behaglicher. Meist freue ich mich vorm Einschlafen schon auf die glückselige Tortur der Wortschöpfung und das Kommunizieren mit meinen Lesern. Beim Beantworten der E-Mails vergesse ich gern auch mal meine häuslichen Pflichten. Für Ihr Feedback bedanke ich mich an dieser Stelle ganz herzlich!

Schreiben kann jedem nutzen: Beim Notieren der Erfahrungen können wir uns von Scham, Schmerz und Schuldgefühlen befreien! Plagende Selbstzweifel machen krank. Lyrik wirkt meditativ. Du kannst tapfer sein, Verlegenheit bekämpfen und dich trösten. Nutze die kostenlose Therapie, die dich zum Lachen oder Weinen bringt! Ich träume davon, wie Gauguin auf einer Insel im Südpazifik zu arbeiten und vergesse beim Suchen nach dem Paradies, dass ich es längst gefunden habe: hier und jetzt am Strand von Taghazout, hinter meinem Windfang lesend oder schreibend, unter mir die tosende Brandung des Atlantiks. Der Wellenschaum klatscht weiß sprühend gegen das zerklüftete Gestein des Teufelsfelsens.

Diese paradiesischen Zustände sind mittlerweile passé. Auch die schöne Platte mussten die Camper Anfang 2015 verlassen. Dort stehen bald Minipaläste für privilegierte Urlauber, reiche arabischer Länder, in denen es weniger friedlich hergeht und die sich von dem Stress in ihrer Heimat erholen.

Tagsüber können wir zwar am Teufelsfelsen stehen, aber abends werden wir gescheucht. Marokko liebt zwar Touristen, aber keine frei stehenden Wohnmobilisten. Es gäbe ja genügend Campingplätze. Doch diese sind meist fern vom Meer. Auch kommen viele Rentner, die sich den Winter in Europa nicht leisten können, daher auch keine Gebühren von €12 oder mehr. Viele überwintern nun in der Algarve, wo sie noch frei am Atlantik stehen dürfen oder auf Stellplätzen mit Wasser und Entsorgung nur 3 bis 4 Euro zahlen müssen.

Den ganzen Morgen bastelt Peter an der Toilette. Seit er im Jahr 2000 für 220 Mark eine SOG-Entlüftung erworben und eingebaut hat, gibt es keinerlei Probleme mehr mit dem Klo. Dies war nach der Luftfederung die beste Anschaffung seit dem Erwerb des Campers. Nun fahren wir guten Gewissens odeur- und chemiefrei durch die Lande. Doch heute Morgen hielt ich plötzlich den Drehknopf in der Hand. Wir hatten gegen eine Regel verstoßen:

Niemals Unkundige auf die Toilette lassen!

Der holperige Zugang zum Meer trennt uns von Rita und Hans. Letzterer in Bayern geborene Schwabe war zehn Jahre lang Tankstellenbetreiber. Wenn Leute sich an seiner Zapfsäule bedienten, ohne einen Zerquetschten in der Tasche zu haben, saugte er mit einem Schlauch die giftige Brühe wieder aus dem Tank. So handelte er sich im Lauf der Zeit eine chronisch-lymphatische Leukämie ein. Mit dieser Autoimmunerkrankung lebt er seit 20 Jahren meist munter und vergnügt vor sich hin. Sein Geheimtipp: Er verspeist jeden Tag

drei Kumquat-Früchte (Fortunella) von seinen selbst gezüchteten Zitrusbäumen. Täglich ½ Glas Rote Beete Saft oder rote Muttersäfte bzw. *Grüne Lebenselixiere* (Halima Neumann) helfen auch bei Blutkrebs. Dennoch quälen Hans die Leukos ab und an. Wenn er dann die chemische Keule schwingt, wird er miesepetrig, und wir machen besser einen großen Bogen um ihn. Vor zwölf Jahren lernte Hans seine lustige Lebensgefährtin auf einer Reise im Rötelbus kennen. Rita hatte kurz zuvor ihren Mann durch Krebs verloren. Bei unseren langen Strandläufen und Bergwanderungen wächst unsere Zuneigung zu der molligen Berlinerin. Wir entdecken jedes Mal neue Gemeinsamkeiten. Kein Wunder: Sie ist Zwilling, Aszendent Waage, ich Schütze, Aszendent Zwilling und Peter Wassermann, Aszendent Waage. Der Aszendent wird durch die Position des Tierkreises im Moment der Geburt festgelegt. Und das dann aufgehende Sternzeichen beeinflusst den Charakter. Du kannst, wenn du die Uhrzeit deiner Geburt kennst, den Aszendenten ergoogeln.

Ich schlendere über den mit Sand und Geröll bedeckten Ausläufer der hohlen Gasse zu Rita und Hans. Ihr Rucksack ist vom Einkauf im nahe gelegenen Tamrakht prall gefüllt. Hans schließt die Tür des *LMC* auf und sagt, erleichtert seufzend, ach, am Hühnerweg ist's doch am schönsten. Wieso Hühnerweg? Hans sagt schmunzelnd, sind dir noch nicht die Frauen aufgefallen, die wie betrunkene Hühner die Schlucht runter wanken? Hab noch keine beschwipsten Hühner gesehen. Hans klemmt die Daumen hinter die roten Hosenträger, die seine schwarze in Agadir gefertigte Krachlederne halten. Er sagt verschmitzt, als ich noch ein frecher Lausbub war, hab ich Brot in Whiskey getunkt und die Hühner damit gefüttert. Die sind dann mit ausgebreiteten Flügeln gelaufen, damit sie die Balance halten konnten. Und genauso stellen sich auch die meisten Damen hier an.

Keck gebe ich zurück, frech bist du immer noch. Apropos Huhn: Kennt Ihr den Laden, wo die Hühner rumlaufen, bis es ihnen an den Kragen geht? Rita sagt, ja, da haben wir mal eins gekauft. Die kosten €3 pro Kilo. Sie werden lebend gewogen, dann Rübe ab und in die Rupfmaschine. So frisch bekommst du nirgendwo ein Huhn. Das stimmt, wenn Ihr wieder eins kauft, komm ich mit. Ich kann kein lebendiges Tier aussuchen und es dann mausetot in Papier gewickelt heimtragen; Peter auch nicht. Er hat gesagt, dann esse ich lieber nur noch Spaghetti mit Olivenöl.

Im Camper male ich mir die Szene mit all ihren Schrecken erneut aus. Dabei wird mir klar, dass ich nicht mal dabei sein möchte, wenn andere ein Huhn kaufen. Zwar geht es den Tieren in der zum Laden eingerichteten Garage besser als unseren Batteriehühnern. Sie haben zu den Verkaufszeiten stets frische Luft und Sonne. Die Kunden sorgen für Abwechslung, wenn sie Eier, Brot und Gemüse kaufen. Doch jeder Eintretende könnte der verlängerte Arm ihres Henkers sein. Das Töten ihrer Artgenossen, ihre Schreie bekommen sie mit, wie die Rinder und Schweine in den Schlachthäusern das mit Brüllen und Quieken verbundene Massaker miterleben. Manchmal werden die Tiere noch zuckend gehäutet. Die Hindus glauben an die ausgleichende Gerechtigkeit, nach der die Seele eines die Tiere unnötig quälenden Metzgers im nächsten Leben im Körper eines Schlachtviehs wiedergeboren wird. Schwer darzulegen. Aber: Kannst du das Gegenteil beweisen?

Ich sitze auf der Treppe des Womos, starre zum Teufelsfelsen und spüre die Kraft des Atlantiks. Unter mir tost die Brandung wie das Jüngste Gericht. Die dunklen Brecher klatschen mit Getöse an die Felsen. Meterhoch zischt die Gischt über das Gestein. Eine Gedanken-Sternschnuppe huscht vorbei ...

Mit fiebrigen Krämpfen liege ich im Schoße meiner Oma und höre an- und abschwellende Geräusche, die an das Blasen eines Widderhorns erinnern. Dabei habe ich Visionen von Erd- und Feuerwalzen, die immer wieder aufbrechen und weiter drehen.

Peter ist mit dem Roller unterwegs. Er besorgt Holz zum Reparieren der Besteckschublade. Da es schon ein ausgetauschtes Teil ist, hat er die Nase voll. Jürgen kommt, um Peter zu helfen. Mit vor der Brust verschränkten Armen sagt er: Am besten macht man alles selbst. Meinen Mercedes F 911 hab ich auch allein ausgebaut. Mit einem Augenzwinkern dreht der Hauptmann den Kringel seines Schnauzers nach und sagt verschmitzt, vor einem halben Jahr hab ich mir sogar einen abgebrochenen Zahn mit Sekundenkleber angeklebt. Hat wunderbar gehalten. Mein Zahnarzt hat mir zu Notreparaturen geraten. Du kannst dir auch provisorische Füllungen mit entsprechend haftenden Materialien verpassen. Als Globetrotter kann man zum Generalisten werden. Du bekommst Tipps zum Reparieren, Heilen und Weilen. Einer der Gründe, weshalb Zugvögel auf Rädern länger leben, als vor der Glotze versauernde *Couch Potatoes*. Nachdem die Schublade fixiert ist, befördert Peter den Hauptmann zum General.

Hans kommt zur Tür, als ich gerade die abgewandelte Form der Krebsdiät einer bekannten Wissenschaftlerin herstelle. Er fragt erstaunt, wozu brauchst du so viel Leinöl? Ich zähle 6 Esslöffel ab, vermische sie mit 300 g Ziegenfrischkäse, gelbem Leinsamen und scharfen Gewürzen. Ich sage, das ist die Öl-Eiweiß-Kost von Johanna Budwig, nimmt man da Quark. Die Dame ist schon ein paar Mal für den Nobelpreis nominiert worden. Hans sagt, Leinöl nehme ich nur zum Holzstreichen. Das wäre aber gut für dich. Probier's mal, vielleicht kannst du deine Leukos damit zähmen. Es schmeckt besser als du denkst. Das isst Peter sogar freiwillig. 2 Esslöffel davon in einen tiefen Teller, eine Tomate und eine halbe Gurke dazu. Schon ist ein erstklassiges Mahl fertig.

Dr. Budwig hat 40 Jahre lang Krebskranke mit der Öl-Eiweiß-Kost behandelt. 90% ihrer Patienten konnten sich damit heilen.

Ich halte ihm die gelbe Pampe auf einem Teelöffel hin. Hier probier mal. Der Schwabe wehrt ab: I mag jetzt nix.

Am Wochenende haben wir von unserem Standplatz in der ersten Reihe zum Strand Gelegenheit, die Gepflogenheiten der Einheimischen in der Freizeit zu studieren. Rauchschwaden hängen in der Luft. Jugendliche grillen am Strand. Ein Marokkaner trommelt, die übrigen Jungen und Mädchen klatschen rhyth-misch in die Hände, schwatzen und lachen. In der Nähe haben sich einige junger Männer ein Fußballfeld in den feuchten Sand geritzt. Zwei Steinhäufchen auf jeder Seite markieren winzige Tore, die von allen Spielern bewacht werden. Ein Rottweilerwelpe rennt auf mich zu, gefolgt vom schlitzäugigen Herrchen mit Surfbrett. Er fragt, intuitiv meine Nationalität erkennend, darf Lea bei Ihnen bleiben? Klar, *wenn* sie bleibt. Wie kommt es, dass Sie so gut deutsch sprechen? Ich hab in Köln gelebt. Meine Freundin ist noch dort. Sie kommt aber bald nach. Ich bin seit 2½ Monaten in Agadir, hab auch schon ein Appartement. Ich such noch was für ein Restaurant. Viel Glück, da können wir demnächst mal ihre asiatische Küche testen.

Da das Hundi ständig ausbüxt, gehe ich zu den Nachbarn und mache sie mit Lea bekannt. Irgendwann liegt sie bei einem deutschen Paar mit grauem Pudel friedlich pofend unterm Wohnmobil. Ein Marokkaner mit zutraulichem Papagei kommt vorbei. Wir reden über Politik und Geschichte. Der Militärangehörige scheint in der Schule etwas anderes gelernt zu haben als ich. Das ist mir schon öfters in Gesprächen mit Bürgern anderer Nationalitäten aufgefallen. Bevor er geht, lädt er Peter und mich zu sich nach Hause zum Couscousdinner ein.

Heute hoffen die fliegenden Händler auf bessere Geschäfte als unter der Woche. Mustafa, der Nussverkäufer im blauen Baumwollkittel hat seinen einstudierten Auftritt: Die Endungen von *Noix* und *Cacahouète* schnellen in quiekendem „i" hoch. Dann brüllt der grau-gelockte Berber etwas, das wohl *Amande* heißt, da er außer Hasel- und Erdnüssen noch Mandeln feilbietet. Es klingt aber eher wie eine Kuh vorm Melken. Voriges Jahr weihte er in den Dünen seinen Jungen in die Raffinessen des Nussverkaufens ein. Sie übten in sämtlichen Tonarten.

Anfang Februar 2015 ging ich gerade mit dem Hund spazieren als Mustafa mir entgegen kam. Sofort hellte sich sein Gesicht erkennend auf. Ach, dich gibt es also immer noch. Oui sagt er und gibt mir ein paar seiner Kostproben. Ich sage, hier, hab ich gerade ausgelesen, ein englischer Krimi, in dem kleine Knaben misshandelt werden; gut geschrieben aber schrecklich, kannst du tauschen. Mustafas Sohn ist übrigens keine Konkurrenz für ihn. Wir kauften ihm am Strand in Tifnit 2 Schälchen Himbeeren ab.

Viele der Strandverkäufer sind, da die neue Platte nun auch geräumt wurde, arbeitslos. Hoffentlich treibt die Not sie zu keinen terroristischen Vereinigungen.

Sozialkontakte und Sozialreformen

Wie eine Leiche auf Urlaub schleicht der spindeldürre Marokkaner mit seinen ledernen Kamelen und in Bernstein gefangene Insekten heran. Seine vergilbte Pergamenthaut wirkt wie einem Totenschädel übergezogen. Er hält mir einige Silberketten und Armreife hin. Ich frage lachend, soll ich den Magneten holen? Echt Silber oder nicht, ich bin in keiner Kauflaune. Doch der arme Mann mit seiner großen Familie tut mir leid. Peter wollen wir nicht unsere schweren Campingstühle loswerden? Gute Idee. Er zerrt gleich die bunt gepolsterten Teile aus dem Alkoven und stellt sie vor den Camper. Wie die aufgehende Sonne strahlt der Verhärmte über die eingefallenen Wangen und freut sich riesig über die gut erhaltenen Stühle. Zwei nimmt er gleich mit.

Ein Glimmstängelschnorrer taucht auf. Unter Lamento hält Peter ihm den *Marlboro Medium* Karton hin. Er seufzt, ich hab bald selbst keine mehr. Besser kauf ich die einheimischen *Marquise* für 15 (heute 19) DH, damit die Jungs mir die bevorzugte Marke nicht weg rauchen. Einige Marokkaner fragen auch mal nach Whiskey oder Bier. Es ist nicht ratsam, den Wächtern diesen Wunsch zu erfüllen. Sie sollen auf unsere Autos aufpassen, nicht schlafen. Wir zahlen €1 pro Nacht. Nur bei den Briten am Fischerhaus hat sich noch keiner vom selbst ernannten Überwachungsgewerbe durchsetzen können. Moderner Kolonialismus? Momentan kaufen die Insulaner dic Pyrenäenhalbinsel auf, derweil sie noch die von Maggy Thatcher 1984 durchgesetzte Reduzierung britischer EG-Beiträge genießen. Aber solange die Franzosen Milliarden für den heimischen Ackerbau aus den Subventionstöpfen der EU schöpfen, werden die Briten auch auf ihrem Rabatt bestehen.

Bei der Hatz *europäischer Mächte* um die Aufteilung von *Haschhausen* sind die Niederländer Hauptrivalen. Die Franzosen halten sich fern. Ihre Väter waren beim Aufteilen von Afrika Konkurrenten der Briten. Sie hatten sich in West- und Nordwestafrika ein Kolonialreich aufgebaut. Fast alle stehen am

Teufelsfelsen, auf der Platte, dem Campingplatz oder in Agadir. Sie meiden die Nähe der Brits. In der Brandung hüpft ein kleiner Catamaran auf und ab. Schon drifte ich gedanklich in den Wellen der Siebziger Jahre aufs offene Meer hinaus.

Meine Begleiter Peter und Jürgen hängen bei steifer Brise in den Seilen eines 16er Hobie Cats. Wortspielereien sind nicht beabsichtigt, gleichwohl beide dem Wodka Lemon zuge-sprochen haben und etwas müde wirken. Der offene Segler zischt mit Karacho über die Gischt weit draußen vor der Bucht des kanarischen Puerto Rico. Die Boys streifen fast in einer Linie mit der Deckkante das Wasser, als Steuermann Jürgen unbeabsichtigt eine Halse hinlegt. Anstatt vorm Wind zu wenden, kentern wir und klatschen in die kalte See. Mit geborgtem Friesennerz und zu großen Stiefeln treibe ich ab. Krampfhaft versuche ich, die Fußbekleidung durch Hochziehen der Zehen festzuhalten. Die Sorge um das fremde Gut und der Adrenalinstoß lenken mich vom Gedanken an jene Haie ab, als deren Geburtshelfer wir im Jahr zuvor agiert hatten.

Damals waren wir auf einem kommerziellen Fischerboot hinausgefahren. Die Eigner fingen ein trächtiges Haiweibchen. Die meisten Babys wurden durch die peristaltische Welle ausgetrieben. Die restlichen neun oder zehn mussten wir holen und schütteln, bis sie das Maul aufsperrten. Zwar sind die Jungen überlebensfähig, doch die Hälfte wird gewöhnlich von größeren Fischen gefressen.

15 dieser jungen Haie mochten in meiner Nähe geschwommen sein. Aber meine ganze Sorge galt den Gummistiefeln. So lange bis uns ein einheimisches Boot in der Abenddämmerung sichtete. Die Männer kamen näher. Just als sie mir den Rettungsring zuwarfen, fielen mir die Raubfische ein. Ich wartete erst gar nicht ab, an Deck gezogen zu werden, sondern hangelte mich am Seil in

Nullkommanix bis zu den Planken hoch. Erst als ich die Oberfläche des Schiffs unter mir spürte, wurde mir die Gefahr bewusst, der ich gerade entgangen war. Ich zitterte am ganzen Leib, die Zähne klapperten. Zwei der Fischer versuchten, den Katamaran wieder aufzurichten, ein Dritter flößte mir ½ Flasche Rotwein ein, um mich zu wärmen. Die beiden schafften es zwar allein, doch ich nahm mir vor, die Leute, denen ich mein Leben anvertraue, künftig genauer unter die Lupe zu nehmen.

Bei unserem Gewaltmarsch vom Teufelsfelsen nach Taghazout schauen wir bei Werner und Renate vorbei. Die Wahlstraubinger haben Tina, eine hübsche marokkanische Hirtenhündin adoptiert. Nach dem Begrüßungsgebell liegt sie friedlich unterm Camper. Auf dem angrenzenden Busch sitzt eine kecke Haubenlerche. Werner schwärmt von **Avis:**

Der Campingplatz in Avis kostet nichts. Sogar Strom und warme Duschen sind umsonst.

Ich frage, wie geht das denn? Der Besitzer ist ein alter Kommunist. Ihm gehören 2 Tankstellen, 2 Supermärkte und eine Gaststätte. Klingt eher wie Kapitalist. Werner sagt, er ist der Auffassung, wenn die Leute bei ihm tanken, einkaufen oder essen, sollen sie etwas zurückbekommen. Sie fördern seinen Reichtum. Die Campinganlage ist quasi der Rabatt. Ich sage, dies bestätigt das kosmische Gesetz, nachdem wir durch Geben reich werden. Auf seiner tiefsten Ebene ist das Leben ein Verteilen von Geschenken. Das lernt man vor allem beim Campen. Hier blüht noch der **Tauschhandel**. Beim Tauschen unter Campern geht es stets um elementarere Dinge als um glitzernde *Versage*fummel und Designertaschen zum Preis eines gebrauchten Autos. Bei den Niedriglöhnen, mit denen viele Arbeitnehmer am Existenzminimum krautern, wäre eine Tauschgesellschaft nach Art des *Währungswunders* von Wörgl vernünftig.

Der Bürgermeister des Tiroler Ortes fand im Wirtschaftskrisenjahr 1932 eine Lösung gegen die Not seiner 400 arbeitslosen Gemeindemitglieder. Er gab *Arbeitsbestätigungen* aus, die Ladenbesitzer wie normales Geld akzeptierten. Durch aufklebbare Marken sollte die flüchtige Währung, deren eigentlicher Erfinder Silvio Gesell (*Der Abbau des Staates*) war, umlaufgesichert sein. Bald waren die Gemeindekassen mit rückständigen Steuern gefüllt. Es herrschte ein reger Bauboom. So lange, bis, wie zuvor bei Freigeldexperimenten in Erfurt und Ulm die Behörden einschritten und dem *Wirtschaftswunder* ein jähes Ende bereitete (K. Rohrbach: *Freigeld*)

Mitunter kann auch eine Schocktherapie heilsam sein, wie durch das *Kiwiwunder* erfahren. Bei dem bisher radikalsten Umbau eines Wohlfahrtsstaates kippte Neuseeland Mitte der 80er seine soziale Hängematte um, ließ über 50.000 Beamte herauspurzeln, strich nahezu alle Subventionen und zwang die Bürger wieder zur Eigenverantwortung. Ergebnis der Radikalkur: Niedrigste Arbeitslosen- und Krankheitsraten..

Auf dem Rückweg treffen wir einen weiteren Werner. Der Friedberger Psychotherapeut führt seine Rüden Prinz und Leo aus. Wir berichten vom kostenlosen Campingplatz. Das ist in Portugal nichts Besonderes. Das gibt es im Landesinneren noch öfters.

Kann aber der Kommunismus ein auf die wahre Natur des Menschen zugeschnittenes Sozial- und Wirtschaftssystem sein? Ja, wenn Menschen ihre Individualität und Kreativität ausdrücken können und wenn allen die kosmischen Gesetze bewusst sind. Denn wir alle streben danach, unsere eigenen Vorstellungen zu verwirklichen und, so hat es sich auch in kommunistischen Gesellschaften gezeigt, uns Privilegien zu verschaffen. Doch:

Jedes Individuum hat den größten Nutzen, wenn es der Allgemeinheit gut geht.

Dies setzt eine chancengleiche, funktionierende Wirtschaft voraus.

Wie etwa die des goldenen Mittelalters (Karl Walker: *Das Geld in der Geschichte*). Dann könnten die brasilianischen Besitzenden ihre 4½ Milliarden US-Dollar sparen, die sie jährlich für Sicherheitsdienste ausgeben, um Ihren Besitz vor Besitzlosen zu schützen. Wie ist zu verhindern, dass die *Happy Few* horrende Summen anhäufen und den Regierungen den Marsch blasen, während die Masse leidet? Wie die Geschichte beweist, ist es möglich, dass es allen Menschen gut gehen kann.

21-01: Wie jeden Mittwoch besuchen wir Renate und Majid in ihrem Haus. Es thront auf dem Hügel hinter dem polizeilich bewachten Kreisel am Marktgelände des Bananendorfes. (Heute gibt es hier zwar keine ständige Polizeikontrolle mehr, aber es finden häufig Radarmessungen vor dem Kreisel statt).

Renate führt im Sommer den Nürburger *Lindenhof*, in dem Rennfahrer und Zuschauer feucht-fröhliche Feste feiern. Mitunter landen die Zecher in einem der Zimmer des Gasthofs. Peter hat die beiden durch die Rennfahrerei kennengelernt. Seit dem Vorjahr ist das Haus mit Blick auf den Atlantik um 2½ Etagen gewachsen. Renate und Majid, die sich im *ClubMed* in Agadir kennenlernten, wollen nächstes Jahr länger in Marokko weilen und nur im Sommer nach Deutschland fahren. Falls das Golfprojekt am Grenzfluss, in das Peter Anfang der 90er investierte, etwas abwirft, wollen wir den Sommer in Deutschland verbringen.

Wir erklimmen die Dachterrasse. Renate zeigt uns die Räume des 27-Betten-Gästehauses mit vorgebauten Balkonen. Wir blicken auf das Palastgelände des ganz in der Nähe residierenden Scheichs. Ist der Saudi anwesend, stehen um die kilometerlange rote Mauer über hundert Wachposten. Hohe Si-cherheitsmaßnahmen sind der Preis immensen Reichtums. *M6* nimmt es weniger ernst mit seinem Schutz. Er fährt öfter inkognito auf dem Motorrad. Wir haben den König mal auf Jetskiern nahe einer Yacht vor Taghazout beobachtet. Seine Regierungsleute fürchten sich vor Überraschungsbesuchen: Laut *Radio Camping* sei es einem Minister ans Leder gegangen, da er sich statt im Amt auf dem Golfplatz aufgehalten habe. Der Presse war zu entnehmen, dass *M6* Driss Basri feuerte. Der verhasste Innenminister war unter der Diktatur seines Vaters Hassan II der Mann fürs Grobe.

Renate sagt, wir haben heute kein Wasser. Jauchzend vor Entzücken beobachte ich, wie einige Zicklein in ungebändigter Lebensfreude ungelenke Sprünge vollführen. Renate nähert sich auch dem Küchenfenster und freut sich mit mir über die Jungtiere des Schäfers, der seine Herde auf dem Hügel weiden lässt. Plötzlich sagt sie: hey! Kein Wunder, dass wir kein Wasser haben. Sie deutet nach unten, da sprudelt es in den Graben. Es quillt unaufhörlich aus dem gebrochenen Rohr. Am Strand bildet sich ein See. Majid, ruf doch mal an und melde den Wasserschaden. Ach, das hat doch längst einer gemacht. Die haben doch alle kein Wasser. Ich sage, wenn jeder so denkt, habt Ihr morgen noch keins. (So war es dann auch. Majid meldete den Rohrbruch am Donnerstag. Niemand hatte sich gekümmert. Alle dachten, Allah wird's schon richten). Renate zeigt mir den Garten. Der Birnbaum ist winzig. Ja, er hat aber schon zweimal 2 große Birnen getragen. Kaum zu glauben. Doch sagt Majid, eine durfte sogar in die Eifel zur 87-jährigen Mutter Daun. Nach ihrer Familie ist der Kneipp-Kurort benannt worden. Hm! Das Klima von Agadir ist wie das von L. A. Dort hatten wir auch Avocados, Orangen und andere Zitrusfrüchte, auch Yukkapalmen. Die fleischigen Blüten der Yukka sind eine Delikatesse der Latinos. Sie essen sie mit Rührei. Das wusste ich nicht, dass man die essen kann. Ja, die essen sogar Kakteenblätter. Irgendwann las ich mal in *der L.A. Times*:

Die Krebsrate der Kalifornier ist um zwei Drittel höher, als die der aus Mexiko stammenden Bevölkerungsgruppe. Reis mit Bohnen ist eben doch ein gesünderes Gericht als Hamburger und Steaks.

Peter mahnt zum Aufbruch: Wir wollen zum Markt. Wir stellen den Motorroller wie üblich am Eingang vorm ersten Zelt ab. Bei einem Trödler, der seine Waren teils auf einer Plastikplane, teils im Sand feilbietet, suchen wir aus einem Haufen gebrauchter Eisenteile 6 verrostete Heringe aus. Nach zähem Feilschen und viel Gelächter aus teils zahnlosen Mündern zahlen wir 15DH. El Patrone sackt das Geld ein und spendiert einen alten Fetzen Papier. In dieses wickelt sein Enkel die knapp 30 cm langen, kleinfingerdicken Heringe. Damit können wir die Satellitenschüssel in der Erde befestigen. Wir wollen auch noch zwei Säure-Solar-Batterien in der Metro kaufen.

In Marokko kannst du als Tourist unter Vorlage des Reisepasses eine Tageskarte für den Einkauf im Makro-Großmarkt erhalten.

(Im Gebäude der früheren Metro-Tochter Makro befindet sich heute der Großmarkt Atacadáo. Dieser führt jedoch keine der bei uns beliebten Tudorbatterien.)

26-01: Auf dem Weg nach Agadir werden wir zum ersten Mal auf unserer Reise von Polizisten angehalten. Wie alle sind wir zu schnell gefahren. Sonst wurden immer nur die anderen gestoppt. Ausgerechnet heute, wo wir unter Zeitdruck stehen. Wir haben um 9:30 Uhr einen Termin bei der Fiat-Vertragswerkstatt, um die Teile zum Reparieren des Stützlagers zu ordern. Jetzt ist es bereits 9:37 Uhr. Ich ziehe den Fahrzeugschein hinter der Sonnenblende vor, reiche ihn durchs Fenster und frage, Passport? Der Polizist sagt, *no* und schaut bedenklich ernst. Deshalb greife ich nach meinem Buch. Das Farbfoto auf dem Cover zeigt mich mit einer Marsha-Hunt-Gedächtnisfrisur. Ich lache und sage, *je auteur*. Er reagiert nicht. Ich sage, *écrivain ... écrire de Maroc*. Das ist alles, was ich in 5 Sprachen sagen kann: *I'm a writer, soy escritor, mi scrittore*. Ein zweiter Polizist kommt dazu. Er erkennt, dass der Name auf dem Buch dem des Fahrzeugscheins entspricht. Nun lächeln sie. Einer sagt, *aaah, écrivaaaiiin* und leiert etwas in anerkennender Färbung herunter. Intuitiv nehme ich sein Vergnügen über das Buch auf, das ich über Marokko schreibe. Uns freut es hingegen, einer Strafe entgangen zu sein. Peter fand meine Show peinlich. Aber anders wären wir kaum ohne Strafe davongekommen.

Wie Spreu im Winde

28-01: Wir sitzen in lauer Mondnacht bei leichter Bewölkung vorm Camper. Hie und da funkelt ein Stern durch die traumhaft schönen Gebilde, die der Mond und die vorbeihuschenden Wolken formen. Peter sagt, ich vermisse die Stimmung am Lagerfeuer vom letzten Jahr am Fischerhaus. Ich sage, dann lass uns doch einfach morgen abhauen und rüber fahren. Er sagt, da gibt's jetzt keine guten Plätze mehr. So einen Blick wie hier haben wir dort nicht. Ich schaue über den blau-weiß gestreiften Windfang, den uns ein fliegender Händler aufschwatzte und frage, was denkst du, wie viele Fischerboote sind da draußen? Ich sehe 12 Lichter. Peter sagt, ach, da holen wir doch mal Vaters *Seeadler*. Mit dem antiken Fernglas zählt er 37 Lichter, aber es sind größere Boote mit mehreren Lichtern. Peter sagt, einige der Camper haben Knarren dabei. Ich hätte auch lieber eine. Du weißt, was ich von Waffen halte. Peter senkt seine sonore Stimme nachdrücklich: Bisher waren wir nie in einer Situation, wo wir eine gebraucht hätten. Aber wir kommen jetzt in ein Alter, wo wir nicht mehr so kämpfen können. Von *Radio Camping* hab ich gehört, dass einigen Kollegen vor ihren Augen die Reifen zerstochen wurden. Wir haben ja noch Pfefferspray, *Mac Light,* Hammer, Messer ... mit der Knarre ist das einfacher, unpersönlicher. Ich glaub nicht, dass ich mit einem Hammer auf einen einschlagen könnte. Wenn ich in Lebensgefahr wäre, könnte ich das schon. Zumindest mit einer Bratpfanne. Als ich mal mit Renate Schuster und Tochter auf Ibiza war, schliefen die beiden im Bett vor der Dachterrasse. In der Nacht weckten sie mich. An der Tür sei ein Geräusch gewesen. Ich blieb cool, zog meine Stiefel an, um mich besser verteidigen zu können. Mit der Gusseisenpfanne bewaffnet, betätigte ich vorsichtig den Riegel und öffnete die Tür. Draußen war es ganz ruhig und wir legten uns wieder schlafen. Peter sagt, die Samtstimme um eine Oktave gesenkt, mein Vater hat mich mal brutal verprügelt, weil ich mich mit einem Fahrradschlüssel gewehrt hatte. Einer der Jungs wollte mich erwürgen. Die anderen grölten alle zustimmend. Ich lag im Sand, er hat mir die Luft abgedrückt ... ich hab ihm einfach ins Gesicht gedröhnt. Wie alt warst du da? Sechs oder sieben. Hast du deinem Vater gesagt, dass du dich nur verteidigt hast? Einsilbig presst Peter hervor, er hat das nicht akzeptiert. Der Vater des Jungen kam zu uns nach Hause. Du weißt, wir hatten den Wein- und Tabakgroßhandel. Gereizt sage ich, das Geschäft war ihm wichtiger als Gerechtigkeit, *das Menschheitsproblem.*

Nachsichtig sagt Peter, das war damals nicht einfach. Wir waren ja nur wegen des Kriegs auf Gut Moorbek. In der Landschule haben fünf Klassen in einem Raum gesessen. Die Bauern mochten keine Stadtkinder. Wenn du von der Stadt kamst, warst du ein Arsch. Und wenn ein Bauer zu dem *königlichen Kaufmann* kam ... er war auf die Kunden angewiesen. Ich sage, mein Vater hat uns nie geschlagen. Ein einziges Mal wäre ihm fast die Hand ausgerutscht, als ich meinen Bruder zum Schulschwänzen verhelfen wollte. Ich schüttelte das Fieberthermometer verkehrt herum, um die Temperatur zu erhöhen. Es fiel auf den Boden und zerbrach. In dem Moment kam mein Vater. Als ihm die Zornesröte ins Gesicht schoss, rannte ich zur Tür, die Treppe runter und kam erst abends wieder. Jedenfalls machte er sich weniger Sorgen, die Familie durchzubringen. Meine Oma hat immer das Evangelium nach Matthäus von der falschen und der rechten Sorge zitiert, du weißt schon, die Vögel, sie säen nicht, sie ernten nicht ..., aber, wie deinen Vater gibt es viele. Der Vater meiner Freundin hat sich sogar von ihr distanziert. Ich war ganz verdattert, als er auf meine Grußbestellung an Brigitte entsetzt die Augen streckte und sagte, ich habe keine Tochter mit diesem Namen. Ich dachte, nach den vielen Jahren in USA die Leute nicht mehr zu kennen. Später versuchte ich, ihn zu verstehen. Er strich die nicht an gesellschaftliche Normen angepasste Älteste aus dem Gedächtnis, um Klatsch und Tratsch den Nährboden zu entziehen.

29-01: Unsere Nachbarn aus den neuen Bundesländern erklimmen den Hühnerweg als Peter von Hans kommt und ihren Weg kreuzt. Der auf das königliche Kriegsspiel versessene Schwabe hatte es mal wieder geschafft, Peter zu einer Partie Schach zu überreden. Ich kann mich stets mit Arbeit herausreden. Die beiden Wahlfranken bleiben auf ein Schwätzchen. Sie berichten von einem Camper-Neuling, der sich mit seinem neuen Wohnmobil in

Casablanca kurz nach dem Bombenattentat aufgehalten hatte.

Im Mai 2003 forderten in Casablanca mehrere Bombenanschläge auf jüdische Einrichtungen und Orte westlich-weltlichen Lebensstils über 40 Tote und mehr als 60 Verletzte. Diese und 2 weitere Attentate im Sept. 2003 veränderten die politische Atmosphäre in Marokko. Politik und Gesellschaft erfuhren erstmals die radikale Bedrohung der Zivilgesellschaft durch gewaltbereite Splittergruppen. Wenige Tage nach den Überfällen kam es in Casablanca zur größten Demonstration seit der Unabhängigkeit Marokkos. Mehr als eine Million Teilnehmer wandten sich gegen den Terrorismus. Nach dem 11. Sept. 2001 hat Marokko sich eindeutig zum Kampf gegen den internationalen Terrorismus bekannt. Die Sicherheitsbehörden gehen mit aller Härte gegen fundamentalistische islamische Gruppen vor. *M6* hat den Kampf gegen den Terrorismus und die Demokratisierung und Modernisierung des Landes als gleichgewichtige Aufgaben bezeichnet.

Bei der Demonstration wurde sein Wagen total demoliert. Man sagte ihm von offizieller Seite, er solle sein Wohnmobil in Deutschland instand setzen lassen. Die Regierung würde die Kosten übernehmen. Marokko sei kein armes Land. Während meine grauen Zellen sich mit den Fakten *Arbeitslosenrate 20%, Kinderprostitution, viele Dörfer ohne fließendes Wasser und Strom* abmühen - von wegen kein armes Land - öffnet sich schwupp die Blende: El Jadida, Momentaufnahme unseres Erlebnisses auf der ersten Reise nach Marokko 1998/99:

Wir hatten die Fähre nach Ceuta genommen. Am 2. Reisetag gegen Mittag, erreichten wir die Universitätsstadt. Der Verkehr war zum Erlahmen gekommen. Wir saßen fest. Ebenso der Neu-Ulmer Ehrhard und seine Mutter Hanni, die uns in ihrem Clou-Camper anführten. Auch die Schweizer Eheleute, die uns gebeten hatten, in der trostlosen spanischen En-

klave auf Hund und Wohnmobil aufzupassen. Der Pass der Frau war abgelaufen. Sie mussten noch mal die Fähre besteigen und mit dem Taxi nach Malaga zur Botschaft fahren. Peter hupte. Nichts ging mehr. Wir sahen nicht, was vor uns los war und hörten nur Hupen, Pfeifen und von weiter weg wildes Stimmengewirr. Ich fragte in die dünne Luft, eh, was ist denn da los? Peter fragte genervt, wieso fährt Erhard nicht weiter? Von Weitem sahen wir junge Leute in weißen Hemden und Blusen brüllend auf uns zukommen.

Peter sagte, so eine Scheiße, da hat wohl so ein fundamentalistischer Prof die Studenten angeheizt und wir müssen es ausbaden.

Wir wussten zu diesem Zeitpunkt nicht, was sich in der Weltpolitik abspielte: Nachdem der Irak erneut die Zusammenarbeit mit den UN-Inspektoren einstellte, kam es in der Nacht zum 17.12.1998 zu ersten umfangreichen Bombenangriffen auf Bagdad. Und wir bekamen die Reaktion auf die Luftangriffe der USA und UK ab.

Immer mehr Jugendliche bevölkern die Straße. Plötzlich sind wir umringt von Parolen brüllenden Studenten. Peter betet sein Mantra nach, wieso fährt er nicht los? Wieso fährt er denn nicht? Braune Fäuste hämmern gegen Fenster. Blitze der Verachtung schießen aus schwarzen Augen. Peter stöhnt, der soll einfach losfahren. Die machen schon Platz. Eine packende Szene, wie im Film! Ich bücke mich nach der Kamera und sage, wow, das gibt tolle Bilder. Lass das, wer weiß, wie die reagieren. Ich rufe den Jugendlichen zu: Was haben wir Euch denn getan? Wutentbrannte bildschöne Fratzen, umrahmt von rabenschwarzen Haaren umringen uns. Gepflegte Mädchen mit dicken schwarzen Zöpfen. Wieder denke ich an Fotos. Warum nur populär-wissenschaftliche Bücher? Warum nicht mal ein Genre-Wechsel? Nahe dran, gegen Peters Willen zu knipsen, lasse ich dann doch Zweifel zu, die mich abhalten, den Aufruhr im Bild zu dokumentieren. Hemmungslos spucken die Hitzköpfe an die Scheiben. Immer lauter wird das Poltern. Es rüttelt an der Tür. Bequem auf der Couch liegend, werden wir tagtäglich mit der Gülle des Horrors überschüttet. Doch wie anders fühlt es sich an, zu den Akteuren zu gehören! Peter sagt, jetzt fangen sie zu treten an. Hoffentlich verstauchen sie sich die Füße. Die Reifen halten viel aus, aber die dünnen Aluwände bekommen Dellen. Wenn wir aus dem Hexenkessel raus sind, fahren wir allein weiter.

Einige Lehrer scheinen die jungen Leute zur Räson gebracht zu haben. Plötzlich setzen sich die Schweizer vor uns in Bewegung. Der Hymer kriecht voran, zerteilt die Menge und zerquetscht ihre Schatten unter den Rädern. Doch die Demonstranten versprühen weiter ihren Geifer und traktieren unser Gefährt mit Fäusten. Wir können kaum noch durch die mit klebrigem Schleim bedeckten Fenster blicken. Es sieht aus, als ob eine Schneckeninvasion über uns hergefallen sei. An der Tankstelle am Ende des Ortes lassen wir alle Scheiben waschen und betrachten unsere Schäden: zum Glück nicht nennenswert. Eine nur bei genauem Schauen erkennbare Delle. Am Womo der Schweizer ist die Plastikscheibe des Seitenfensters gesprungen. Auch bei Erhard hält sich der Schaden in Grenzen. Alle durcheinander redend, versuchen wir, unserer Gefühlsverwirrung Herr zu werden.

29-01: Annemarie besucht uns und verteilt blaue Flyer, um für ihre Wäscherei zu werben.

Annemarie und Ursula betreiben in der Nr. 51 Avenue Khalid Ibn Alwalid, nahe der Post in Agadir, eine Wäscherei.

Einige Tage zuvor war sie mit einem Kameramann und einem Reporter des MDR hier. Der TV-Sender will dokumentieren, wie Senioren aus den neuen Bundesländern ihren Ruhestand gestalten. Zu uns kamen sie, weil die Nachbarn sich zu einem Schwätzchen eingefunden hatten und man auf ihr Sächseln aufmerksam geworden war. Ich befand mich zu dieser frühen Morgenstunde noch in der üblichen Arbeitshaltung: mit dem Notizbuch im Bett. In mein Schreiben vertieft, bekam ich nichts mit. Später sagte Peter, ach schade, dass du das verpasst hast. Das hättest du sehen sollen, wie unser Nachbar dem Interviewer das Ohr vollgelabert hat. Seine Frau rief dazwischen, er solle doch aufhören, aber er ist immer dem Mikrofon gefolgt. Eigentlich hättest du da noch gefehlt. Wenn du bei jedem Schwenk der Kamera von unten mit deinem neuen Buch aufgetaucht wärst, um es in die Linse zu halten. Unter Prusten malen wir die Situation noch weiter aus. Es hätte nur noch Gottfried mit seiner Rosa von Andromeda gefehlt. Als ehemaliger DDR-Bürger hätte er immerhin das Kriterium erfüllt. Er wäre nicht der Erste, der im Rentenalter sein Erstlingswerk schreibt. Wobei allerdings das eigene Leben besseren Stoff liefert. Ich denke da an Frank McCourts *Die Asche meiner Mutter*.

Merkwürdig: Manche Menschen verhalten sich in der Nähe einer Kamera wie Idioten oder sind total blockiert. Bei Günther Jauch sind die Kandidaten manchmal so verkrampft, dass sie mitunter ganz einfache Dinge nicht wissen. Ich kann ein Lied davon singen. Als ich in der ARD-*Wunschbox* als Spezialistin für Spirulina auftrat, musste ich das beliebteste Lied unter 4 erraten. Während die Zuschauer sich für *Spanish Eyes* erwärmen konnten, hörte ich nichts. Ganz aufgeregt mit dem Entziffern der Titel beschäftigt, kam nur bis zum Dritten. Natürlich hätte ich den Ohrwurm gewählt, wäre er zuerst genannt gewesen. Susanne wollte mich mal bei *Wer wird Millionär* anmelden, da ich in ihrem Beisein oft schwerste Fragen beantworte. Ich mahnte sie, dies zu unterlassen. Wie peinlich, wenn ich an den leichten Fragen scheitere. Salopp erwiderte sie, ach, das macht doch nichts. Halt einfach dein Buch als Maskottchen in die Kamera. Du weißt doch, Negativwerbung ist besonders wirksam. Die Leute geilen sich richtig auf, wenn andere Fehler machen.

30-01: Das Stützlager, das wir über den ADAC bestellt haben, ist noch nicht da. Deshalb können wir keine Fahrten in abgelegene Gegenden machen. Womöglich werden wir unseren gesamten Aufenthalt nahe Agadir verbringen müssen. Auf der erlesenen kleinen Landzunge gleitet mein Blick über den Atlantik, auf die an den Hängen nestelnden Gemeinden und zurück über die schroffen, von Gischt bespritzten Felsen. Die Wolken sehen aus, als seien sie von einem Maler mit willkürlichen Pinselstrichen kühn und wild an den ruhigen blauen Himmel gemalt. Ich denke an mein erfolgreiches Wolkenwegradieren, konzentriere mich auf einen kleinen Wattebausch und sage: Die Wolke ist verschwunden, vielen Dank! Mein Sinnen und Wollen auf den flüchtigen Knäuel ausgerichtet, wiederhole ich drei Mal, die Wolke ist verschwunden, vielen Dank. Obwohl keine Bewegung am Himmel ist, hat sich das kleine Wassergebilde eine Minute später völlig aufgelöst. Versuch es auch mal. Beim Wegradieren von Wolken wirst du über deine eigene Macht staunen. Ob *Regenmacher* intensiv an schwarze Wolken denken und sich schon für ihr *Dasein* bedanken? Das Danken und der starke Wille sind zwingend.

Das Regengebet soll auch heute noch unter den Berbern praktiziert werden. Kürzlich las ich im Internet, dass Deutsche 2008 in einigen marokkanischen Dörfern im Mittleren Atlas mit einem Nachbau von Wilhelm Reichs Cloudbuster erfolgreich Regen machen konnten. Jedes Mal habe es einen dunklen Wolkenring gegeben, den die Dorfbewohner vorher

noch nie so gesehen hätten.

http://claudiabasrawi.wordpress.com/2013/10/10/wilhelm-reich-cloudbusting-in-marokko/

In *So verbindet Wasser unsere Welten* findest du einige Erfindungen von Reich, Tesla, Schauberger und anderen Genies, die zum Segen der Menschheit an Freie-Energie-Geräten arbeiteten, aber von geldgierigen Bankern, Öl- und Energiemagnaten gestoppt, betrogen oder umgebracht wurden.

31-01: Omar, der Öl- und Honigmann, kommt mit seinem Fahrrad vorbei. Er stellt es ab und übt Arabisch mit mir. *Salaam Alaikum*, sagt er mit erwartend hochgezogenen Brauen. Ich antworte, *Alaikum Salaam*.

Er freut sich wie ein Kind. Ich frage, hast du heute noch Arganöl? Ohne zu antworten, holt Omar 2 Literflaschen aus der dunkelbraunen Holzkiste, die auf dem Gepäckträger seines alten Drahtesels befestigt ist. Er habe seine Preise nicht erhöht. Ich solle sie aber keinem verraten, da er mir seine Ware etwas billiger lasse. Das mag er zu allen sagen. Der nette 58-jährige Marokkaner gibt mir zum Abschied die Hand und sagt, Hamdhullah. Ich sage, Alhamdulillah. Aber sicher bin ich ganz und gar nicht, ob es ihn denn gibt. Wer kann schon sicher sein. Wenn Menschen morden, weil sie nicht tolerieren, dass andere Menschen einen anderen oder gar keinen Glauben haben, wäre es doch besser, wenn es keine Religionen gäbe. Oder alle drei Heiligen Bücher könnten vereinigt werden. Sie bauen ja auch ganz sinnvoll aufeinander auf: Die Tora fordert das Einhalten der Gebote Gottes, das Evangelium fordert die Nächstenliebe und der Koran führt zu Gott. Stefan Effenberger zeigt in seinem Buch *Die Einheit der Schrift* auf, dass die Unstimmigkeit zwischen den Religionen auf Fehlinterpretationen basieren. Im Koran (V 66) stehe: *Wenn sie die Tora und das Evangelium befolgten **und was zu ihnen von***

*ihrem HERRN hinabgesandt wurde, wahr-
lich, dann speisten sie von dem, was über ihnen und zu ihren Füßen ist.*

Der islamische Prophet Mohammed glaub-
te. Jesus sei Gottes gesalbter Bote. Allahs
Leute (Muslime) sind angehalten, auf Allahs
Gesandten zu hören (Koran, 4.1715.111)
http://www.islam-101.org/

Es würde ja schon genügen, wenn jeder mit
seinen Nächsten so umginge, wie er will,
dass sie mit ihm oder ihr umgehen. Hören
wir besser auf unsere innere Stimme, damit
das Sinnwidrige sich nicht weiter verbreitet.
Über eines sollten sich die sogenannten Gotteskämpfer klar sein: Mord und Selbstmord
sind im Islam verboten, und wer glaubt, er
würde ins Paradies kommen, irrt.

An der Tür taucht ein blonder Bob auf, unter dem mich lustige blaue Augen anstrahlen.
Rita bringt mein Buch zurück und sagt, ich
kann das nicht ganz glauben, dass wir immer
wieder geboren werden. Ich sage, in der Natur
entwickelt sich doch auch alles weiter und
nichts geht verloren. Steck eine Tulpenzwiebel
in die Erde. Jedes Frühjahr wächst eine grö-

ßere, schönere und robustere Blume heran.
Die Zwiebel wird immer verzweigter, größer
und kräftiger. Dieses Prinzip wirkt überall in
der Schöpfung. So entwickelt sich auch die
Seele in jeweils einem anderen Körper immer
höher. Hast du nicht mal in die Augen eines
Kindes geblickt, aus denen dir Altersweisheit
entgegen strahlt? Aber man kann es nicht beweisen. Eigentlich doch. Die Seele ist ein
Feld. Sheldrake zeigt an Tausenden Fallge-
schichten zum siebten Sinn, dass Telepathie
oder Vorhersage angeborene biologische Sin-
nesfunktionen sind. Und die physikalische
Grundlage dieser *Sinne* sind die *morphischen
Felder.* Blauaugen blicken mich fragend an.
Ich sage, es gibt Kinder, die von ihren anderen Eltern sprechen. Da ist ein Junge, der oft
von seiner mexikanischen Mutter sprach. Hä?
Er konnte den Ort benennen, wo er mit seiner
vorigen Familie gelebt hat. Er hat behauptet,
dass er es beweisen könne. Er habe in seinem
Elternhaus Zeichen in den Fensterrahmen geritzt. Die Mutter setzte sich mit Professor
Hans Bender in Verbindung. Der Freiburger
Parapsychologe konnte Forschungsgelder

auftreiben und reiste mit dem Kind zu der kleinen mexikanischen Gemeinde. Dort fanden sie einige der früheren Verwandten. vor und entdeckten auch die Gravuren im Holz. Rita sagt, das ist ja kaum zu glauben. Aber belegt. Es gibt noch mehr Fälle: So?

In Spiegel-TV wurde mal ein fünfjähriger Junge gezeigt, der beim Kinderpsychologen Jim Tucker in Behandlung war. Als 1½-Jähriger bekam er von seiner Mutter Maria einen Klaps. Er sagte, als ich noch dein Dad war, habe ich dich nie gehauen. Seit dieser Zeit achtet Maria mehr auf die Äußerungen ihres Sohnes. Er war mit einer unterentwickelten Pulmonalklappe geboren und schon mehrfach am Herz operiert worden. Als er zum ersten Mal das Familienalbum betrachtete, deutete er spontan auf seinen Opa und sagte, da bin ja ich. Sein Großvater war als Polizist bei einem Überfall im Kugelhagel gestorben. Ein Geschoss durchschlug seine Herzschlagader genau an der Stelle, an der heute sein Enkel die Probleme hat. Diese Kombination von Erinnerungen und körperlichen Hinweisen ist ja wohl nicht von der Hand zu weisen. Da fällt mir noch ein, irgendwann soll der Junge seine Mutter gefragt haben, wie hieß eigentlich unsere Katze? Als seine Mutter einen Namen nannte, sagte er, nein, ich meine die weiße. Maria antwortete, Boston. Er rief, ja richtig, ich nannte sie immer Boss.

Rita sagt, naja, das sind so Einzelfälle, wer weiß ob ... Neiiin, schneide ich ihr das Wort ab. Ich hab eine Bekannte mit ähnlichen Erfahrungen. Und in Spiegel-TV wurde noch ein indisches Mädchen gezeigt, das sehr unglücklich war, weil sie zu ihren anderen Eltern wollte, die in der Nähe eines berühmten Tempels lebten. Sie sei als Kind von einer Brücke gestoßen worden und im Fluss ertrunken. Ein Professor fuhr mit ihr in die 600 km entfernte Gegend. Als sie in die Nähe des Tempels kamen, kannte sie sich auf einmal

aus und konnte den Fahrer zum Haus ihrer früheren Eltern leiten. Die ergreifende Begegnung wurde im Fernsehen gezeigt. Als die junge Frau ihre alten Eltern erblickte, war sie wie umgewandelt und fiel vor ihnen auf die Knie. Ihr Verhalten war völlig verändert. Die beiden älteren Leute bestätigten, eine Tochter gehabt zu haben, die im Fluss ertrunken war. Ich könnte dir noch mehr von Donahue und anderen US-Talkshows erzählen. Beispiele gibt es genug. Würden Eltern ihren Kindern genauer zuhören und nicht alles als Fantasie abtun, könnten noch eine Menge früherer Leben dokumentiert werden. Ich habe selbst schon so viel Unerklärliches erlebt. Wenn du mal durch einen acht Meter langen Graben über glühende Kohlen gelaufen bist, ohne dass dir das Fleisch bis zu den Knochen abbrennt, dann hältst du alles für möglich. Rita sagt:

Ich weiß nicht. Wieso sollen wir nicht wiedergeboren werden? Die Geburt selbst ist ja schon ein Wunder. Denk nur an das Mysterium der Raupe, die sich in einen Schmetterling verwandelt! Oder an Elektrizität. An unsichtbare Wellen, die dir beim Drehen eines Knopfes am Radio ermöglichen, einen Chor, ein Streichorchester oder einen Rocksong zu hören. Vor 100 Jahren hätte das kein Mensch geglaubt, wenn es ihm beschrieben worden wäre. Oder wie erklärst du Talente, unabhängig von denen der Eltern? Wie kommt es, dass ich alle Verrichtungen am liebsten am Boden mache und barfuß durch steinerne Flussbetten laufe? Huh? Ich hatte zweimal den Traum, ein Schäferjunge gewesen zu sein. Und wie kommt es, dass ich im Alter von zehn Monaten im Satz gesprochen und sehr früh lesen gelernt habe? Das hat doch wohl mit meinem Traum zu tun, in dem ich mich im Körper eines englisch sprechenden Schauspielers wahrnahm.

Würde es nicht Sinn machen, wenn wir die in einem Vorleben erlernten Fertigkeiten,

***wie z. B. komponieren oder Texte lesen,
ins nächste Leben mitnehmen?***

Das frühere Leben als Mime hab ich mir durch Schauspielunterricht quasi bewiesen. Während eines *Writer's Block Seminars* mit Jocelyn Brando lernte ich zwei Schauspielerinnen kennen, die mich zu ihren Schulen mitnahmen. Ich entschloss mich, bei Sharon Chatten Strasbergs *Method Acting* zu erlernen. Huh?

Das ist eine ziemlich gefühlsbetonte Art, Rollen zu erarbeiten. Nach 4 Wochen lobte mich Sharon beim Improvisieren des Stücks *The Porch* in den höchsten Tönen. Es hätte gar nicht wie Spielen ausgesehen, so natürlich sei es gewesen. Derart überschwänglich lobte sie nicht mal die Stars unserer Klasse, z. B. meine erste Improvpartnerin Mariel Hemingway oder Christopher Lawford, ein Neffe J. F. Kennedys. Wenn ich noch an den Assoziationen aus meinem eigenen Leben arbeiten würde, wäre es perfekt. Huh? Mein Partner war überhaupt nicht mein Typ. In so einem Fall muss man die Technik anwenden, sich das Objekt der realen Liebe vorzustellen und auf den Partner zu projizieren. In dem Stück ging es um zwei Ex-Liebhaber, die sich nach langer Zeit gegenübertreten. Jedenfalls meinte Sharon, ich hätte das Zeug für eine klasse Schauspielerin. Aber ich wollte das alles nicht mehr: Lampenfieber, Öffentlichkeit, Hektik. Schon vor den Improvs hatte ich Magenschmerzen. Wozu ein zweites Mal den Stress? Gelernt. Abgehakt. Da schreib ich lieber im stillen Kämmerlein, das befriedigt jetzt mein Bedürfnis nach Glück. Und darum geht es ja wohl im Leben, sich selbst und seinen Weg zu erkennen und glücklich zu sein. Rita sagt, es gibt noch so viel zwischen Himmel und Erde, was nicht erforscht ist. Der übliche friedliche Ausdruck kehrt auf ihr Gesicht zurück.

Um 18:30 Uhr ruft der Muezzin die Gläubigen wieder zum Gebet. Es klingt am Anfang immer, als ob ein Moped aufheult. Ich hocke seitlich auf der Sitzbank, den Kopf an die Wand gelehnt. Die Beine angezogen, schaue ich entspannt über die Küchenzeile hinweg zum Fenster hinaus. Auf einmal sehe ich meine Aura über den Knien. Zuletzt konnte ich dieses alle Lebewesen umgebende Energiefeld bei einem Radfahrer wahrnehmen, der uns beim Inline-skaten auf einem geteerten Waldweg im Mümlingtal entgegen kam. Ich nahm es als graue Kontur über seinem Rücken wahr. Sofort schoss mir Suizid in den Kopf. Der Mann steckte womöglich in einer depressiven Phase. Ich hoffte, er möge sich einige Glückshormone erstrampeln. Auch jetzt erkenne ich den rauchigen Rand um meine Finger und mir kommen Romy Schneiders hauchdünne Schwimmhäute in der Verfilmung von Kafkas *Prozess* in den Sinn. Die wie Emissionen einer Glühbirne austretenden Elektronen zeigen uns, dass wir elektrische Wesen sind. Je mehr Silicium, Germanium, Selen und Kupfer wir zu uns führen, desto stärker ist die Ausstrahlung, desto weiter die Aura. Wir können sie durch unser konzentriertes Wollen vergrößern. Eine texanische Freundin, Lynne Briton, demonstrierte mir dies auf einer Party.

Im Buch *Spirulina, Überlebensnahrung für ein neues Zeitalter* zeige ich zwei Kirlian-Fotografien mit den Energiefeldern meiner Fingerkuppen und Zehen. Die eine war vor, die andere nach der Einnahme von Spirulina aufgenommen. Der Strahlungsunterschied ist darin begründet, dass die blaugrüne Alge all die oben genannten Halbleitermaterialien in natürlicher, photosynthetisch gewonnener Form enthält. Sollte es dir mal an Energie mangeln, rate ich dir zu Spirulina. Die fadenförmige Cyanobakterie wird in der Literatur als Mikroalge bezeichnet. Cyanobakterien haben vor knapp vier Milliarden Jahren begonnen, das Treibhaus Erde zu begrünen und in eine Wohnstätte für Aerobier zu verwandeln. Sie produzieren aus Stickstoff (N_2) Aminosäuren bzw. Protein und aus Kohlenstoff (CO_2) Kohlenhydrate und geben Sauerstoff in die Atmosphäre ab. So entwickelten sich Flora und Fauna. Die Blaugrünalgen enthalten materielle und immaterielle Substanzen in ausgewogener Form. Du könntest von Spirulina und Wasser leben.

Wenn wir fortfahren, unseren Ernährerplaneten zu verdrecken und zu misshandeln und ihm die zum Reifen des Grundwassers benötigten Ressourcen entziehen, werden wir künftig auf die blaugrünen Mikroorganismen zurückgreifen müssen.

Derzeit laufen in vielen Ländern Afrikas Projekte des Selbstanbaus von Spirulina, um gegen Mangel- und Unterernährung sowie AIDS anzugehen. Unter dem *Namen Antenna Technologies* leitet Vincent Guidon Projekte in Mali, Niger und Burkina Faso. Unter: www.antenna.ch/en/documents/Jourdan_UK.pdf

Afrikanische Ärzte verschreiben ihren AIDS-Patienten Spirulina, da sie feststellten, dass sich die T-Helfer-Lymphozyten (CD 4 Lymphozyten) bei jenen Personen erhöhten, die Spirulina genommen hatten.

Der segensreiche Mikroorganismus stärkt das Immunsystem. Würde der Gründer von Microsoft, der täglich fast drei Millionen Dollar für Hilfsprogramme verteilt, auf Nachhaltigkeit Wert legen, wäre schon viel getan. Doch diese lässt die *Bill & Melinda Gates Foundation* vermissen: Weder helfen zelltötende Arzneien gegen AIDS noch hilft gentechnisch manipulierte Hirse gegen Afrikas Hunger. Wir wissen noch nicht, was sich wirklich in der Zelle abspielt. Dass synthetische Gene das Immunsystem schwächen, habe ich im genannten Buch anhand von Studien gezeigt. Die Versuchstiere, die Genfutter erhielten, hatten kleinere Organe als die der Vergleichsgruppe; auch kleinere Hirne und Hoden!

Rita kommt auf ein Schwätzchen vorbei. Schnell sind wir beim Thema Schere zwischen Arm und Reich, die immer weiter klafft. Die Superreichen könnten die wesentlichen Bedürfnisse der Menschen in der Dritten Welt decken. Ihr Einkommen würde dabei dennoch wachsen, aber die Bevölkerungsexplosion könnte eingedämmt werden. Die Misere in den ärmeren Ländern würde endlich enden.

Eh wirft Rita ein, wo kämen wir hin, wenn alle Menschen Autos hätten? Ich sage, in meinem Wasserbuch hab ich Technologien vorgestellt, mit denen wir ohne fossile Brennstoffe auskämen. Schon vor 100 Jahren hätten wir freie Energie aus dem Kosmos zapfen, unsere Häuser kostenlos beleuchten und unsere Autos ohne giftige Kraftstoffe fahren können. Unsere Erde hätte nicht sinn- und skrupellos ausgebeutet werden müssen. Rita fragt, wieso wird diese freie Energie nicht genutzt? Ich sage, weil ein paar geldgierige Säcke aus den stinkigen Energiebranchen den Hals nicht vollkriegen können. Es ist ihnen scheißegal, wenn alles den Bach runtergeht. Den Kreativen werden ihre Patente abgejagt. Sie werden um ihr Genie betrogen, manche umgebracht. Oder ihnen wird der Stempel *verrückt* aufgedrückt. Die Amis sind darin ganz groß. Sie verdienen am Export von Urheberrechten mehr als an jedem anderen Produkt. Durch den Raubbau an Mutter Erde ist eine riesige Kluft zwischen Arm und Reich entstanden. Der Mangel an sozialen Aufstiegsmöglichkeiten führt dazu, dass der Mensch in der Regel Gefangener seines sozialen und wirtschaftlichen Status bleibt, in den er hineingeboren wird. Die äußeren Zeichen der Herkunft besitzen in vielen Ländern ein zu großes Gewicht. Solange man dort als Angehöriger einer niedrigen sozialen Schicht erkennbar ist, hat man keine Chance, ernst genommen zu werden. In USA gefällt mir, dass man schon genau hinsehen muss, um allenfalls die teure Uhr am Arm eines Mannes zu erkennen. Denn selbst mit Ferraris und Laborghinis in der Garage fahren viele *Pick-up Trucks* und tragen ausgewaschene Jeans, T-Shirts und *Sneakers*.

Ich suche herzförmige Steine für Peters Geburtstag. Seit wir im Womo reisen, schreibe ich meine Glückwünsche auf Steinherzen.

Ein dunkler Fleck in der Ferne zwischen Felswand und Brandung erregt meine Aufmerksamkeit: Ist das ein Delfin? Hoffentlich aus Plastik! Es ist der Kadaver eines jungen Delphins mit abgetrennter Schwanzflosse. War ihm eine Schiffsschraube zum Verhängnis geworden? In der *Seaworld* in San Diego tätschelte ich mal so ein putzmunteres Meeressäugetier. Es fühlte sich wie ein stramm mit Wasser gefülltes Plastiktier an. Von der Python am *Strandwalk* in Venice Beach, die so kuschelig warm und seidenweich im Nacken liegt, war ich mehr angetan.

Elmar besucht uns mit seinem Nachbarn Jürgen. Letzterer streift mit riesiger Kamera und Stativ ganz wichtig umher. Vergangenes Jahr standen wir mit Elmar am Fischerhaus. Er hatte einen Lehrer engagiert, der ihm arabisch beibrachte. Einige Begriffe schrieb ich

bei ihm ab. Doch, wenn du arabisch kannst, heißt das noch lange nicht, dass dich die Marokkaner verstehen. Es gibt mehr Berber als Araber. Und die haben ihre eigenen Sprachen, die oft nur mündlich weitergegeben werden.

Elmars Frau ist abgereist. Sie bleibt nie lang. Ob er sie wie den Hund behandelt? Der ist zu Stubenhockerei verdonnert. Stets setze ich mich für ihn ein, aber Elmar weist immer auf die *Besonderheit des Hundes hin*. Wie der junge Gemüsehändler, den ich fragte, wieso ich keine Mädchen auf dem Fahrrad sehe. Hassan deutete auf die Oberschenkel. Er sagte, nix gut. Ich sagte lachend, Ihr habt Angst, dass sie Euch davon fahren und Ihr sie nicht mehr unter Kontrolle habt. Nächstes Mal wirst du als Mädchen geboren, dann wirst du sehen, wie das ist. Wie sollen wir Frieden auf der Welt haben, wenn die Geschlechter keine gleichen Rechte haben? Das Unrecht gegen die Hälfte der Bevölkerung begünstigt die widrigen Lebensbedingungen und schlechten Gewohnheiten der Männer. Sie tragen sie aus der Familie an den Arbeitsplatz, ins politische Leben und schließlich in die internationalen Beziehungen hinein. Beginnen wir mit dem Abbau der Ungerechtigkeit gegenüber dem weiblichen Geschlecht in der Familie! Wie sonst soll das moralische und psychologische Klima in der Gesellschaft verbessert werden, wenn nicht Schluss gemacht wird, männliche Nachkommen bei der Ausbildung, Anerkennung individueller Leistungen, beim Erben oder bei finanziellen Zuwendungen zu bevorzugen.

Jedes Kind sollte innerhalb der Familie absolut gleich behandelt werden. Der internationale Frieden kann sich nur entwickeln, wenn in der Keimzelle der Gesellschaft Gerechtigkeit waltet.

Mädchen sind in Marokko wenig wert. Da Majids Bruder Marokkos bester Golfer war, kennt er den Golflehrer des Prinzen. Von ihm weiß Majid: Die westlich erzogenen Prinzessinnen sitzen unbewacht im Lokal, während der Golfplatz in Mohammedia von der Security abgesichert ist, damit bloß nichts an den Bruder des Königs kommt. Dem dritten, in den USA lebenden Prinzen in der Thronfolge, Moulay Hicham gehen seines Cousins Reformen nicht weit genug. Er hatte bereits Mitte der 90er Jahre öffentlich eine parlamentarische Monarchie gefordert. Doch *M6* will sich seine Macht nicht beschneiden lassen. Vielleicht würde er eher die Verfassung ändern und eine Königin ermöglichen, um den Stress zu beenden. Aber solange der Islam keine Königin kennt, müssen männliche Nachkommen besonders geschützt werden. Ein Gesetz zugunsten des weiblichen Geschlechts hat *M6* aber erlassen: Männer können ihre Frauen nicht mehr verstoßen. Das in der Ehe erworbene Vermögen wird bei der Scheidung geteilt. *M6* verlieh seiner Braut Salma Bennani, die ihr rötlich gefärbtes Langhaar unverschleiert trägt, zwar nur den Titel einer Prinzessin. Das ist aber ein Fortschritt. Latefa, die Hauptfrau seines Vaters, eine von 30+ Konkubinen des Harems, den *M6* nach seiner Thronbesteigung auflöste, war nur die *Mutter der Prinzen.*

Jürgen zwängt seine 1 paar+90 ins Womo. Unter schütterem Rothaar strahlen seine Züge Vorwitz, Sinnlichkeit und Schläue aus. Das Nordlicht sagt, ich hab gehört, du schreibst Bücher. Wie hast du denn einen Verlag gefunden? Der Verlag hat mich gefunden. Die Gesundheitsexpertin Halima Neumann besuchte mich in L. A. Ich hab eins ihrer Bücher ins Englische übersetzt. Sie hat mich inspiriert, meine Doktorarbeit über Spirulina zu schreiben. Ich erfuhr dann von einer Studie:

1989 fanden Gustafson und Kollegen heraus, dass die Sulfonanteile der Glykolipide in Spirulina das „HIV" zerstören.

Ich hab damals freiwillig in der von Louise Hay gegründeten AIDS-Hilfegruppe mitgearbeitet und dachte, hey, da könnte ich doch mit den rund 300 jungen Männern, die sich jeden Mittwoch in West Hollywood treffen, eine empirische Studie durchführen. Nachdem Louise die Gruppe einem Kollegen übergab, kamen allerdings nur noch etwa 50.

Jürgen sitzt eingesunken da. Wasserblaue Augen stieren mich an, suggerieren, na, was ist nun mit meiner Frage? Ja, also zum Verlag: Die Autorin Barbara Simonsohn, sie kennt Halima auch, sie hat mich angerufen und gefragt, ob ich ihr Papayabuch übersetzen will. Im Gespräch hab ich meine Arbeit über Spirulina erwähnt. Barbara hat mit der Chefin des Windpferd Verlags darüber gesprochen. Frau Jünemann hat ein paar Probekapitel gelesen und war *total begeistert.* So hat meine Karriere als Autorin angefangen.

Schnodderig erwidert Jürgen, ohne Beziehungen geht da wohl nix. Ich sage, wenn etwas sein soll, wird es eben irgendwie arrangiert. Wer schreiben kann und Sinn für Kunst hat, kann Bücher auch allein herstellen. Das Wasserbuch und das hier hab ich ohne Hilfe gebastelt: Layout, Umschlag, alles. Dann kommt es aber aufs Marketing an. Jürgen schürzt die vollen Lippen und blättert lustlos in *Übersinnlich in L.A.* herum. Ich sage, sieht doch ganz gut aus, das Foto mit den zwei Gesichtern, oder? Er lässt ein halb zustimmendes, halb entnervtes Ehmh los. Ich sage, das Werk eines Profis. Lothar Nahler hatte vor einer Ewigkeit, ich hab noch an der Frankfurter Uni studiert, er hat ganze Fotoserien von mir gemacht und verkauft. Jürgen fragt, was hast du über Wasser geschrieben? Ich schwärme, H_2O ist einfach alles. A und O, Alpha und Omega, der Geist in allem, Alleseiler.

Hast du schon mal was von dem Geistheiler Bruno Gröning gehört? will Jürgen wissen. Erstaunt rufe ich: *Du* kennst Bruno Gröning?

Mit einem Ruck steh ich auf, öffne die Schranktür, ziehe unter einem Stapel Bücher das *Wunderwesen Wasser* hervor, schlage Seite 37 auf, halte ihm das Bild vor die Nase und lese: *Wassertest mit einem Foto des Wunderheilers Bruno Gröning.* Jürgen gibt sich unbeeindruckt. Ich will wissen, wie er an den BG-Freundeskreis geraten ist, dem weltweit rund 50.000 Personen angehören, darunter 500 Uniprofessoren, Ärzte und Heilberufler. Er weicht aus. Bei mir war's ein seltsames Zusammentreffen von Umständen. An dem Tag, als ich zum ersten Mal hinging, war der Wassertest dran. So, als ob er für mich arrangiert worden war. Ich ging noch drei- oder viermal hin, bis meine Neugierde befriedigt war.

01-02: Mit klaren Bildern eines Traums wache ich auf: *Ich stehe auf einem Balkon. Plötzlich gibt der Boden nach und stürzt samt Schmucksims in die Tiefe. Ich hebe einfach ab und fliege. Aus der dünnen Luft zaubere ich einen Degen und segle wie Peter Pan auf eine Gruppe wilder Kerle zu, die einen Unschuldigen umbringen wollen. Mit der spitzen langen Waffe steche ich auf die Widersacher ein und befreie „den Guten" aus den Klauen „der Bösen".*

Diese nächtliche Vision spiegelt meine Lektüre wider: In Philip Roths *American Pastoral* berichtet die im Untergrund lebende Tochter dem Vater von ihren Bombenattentaten, die vier Menschen das Leben kosteten. Sie haust in einer verkommenen Gegend Newarks. Diebe brechen am helllichten Tag Schmucksimse und Ziergiebel über Hauseingängen heraus, während der bestochene Polizist sein Mittagsschläfchen hält.

Nach drei Wochen Fernsehpause können wir wieder die Tagesschau im hr3 sehen. Im Anschluss muss sich Miss Marple auf dem Deck eines Schiffes heftig mit einem ebenso langen Degen verteidigen, wie ich ihn im Traum geschwungen habe. Deutet das bunt gemischte Vergangene und Künftige an, dass alles im Hier und Jetzt spielt?

02-02: Hans steht vorm Camper und unterhält sich mit Nachbarn. Seine Parasiten feiern eine Party. Denn da sein Bauch steht heute Morgen prägnanter denn je in die Landschaft. Eine Chemo hat wohl seine Darmflora zerstört. Werde dem Schwaben raten, seine Candidageschwader mit Silberionen zu verjagen.

Kolloidales Silber wirkt natürlich gegen Keime, ohne negative Nebenwirkungen zu erzeugen oder Resistenzen zu bilden. Silberionen haben auch keine negativen Auswirkungen auf die nützlichen Bakterien im Darm.

Dr. Robert O. Becker, führender Energiemediziner, stellte eine Korrelation zwischen niedrigen Silberwerten und Krankheit fest. Personen mit niedrigen Silberwerten hatten mehr Erkältungen, Grippe, Fieber u. a. Leiden. Der Krebsforscher Dr. Gary Smith vermutet: Silbermangel ist einer der Hauptgründe für die Existenz von Krebs. Er analysierte Haarproben und bemerkte einen deutlichen Zusammenhang zwischen niedrigem Silberwert und Krankheit. Siehe. Einkaufstipps, Seite 102 f.

Im Supermarkt räumt vor uns ein kräftiger Marokkaner etliche Tüten in den Einkaufswagen. Zwei ihn begleitende Walküren um die 40 stehen zwischen uns und dem Drahtgestell auf Rädern. Unter mit großen Blumen bedruckten Kleidern wirken ihre Körper wie knochenlos bebendes Fett. Peter sagt, meinst du, er hat sie für Kamele eingetauscht? Das muss ne ganze Herde gewesen sein. Lachend und schwatzend bewegen die lustigen Weiber ihre fülligen Körper nach vorn und helfen dem Mann beim Einpacken. Die rotblonde Marokkanerin an der Kasse erinnert mich an Mandira. Sie hat auch diese muntere, offene

Art unserer indischen Freundin, die in den 70ern im selben Haus mit uns wohnte und mich als Zweitmutter, große Schwester und Freundin adoptierte. Die junge Kassiererin ruft den korpulenten Marokkanern noch etwas hinterher und begrüßt uns dann verschmitzt lächelnd in fließendem Deutsch!

Wie gefällt es Ihnen hier? Verblüfft antworten wir durcheinanderredend, wunderbar, toll, wir sind schon zum dritten Mal mit dem Wohnmobil hier. Die kesse Frau sagt, oh, gut. Sie gehören zu den Wiederkehrern. Es gibt prinzipiell nur zwei Aussagen von Touristen: *Marokko einmal und nie wieder* und *Marokko immer wieder.* Wie kommt es, dass Sie so gut deutsch sprechen? Während die Berberin unserer Einkäufe tippt, sagt sie, ich studiere an der Uni Deutsch. Sie lässt nicht erkennen, dass sie Peters flapsige Bemerkungen gehört hat.

Während wir noch unsere Einkäufe verstauen, steht Jürgen wie Phönix aus der Asche vor der Tür. Kürzlich war er mit seinem internationalen Spezialfahrrad vorgefahren. Der Windschutz stammt aus USA, der Rest aus Holland und Japan. Er nahm zwei meiner Bücher mit und hat nun offenbar Fragen.

An der Kippe ziehend, wartet Peter draußen. Jürgen zieht seinen Kopf ein und erklimmt die Stufen. Er schwenkt einen Bogen Papier und sagt, ich muss mal mit dir reden. Ich sage, wir wollen jetzt zum Campingplatz gehen. Du kannst ja mitkommen. Geflissentlich entgegnet der Norddeutsche, ich muss dich allein sprechen und pflanzt seine 1 paar+90 umständlich mir gegenüber auf die dem Tisch angrenzende Sitzbank. Er meckert über die Wasserflaschen an seinen Füßen. Peter, der das Gespräch unbeteiligt verfolgt hat, steckt den Kopf durch die Tür und sagt, du kannst ja nachkommen. In der Hoffnung auf ein kurzes Gespräch gebe ich nach. Ich denke Wunder, was jetzt kommt, aber das ist wohl so ein Ma-

choding. Wir gehen seine Frageliste durch:

Jürgen will wissen, ob durch Kochen die Qualität des Wassers flöten geht. Nein, seine kosmische Energie und Heilkraft bleiben erhalten. Welches Gerät empfiehlst du zum Aktivieren des Wassers? Ich sage, ich verwende den GIE-Aktivator. (Mittlerweile heißt das von Peter und Isabel Groß entwickelte Nachfolgemodel Aqua-Lyros). Damit schmeckt sogar Spaniens gechlortes Wasser prima. Kann man Wasser mit Kristallen energetisieren? will Jürgen wissen. Ja, an der Uni in Berkeley wurde nachgewiesen, dass Pflanzen, Mineralien und Metalle ihre Schwingungen im Wasser hinterlassen. Deshalb wirkt das Kraftfeld eines mit Urenergie aufgeladenen Kristalls auf unseren Körper, der ja viel Wasser enthält. Er kann also auch die molekulare Struktur unseres Körperwassers verändern. Du kannst auch Lebensmittel im Wasser bzw. in seiner unmittelbaren Nähe energetisieren. Das dauert gewöhnlich 1 bis 2 Stunden. Bergkristall, Rosenquarz und Amethyst sollen am besten sein. Es gibt noch mehr Möglichkeiten, Wasser zu verbessern. Lässt du es mehrfach durch einen Trichter laufen, wird es rechtsdrehend mit mehr Sauerstoff angereichert. Ist es zu hart, helfen Magnete.

Da ich Peter nicht mehr einholen kann, frage ich: Was hast *du* so gemacht als Sozialpädagoge? Jürgen sagt, Knackibereich und Strichermilieu. Aha, denke ich, daher die schnodderige Art. Weshalb er 47-jährig nicht arbeitet, verrät er nicht. Doch unter den Campern haben wir neben armen Rentnern, die sich die Heizkosten im nordeuropäischen Winter nicht leisten können, auch Lehrer und Polizisten getroffen, die unter zerfleddertem Nervenkostüm litten. Ich sage, ich wäre auch fast im Frauenknast Preungesheim gelandet, entschied mich aber für ein Praktikum in der Kita um die Ecke. Da wurde mir ganz schön Energie abgezapft. Beim 2. Praktikum in einer Sonderschule im Gallusviertel war der Tag auch immer gelaufen, wenn ich heimkam.

Jürgen hatte letztes Mal erwähnt, dass er Schröder als Juso kannte. Ich frage, wie war denn dein Genosse Gerhard so? Jürgen sagt, bis zu einem gewissen Grad kumpelhaft, doch es ging immer nach seiner Nase. Er wollte immer bestimmen. So wie du. Haha. Gerhard ließ niemand an sich herankommen. Vielleicht hat er deshalb auch keine eigenen Kinder. Als ob etwas in ihm abgestorben wäre.

Wir kritisieren das, woran wir besser selbst arbeiten, gern bei anderen. Ist er denn heute anders als früher? Jürgen sagt, hab keinen

> Beobachte deine Mitmenschen und achte darauf, was sie an anderen zu bemängeln haben. Empört sich jemand über die Fehler anderer, nimm dir diese Person unter die Lupe. Du wirst erstaunt bemerken, dass das, was sie an anderen stört, bei ihr selbst noch stärker ausgeprägt ist. Wir bilden selbst keine Ausnahme. Würden wir alle den Mut aufbringen, dies anzunehmen, könnten wir in unserer Entwicklung einen gewaltigen Schritt voranschreiten. Jesus drückte es so aus: Was aber siehst du den Splitter, der in deines Bruders Auge ist, den Balken aber in deinem Auge nimmst du nicht wahr.

Kontakt mehr. Als er mit den Dingern rumstolziert ist, du weißt schon diese langen, em ... du meinst Stelzen. Das macht ihn doch eher sympathisch, denkst du das war Absicht? Jürgen zuckt die Achseln. Ich sage, für mich ist Politik nix. Ich will sagen können, was ich denke. Statt Ehrennadel kann ich aber ein Dankesschreiben von Bruder Johannes vorweisen. Von Rau, wieso? Ich hab ihm meine Bücher geschickt. Als er meinen Vater zur 40-jährigen Mitgliedschaft geehrt hat, hab ich am Tisch seiner Bodyguards geses-

sen. Irgendwie hab ich gespürt, dass es ihm nicht gut ging. Er und mein Vater waren Parteifreunde in der GVP. Mein alter Herr war Handelsvertreter und hat Gustav Heinemann, Johannes Rau und Helene Wessel mit seinem Auto zu Wahlveranstaltungen mitgenommen. Als klar war, dass die GVP die 5-Prozent-Hürde nicht schaffen würde, empfahl Heinemann allen, geschlossen in die SPD einzutreten. Rau war überrascht, dass mein Vater erst jetzt geehrt wurde, wo er selbst doch ein Jahr vorher schon dran war. Man hatte geglaubt, er sei Kommunist und lehnte die Aufnahme in die SPD erst ab. Später diente er der Partei als Fraktionsvorsitzender der Selbstständigen von Hessen Süd. Apropos familiärer Wiederholungszwang: Bei meiner ersten Studentendemonstration erkannte ich einen Freund, der hinter einem roten Banner marschierte. Für kurze Zeit ging ich neben ihm. Plötzlich hob er mich hoch und warnte mich vor Beamten der Staatssicherheit, die mich fotografiert haben.

Der Kaventsmann stiert Löcher in die Luft, ich kenne Rau nicht persönlich, hab nach der Jusozeit kaum was gemacht. Er faltet den Fragezettel. Ich stehe zum Gehen auf. Plötzlich presst Jürgen im Timbre eines Lamentos hervor, wieso seid Ihr überhaupt zusammen? Ihr seid doch so verschieden. Ich sage, oha, und zucke mit den Achseln, wir kennen uns wohl aus einem früheren Leben. Sein wegwerfendes *Ach* sagt mir, dass er *solche Sachen* nicht für möglich hält bzw. mir meinen *Fehlgriff* nachträgt. Zum dritten Mal hetzt er zum Pieseln nach draußen. Als er zurückkommt, schließe ich die Tür ab und sage, bei dir hat sich wohl der Candida albicans eingenistet. Entnervt bellt Jürgen, was ist *das* denn? Ich sage, lies mal das *Blaugrüne Wunder* und öffne wieder die Tür. In diesem Buch hab ich dem invasiven Gesellen 10 Seiten gewidmet.

Der Sprosspilz liebt ein saures Milieu.
Am liebsten mag er Bier, Süßigkeiten,
Schimmelkäse, Brot Pizza, Nudeln ...
alles, was so schön kleistert.

Wie ich dich kenne, sind das deine Leib- und Magenspeisen. Jürgen stößt einen kehligen Laut aus. Als wir ihn kürzlich besuchten, lag eine riesige angebrochene Tafel Schokolade mit Puffreis herum, und er trank Bier. Ich sage, wenn du eine Zeit lang Silberionen oder H_2O_2 nimmst und den Parasiten ihre bevorzugten Leckerbissen entziehst, bist du sie bald wieder los. Ebenso den dauernden Harndrang und dein Bäuchlein. So, jetzt lauf ich Peter entgegen. Du kannst ja mitkommen.

Während wir Richtung Taghazout eilen und die Geduld der Angler bewundern, frage ich, was hältst du von der sich zuspitzenden Lage durch die Staatsverschuldung und der immer

schärferen Trennung zwischen Arm und Reich, meinst du, wir könnten uns wieder einen autoritären Staat einhandeln? Ach, ich weiß nicht. Ich sage, wir brauchen mehr Transparenz, Verantwortungsbewusstsein und Selbstbestimmung. Immerhin ist es unser Geld, das die Politiker verschwenden. Wenn es noch mehr bergab geht, wird wieder nach einer starken Hand gerufen. Die Braunen wittern wohl schon Morgenluft. Jürgen lenkt ein,

die werden sich nicht durchsetzen. Das haben die Leute vor 1933 auch gedacht. Unsere Politiker liefern sich doch Banken, Konzernen und anderen Strippenziehern aus. Dass sie Marionetten der Konzernbosse sind, zeigt doch das Beispiel Stevia.

Jürgen kläfft enerviert, was ist denn das schon wieder? Ich sage, ein natürlicher Süßstoff aus Süßkraut, ohne schädliche Nebenwirkungen. In Europa verboten (seit 2.12.2011 als Lebensmittelzusatzstoff zugelassen).

Warum? Wir dürfen nur problematische Süßstoffe verwenden. Aspartam ist ein lebensgefährlicher Zuckerersatz, der sich in vielen Fertiggerichten und Colagetränken befindet, auch bekannt als *NutraSweet, Canderel, Equal, Spoonful* oder E 951. Der Neurochirurg Blaylock hat festgestellt, dass Aspartam besonders in Verbindung mit Glutaminsäure schwere chronische neurologische Störungen verursacht und für zahllose Symptome und Krankheiten verantwortlich ist: MS, Epilepsie, Parkinson, Alzheimer, Hirntumore, Blindheit, Hautwucherungen, Depressionen, beschädigtes Kurzzeitgedächtnis oder Intelligenzschwäche.

Fast alle Gewürzmischungen und Fertigsuppen enthalten Mononatriumglutamat bzw. E 621. Viel schlechtes Karma, das verantwortungslose Zeitgenossen damit auf sich laden. Die Probleme sind seit ca. 30 Jahren bekannt.

Jürgen setzt seine Schritte mit kindlicher Vehemenz und hält sich gebeugt, als ob er seinem hochaufgeschossenen Körper Einhalt gebieten will. Ich habe keine Mühe, mit meinen 1 paar+60 zu folgen. Wieso kannst du so schnell gehen? Seit meinem 19. Lebensjahr halte ich mit Riesen Schritt. Edmond war 193 cm lang, Günther 1,96. Ebenso groß war sein Klassenkamerad HP, der mich vor 32 Jahren quasi zu Peter schickte, um mir wieder ein Auto zuzulegen. Übrigens, das erste, das ich allein kaufte und das einzige, bei dem ich nicht angeschmiert war. Stammhalter eines königlichen Kaufmanns eben. Wieso königlicher Kaufmann? Peters Vater war Schiffsausrüster fürs englische Königshaus. Hm, wieso bist du immer auf so große Männer abgefahren? Als Kind wurde ich mit meinem kleinen Vater gehänselt, dass ich ein Zwerg bliebe. War wohl der Grund, weshalb der Ödipuskomplex sang- und klanglos an mir vorübergegangen war. Armer Pa!

Wir erreichen die Platte. Von der leichten Brise aufgewirbelter Staub tanzt in den Sonnenstrahlen. Ich sage, die Leute sind manipulierbar wie in Nazi-Deutschland. Was wir uns alles bieten lassen! Viele Naturheilmittel, die wirklich helfen, werden nicht von der Kasse bezahlt, weil die Pharmaindustrie wer weiß wen schmiert. Vielleicht steckt die Krankheitsmafia auch hinter dem Verbot des Süßkrautextrakts. Barbara Simonsohn hat ein Buch darüber geschrieben. In Japan sind mehr als die Hälfte der Lebensmittel und Getränke mit Stevia gesüßt, auch Cola. Wieso drängen sie uns dieses Mistzeug Aspartam und die künstlichen Geschmacksverstärker auf, die für die modernen Seuchen verantwort ... Jürgen unterbricht meinen Monolog: Vielleicht ist das wieder so eine Art Morgenthauplan, nur geht's da noch mehr zur Sache. Ich rufe, wow, na klar! Moderne Kriegsführung!

Immer forscher hetzen wir über Steine und Sand. Man muss sich das mal vorstellen: Da draußen im All gibt es massig Planeten mit verschiedensten Lebensformen. Und auf der Erde geht es seit Menschengedenken darum, wie ich meine Zeitgenossen am besten über-vorteile, unnötig viel materiellen Reichtum anhäufe und den Ernährerplaneten zugrunde richte! Allein der Gedanke an die kosmische Gerechtigkeit beruhigt mich. Die Verantwortlichen glauben zwar nur an irdische Richter oder denken, sie könnten auf andere Planeten flüchten oder unter der Erde leben, sofern es oben unmöglich wird. Doch im nächsten Leben kriegen sie dann ihr Fett weg.

Elmar sitzt vor seinem *LMC* und bietet uns sein Faltgestühl zum Platznehmen. Er sagt, mein Nachbar hat sich eine Marokkanerin in den Camper geholt. So etwas würde ich nie tun. Jürgen sagt, ein Freund von mir hat eine geheiratet. Der lebt ständig im Stress mit dieser Frau, muss ihre Familie ernähren. Sie arbeitet nada. Wenn er von ihr verlangt zu kochen oder sauber zu machen, wirft sie sich auf den Boden und strampelt wie eine Verrückte. Diese Frauen reagieren nur auf Prügel. Der macht sich zum Hampelmann. Ich stehe auf, kicke einen Kiesel und sage, bescheidenes Schlusswort, ich geh jetzt. Versuche, mich zurückzuhalten ignorierend, haste ich gen Fischerhaus. Von Weitem sehe ich des Hauptmanns *911er*. Die beiden bereiten sich mit feinsten Datteln und einem *Sundowner* auf den Sonnenuntergang vor. Uschi sagt, Peter ist schon wieder weg. Oh je, iss es schon so spät? Da mach' ich mal gleich kehrt. Uschi reicht mir die edle Schale, nimm wenigstens eine mit auf den Weg.

Die Sonne hat ihr rotes Band über die Wolken gespannt. Immer schneller fliegen meine Beine. Als ich die Platte erreiche, versinkt unser Energie spendender Fixstern dunkelrot hinterm aufgerissenen Wolkenhimmel. Orange und rosarot glühen die Strahlen wie Feuer über dem schwarzblauen Atlantik. Dunkel ragt der Teufelsfelsen aus der tosenden Brandung. Als ich unseren *Hymer* erblicke, ist der Feuerzauber verblasst. Der Himmel hat sich in ein zartes Lavendelblauviolett verwandelt.

Feten, Sandstürme u. a. Herausforderungen

Von Sonntag, bis Dienstag oder Mittwoch ist der fliegende Handel eingestellt. Auch die Läden sind zu. Am Montag feiern die Islamisten *Aid el-Kebir,* ihr wichtigstes Fest.

Das Hammelfest soll an den Tag erinnern, an dem Abraham dem *lieben* Gott seinen Sohn opfern sollte. Als Gott sah, dass Abraham dazu bereit war, hielt er ihn auf und das Kind war gerettet. Aus Dankbarkeit opferte Abraham ein Tier. Als ob Gott einen Vater so unter Druck setzen würde! Glaubst du, Er habe solche Tests nötig? Doch der Islam verlangt, dass Gläubige sich erkenntlich zeigen, wenn es ihnen im Vorjahr geschäftlich und gesundheitlich gut ging. Deshalb schlachtet jede Familie, die es sich irgendwie leisten kann, einen Hammel. Je näher zum Fest, desto teurer werden die armen Opferlämmer gehandelt. Zum Leidwesen vieler Kinder und erwachsener Tierliebhaber, denen die blökenden, an den Beinen gefesselten Schafen leidtun. Besonders dann, wenn sie wochenlang in Hof oder Stall gehalten werden, da sie 6 Wochen vor dem Fest €150–200 kosten. 1–2 Wochen davor muss man €300 berappen. Nach dem *Fê-*

*te de mouto*n machen die Metzger Urlaub, da die Menschen das Fleisch bis oben hin satthaben. Reste gehen an Moscheen und werden an Bedürftige verteilt. Letztes Jahr kam Majids Schwester aus Mohammedia zu Besuch. Sie kochte Couscous mit Hammelfleisch. Den Rest bekamen *wir* Bedürftigen. Mir ist aufgefallen, dass die unangenehmen Sandstürme jedes Mal zur Zeit des Hammelfests toben. Ob die Geister auf das Fest pfeifen?

Wir laufen mit Rita und Hans nach Taghazout. Der feuchte Sand massiert Ballen und Zehen. Ich achte darauf, gleichmäßige Abdrücke zu hinterlassen und laufe, wie ein Model überkreuz. In der glitschigen Steinpassage mäandere ich um mit grünen Flechten bedeckte Felsen und nehme zwischendurch Fußbäder in mit Steinen gefüllten Pfützen. Als ich die rund 70 Meter überwunden habe, drehe ich mich um. Die Wahlschwaben haben die Mitte erreicht. Peter stakt mit seinen zarten Füßen noch im ersten Drittel herum. So eine frühere Inkarnation als barfüßiger Schäferjunge hat eben auch Vorteile.

Auf der Terrasse der *Auberge Taghazout* serviert Abdellah Getränke. Ich genieße frisch gepressten O-Saft bei relaxendem Rastasound. Es ist eine Kopie genau der Kassette, die wir bei einem Trip nach Jamaika im Bob Marley-Museum in Kingston von Bobs Halbschwester Pearl erstanden hatten.

Von den Kollegen, die sich den Zaun €3,50 pro Tag kosten lassen, erfahren wir nichts Neues. Der Campingplatz wird kaum noch von uns Freistehenden genutzt. Früher brachten wir Briefe und Karten zur Rezeption. Heute fährt jeden Nachmittag ein neuer weißer Renault Lieferwagen von *La Poste* hupend durch die Reihen. Wir könnten immer auf unserem Platz bleiben. Morgens bringen die Jungs frisches Brot. Später liefern Lastwagen Frischwasser. Auch Obst, Gemüse, Fisch, Eier, Gebäck und Gebrauchswaren werden zu unseren mobilen Häusern gebracht. Alles andere gibt es in den Strandläden und den beiden Dörfern.

Den Rückweg nehmen wir über Haschhausen. Wolfgang, der den Sommer über in einer Trailersiedlung direkt am Main gegenüber der Uniklinik lebt, sitzt im Faltstuhl vor seinem Camper und schmökert. Er hat gerade erfahren, dass die Grundstückseigentümer die Siedlung auflösen wollen. Wenn er dort weg muss, weiß er nicht, wo er bleiben soll. Ich dränge zum Gehen. Mir ist kalt. Minuten vergehen. Ich lauf schon mal vor. Rita kommt mit. Eine Stunde später kraxeln wir den Hühnerweg hoch und sitzen, weil wir keine Schlüssel haben, vorm Camper und warten auf die Nachzügler; ich bibbernd. Mir fehlt der Speck auf den Rippen. Gebannt starren wir über den abschüssigen Geröllpfad hinweg und suchen den Strand nach unseren Männern ab. Bei langsam einbrechender Dunkelheit klappern meine Zähne immer lauter. Zum x-ten Mal füttere

ich die grauen Windungen meines Großhirns mit dem Bit, *künftig das Wohnmobil nur mit Zweitschlüssel verlassen.* Rita sagt, hoffentlich verirrt sich nicht grade wieder so einer, du weist schon. Sie spielt auf den Erotomanen an, der kürzlich direkt vor ihrer Liege seinen Bengel hervorholte. Wenn es wenigstens ein schöner gewesen wäre. Die kesse Berlinerin schildert den Vorfall noch mal und sagt: Ich bin natürlich gleich in den Wagen gegangen. Aber was könnte ich *jetzt* machen? Ich sage, laut lachen. Das praktiziere ich seit meiner frühesten Kindheit, wenn mir nichts einfällt. Bin immer gut damit gefahren.

Lachen steckt an wie Gähnen und tötet Angst.

Die Gedankensternschnuppe des aufrecht im Gitterbett sitzenden Babys blitzt auf:

Ich spiele mit meinen Sachen in heimischer Dunkelheit. Plötzlich öffnet das mir vertraute große Mädchen die Tür und schaltet das Licht an. Angst steigt auf! Wird sie schimpfen? Was soll ich tun? Zum schnellen Zurücklegen ist es zu spät. Wie hypnotisiert starre ich auf ihren Arm am Lichtschalter und halte die Luft an, als sie zum Schrank geht, um ein Handtuch herauszuholen. Beim Umdrehen entdeckt sie mich im Gitterbett sitzend. Ich bleibe sitzen und lache das mit dunklen Locken umrahmte schöne Gesicht lauthals an. Meine Mutter fällt in mein Lachen mit ein und überhört den von meinem Herzen purzelnden Stein. Sie sagt, leg dich jetzt hin und schlafe. Dabei schwingt in ihrer Stimme ein gewisser Stolz über ihr aufgewecktes, sich in der Dunkelheit nicht fürchtendes Mädchen mit.

So hat sich wohl mein *sonniges Wesen* entwickelt. Später erfuhr ich, dass ich noch nicht mal ein Jahr alt war, als ich die Lektion *Lachen tötet Angst* lernte. Als ich meiner Mutter dieses Erlebnis erzählte, fiel sie aus allen Wolken. Die von mir beschriebene Anordnung der Möbel machte ihr klar, dass diese

Begebenheit aus einer Zeit rührte, als wir noch in der Waldstraße wohnten. Wir zogen von dort weg, als ich 10 Monate alt war!

Peter muss heute nichts arbeiten, nicht mal mit dem Motorroller zum Markt fahren. An Geburtstagen verwöhnen wir uns gegenseitig. Ich schnalle mir den Rucksack um, trabe mit Hans und Rita an den Fischerschuppen vorbei über die Wiese zum Strand. 12 Minuten später erreichen wir den Marktflecken in Aourir. Ich kaufe 1 Kilo Erdbeeren, Zitronen, Pepperoni, je einen Bund Korianderkraut und Petersilie. Den Großeinkauf haben wir gestern im Marjane besorgt und dort Mike getroffen. In Marokko ist er, oh Wunder, jedes Mal von seinen rheumatischen Beschwerden geheilt. Er habe entdeckt, dass es am

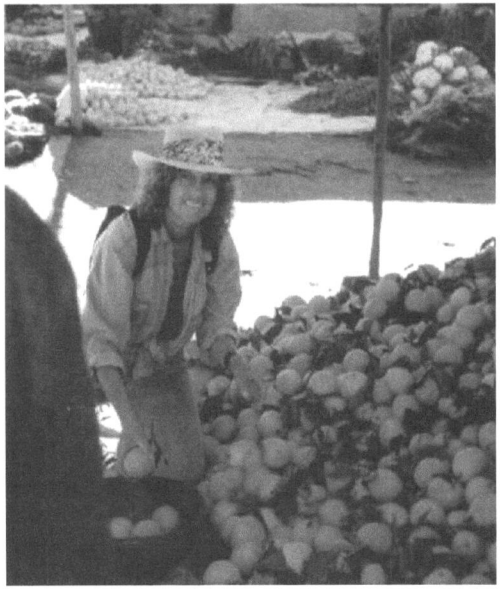

Schweinefleisch liegt. Doch zu Hause kann er die ungesunden Sauereien nicht lassen.

Wer auf Eisbein und Wurst nicht verzichten will, nimmt besser Spirulina, da es Entzündungen hemmt und daher schmerzlindernd wirkt.

Zu Hause angekommen mache ich mich an den Geburtstagskuchen, der nur aus drei Ingredienzen besteht. Da ich meinen elektrischen Quirl vergessen habe, muss ich die acht Eiweiße mit dem Schneebesen schlagen. Die Mandeln hab ich gestern schon gemahlen. Um 12:30 Uhr gebe ich den Teig in die italienische Grillpfanne mit dem Einsatz, der zum Schmoren und Kuchenbacken dient.

Hans und Rita erscheinen mit eigenem Gestühl. Später kommen Renate und Majid mit Lampions. Majid bastelt noch Windlichter aus Plastikflaschen. Ich bin heute mit dem Womo verwachsen. Nur meine Arme spüren das laue Lüftchen, wenn ich mal einen Teller mit Kuchen, frischen Erdbeeren mit Sahne oder mehr Kaffee bzw. Tee nach draußen reiche. Im Camper zeigt das Thermometer 28°. Im letzten Licht des Tages schimmert der Atlantik noch mal blassblau, ehe er in Schwärze versinkt. Peter schürt das Lagerfeuer. Hans schleppt sich mit seiner Ziehharmonika ab.

Während ich mit dem Zerquetschen des Knoblauchs und dem Schnippeln des Gemüses fürs Ratatouille beschäftigt bin, krabbelt ein wie ein Junikäfer wirkendes Insekt, nur dunkler und schmaler, durchs Abtropfbecken. Der Käfer hatte sich unter einem der straff am Strunk der Auberginen anliegenden Blätter verborgen. Das Gemüse wird von den Bauern oft so verkauft, wie es geerntet wird. Nur auf Wunsch werden Blätter und Stängel entfernt. Ich schiebe meinen Finger unter den Käfer. Er erklimmt ihn. Ich bücke mich vorm Camper und blase ihn auf den Boden. Der arme Kerl muss sich in einer neuen Umgebung zurechtfinden. *Allah Ma' Aki*, Gott sei mit dir.

Nach den *Spaghetti Gourmet* mit *Sepia* sowie reichlich Rotwein, Bier und für einige noch schärfere Sachen, die der kurzfristig neben uns wohnende Jürgen mitgebracht hat, singen und tanzen wir durch die Nacht. Es ist immer noch um 20 Grad, eine der mildesten

Nächte überhaupt.

07-02: Rita kommt mit ihrer Wasserflasche an die Tür, wir sind verabredet, zum Campingplatz zu gehen. Die Sonnenstrahlen winden sich um unsere Beine. Wir kicken die Latschen von den Füßen und nehmen die ersten Schlucke aus unseren Flaschen. Ich ziehe mit den Zehen Kreise in den Sand und frage, was trinkst du da eigentlich, Kranheimer Spätlese? Ich hatte bemerkt, dass Rita immer dieselbe Evian-Flasche schleppt. Sie sagt: Nein, wir haben 120 Liter von dem spanischen Wasser in den 5-Liter-Kanistern dabei, das ist viel billiger. Davon fülle ich mir in die Flasche. Auf der Rücktour füllen wir Die-

> Diese Mühe können wir uns nun sparen. In Marokko gibt es heute auch günstige 5-l-Flaschen; z. B. kostet das *Bahia* nur €0,80. Die Kinder freuen sich über leere 5-l-Flaschen. Es gibt dafür 1 DH, sofern der Deckel dabei ist.

sel rein. Ich sage, Hans kann nicht verleugnen, dass er Schwabe ist. Er war wohl auch an der Erfindung des Kupferdrahts beteiligt. Wieso? Hat den Pfennig so oft umgedreht, bis daraus Draht wurde. Weißt du, wie der Gran Canyon entstanden ist? Nee. Ein Schwabe hat ein 50-Cent-Stück verloren. Rita gefällt das Bild des grabenden Schwaben.

Plötzlich flattern mir Gedanken zu, die, von meiner Zunge eiligst übertragen, ganz wie von selbst aus mir heraussprudeln: Aber wir kommen nicht auf die Welt, um an den materiellen Errungenschaften des jeweiligen Lebens zu wachsen, sondern an den Geistigen. Unsere Seele erfährt innerhalb der Materie des Fleisches einen geistigen Wachstumsprozess, der sich an kosmischen Gesetzmäßigkeiten orientiert. So folgt auf jede Aktion im Universum eine Reaktion. Jeder Gedanke, jedes Wort und jede Tat ist in einer kosmischen Bibliothek, den Akasha-Protokollen, festge-

halten. Sie dienen der Überprüfung. Jedes Mal, wenn du deine fleischliche Hülle verlässt, kannst du anhand dieser kosmischen Aufzeichnungen prüfen, ob dein Leben nach Plan verlaufen ist. Falls du den einen oder anderen vorgenommenen Aspekt außer Acht gelassen hast, kannst du bei günstigem Zeitpunkt bzw. Stand der Sterne reinkarnieren, um in einem neuen Leben Nachbesserungen vornehmen zu können. Dein verstorbener Mann könnte als deine Enkelin auf die Welt gekommen sein, um zu üben, weniger eifersüchtig zu sein. Rita fragt, und wozu das alles? Um geistig zu wachsen und von Liebe durchdrungen zu sein. Die stärkste kosmische Kraft ist die Liebe. Sie steht dafür, im Einklang mit der gesamten Schöpfung zu leben. Jedes liebe Wort, jede gute Tat, die aus dem Herzen kommend in die Welt gesetzt wird, bildet Wellen. Sie erreichen die Herzen unserer Mitmenschen. Jedes durch unsere Liebe geöffnete Herz wird zum Multiplikator dieser universalen Liebe und verändert die Welt. Mir war beim Sprechen, als ob ich auf Autopilot gestellt war. War es ein Channeling? Immerhin war Rita diesmal weniger mit Gegenargumenten am Gange.

Wenige Minuten nach unserer Rückkehr kommt Rita mit einer kurzen Latzhose aus hellblauem Jeansstoff und sagt, die Marokkanerinnen dürfen so etwas doch nicht tragen. Die steht dir bestimmt gut. Daran zweifle ich nicht, da ich dieses Erlebnis geträumt habe. Mitunter suche ich sogar Dinge, die ich in prophetischen im Träumen sehe. Ich gehe mit der Hose, einem passenden Shirt und einem Gürtel ins Bad. Letzteren brauche ich, um die Weite zu bändigen. Zufrieden betrachte ich meinen Oberkörper im Spiegel, die noch festen Arme und die, gemessen an den Schultern, sehr schmale Taille, die knabenhaften Hüften und den noch knackigen Po. Mit verzeihender Nachsicht wandert mein Blick auf die nicht mehr so festen Oberschenkel. Als ich noch zum *Gym* ging und sie mit jenem Gerät fit hielt, das an den Besuch beim Gynäkologen erinnert, waren sie noch stramm. Doch Gedanken, etwas dagegen zu tun, entschwirren, sobald die Kleider drüber fallen. Genauso ist es, wenn ich mein ungeschminktes, nicht mehr frisches Gesicht anschaue, das aber mit seinem munteren, unbeständigen, energischen Ausdruck noch jugendlich wirkt. Mit den erwähnten isometrischen Übungen ließe sich bei zweimaliger Anwendung täglich ein gewisses Faltenmanagement erzielen. Doch die Blicke in den Spiegel werden selten, und über die Augen des Partners ziehen mildernde Schleier. Lieber Falten als Speck, denn Falten tun nicht weh. Dicke haben zwar kaum Falten, dafür aber oft schmerzende Gelenke. Das Knochengerüst ist nicht für übermäßige Fleischmassen ausgelegt.

Wieder der übliche Angst und Terror auslösende Mist im TV. Was geht in den jungen *Gotteskriegern* vor, wenn sie sich immer wieder zwischen Hoffnung und Ohnmacht treffen, um ihre Attentate zu planen? Sie sprechen leidenschaftlich von Allah und der Revolution und begreifen nicht, dass sie in ihrer unerträglichen inneren Zerrissenheit den Weg gehen, der sie immer mehr von Gott entfernt. Gandhi und Mandela haben mit Gewaltlosigkeit mehr erreicht, als alle Bombenleger und Selbstmordattentäter zusammen. Während die beiden im Sinne religiöser Propheten gegen Ungerechtigkeit und Unfreiheit gewaltlos vorgingen, sind die gewissenlosen Taten radikaler *Gotteskämpfer* lediglich ein wirkungsloses Gegengewicht zu ihrer Machtlosigkeit und ihren aufgestauten Gefühlen.

11-02: Willi und Gerti stehen seit einigen Tagen in der Nähe von **Aglou Plage**. Wir wollen die beiden wieder mal sehen. Außerdem benötigen wir Gas. Das ist in **Tiznit** nur halb so teuer wie in Agadir.

Heute kostet die Flasche fast überall gleich; in Tiznit zahlten wir 42 DH, in Aourir 50. Vor 10 Jahren bekamen wir unsere Flaschen noch vom Gaswerk gefüllt. Heute füllen wir mit einem Schlauch das Gas von der marokkanischen in die deutsche Flasche um. So sind wir unabhängiger. Das Zubehör kauften wir in einem Krämerladen in Aourir.

Von Aglou Plage aus rufen wir an. Gerti will an die Straße laufen, damit wir sehen, wo wir abfahren müssen. Es sind ca. 16 km in Richtung **Sidi Ifni**, jener Stadt, die bis 1969 zu Spanien gehörte. Wir fahren an winkender Frau und wedelndem Hund vorbei, die es noch nicht ganz bis zur Straße geschafft haben. Peter hat es immer eilig. Seine *hurry up and wait* Fahrweise verschwendet Energie und strapaziert das Nervenkostüm.

Im nächsten Ort rufen wir an. Zum Glück hat Gerti ihr Handy dabei. Drei Minuten später fallen wir uns in die Arme. Ich geh mit den beiden und lass Peter allein die 1½ Kilometer lange Holperstrecke bewältigen. Wir genießen die Ruhe. Willi sitzt einsam mit seiner Angel am Strand. Nur sein Rücken ist zu sehen. Nach einer Stunde trottet er herbei: Nichts gefangen. Während die Männer zwei Partien Schach spielen, die Willi beide verliert, versprüht Letzterer seinen berüchtigten ironisch-zynisch-distanzierten Charme. Es ist nicht sein Tag. Aber uns tut es gut, den Rummel von Taghazout hinter sich zu lassen. Ich freue mich über die bunten Steine, die in der Nähe des Schiffswracks liegen. Im Geist habe ich sie schon unterschiedlichen Schalen und Blumenbeeten zugeordnet. Muschelliebhaber kommen hier auch voll auf ihre Kosten.

12-02: Willi baut die Angel auf, in der Hoffnung, endlich den Fisch fürs Mittagessen zu fangen. Derweil gehen wir drei auf Stein- und Motivsuche und entdecken traumhafte Muschelbänke, ein Meer voller Steine und rosa Marmorformationen. Ich trinke meine Wasserflasche leer und stopfe kleine bunte Kiesel rein. Wir geben der Gegend den Namen *Marmor Beach*. Peter freut sich über eine gelb blühende, einsam im Sand stehende Wüstenblume und bannt sie digital. Erschöpft erreichen wir unsre Appartements auf Rädern. Willi strahlt: Gerti nimmt den dicken Fisch gleich aus. Den Brunch haben wir uns verdient. Und, weil das Glück selten allein kommt, gewinnt Willi am Abend beide Schachspiele hintereinander.

13-02: Ein grüner Plastikeimer, halb voll mit Muscheln, steht vor der Tür. Ich schiebe ihn lustlos in den Schatten. Nett gemeint vom Belgier, der als einziger anderer Camper, hundert Meter entfernt, die Einsamkeit mit uns teilt. Bin von dieser Aufmerksamkeit wenig begeistert, weil wir in der vergangenen Woche auf zwei Exemplare reingefallen waren, die Hans uns zum Probieren aufgedreht hatte. Peter litt drei Tage lang. Ältere Leute und solche mit schwachem Immunsystem essen besser gar keine Schalentiere, andere nicht öfter als einmal im Monat. Weiterer Nachteil: Man verbraucht viel Süßwasser, um Muscheln zu reinigen. Ich bringe den Eimer zu Gerti. Sie wehrt strikt ab: *Ü wüll se neet.*

Wir wandern am Strand entlang in Richtung Aglou Plage. Ich fotografiere einen Schäfer: Er wäscht inmitten der rosa Felsen seine Tiere! 2 Stunden später erreichen wir müde von der Erkundungstour den Camper. Mit schief hängendem Magen bereite ich unsere erste feste Mahlzeit zu. Der Belgier taucht auf, setzt sich auf unsern Campingstuhl und bittet mich, zu ihm zu kommen. Während das Brot in der Italo-Pfanne mit etwas Wasser zu alter Frische brutzelt, erklärt er mir, warum **Muscheln** zum Problem werden können:

Ihr müsst den Bart und alles, was heraushängt mit dem Messer abschaben und die Muscheln mehrmals waschen.

Das ist nett von Ihnen. Ich werde es Hans sagen, damit er seine Nachbarn nie mehr vergiftet. Jetzt muss ich rein, mein Brot brennt an. Wir haben heute noch nichts gegessen. Der Belgier steht brummend auf und geht davon. Ich rufe ihm hinterher, danke noch mal für den Tipp. Es tut mir leid, dass ich jetzt so wenig Zeit habe. Der Alte meckert weiter. Peter sagt, das hast du von deiner Ehrlichkeit. Die Leute sind nur zufrieden, wenn sie belogen werden. Hättest sie besser ins Meer geworfen und gesagt, vielen Dank, die werden uns sicher schmecken. So spricht der Sohn des königlichen Kaufmanns zur Tochter des handlungsreisenden Predigers. Ich hab dir von Anfang an gesagt, dass du in der Politik besser aufgehoben wärst. Da hättest du genug Gelegenheit, die Leute mit deinen Lügen zu beglücken. Und wir hätten ausgesorgt.

14-02: Durch zerklüftetes Geröll geht es zurück zur Straße. Uns bleibt die Wahl, über Felsbrocken zu holpern oder in Sandbetten zu versinken. Die Federung stöhnt. An allen Ecken und Enden knarrt und quietscht, in den Schränken klappert und klirrt es. Doch das Stützlager hält.

15-02: Bei unserer Wanderung zum Campingplatz treffen wir Manne. Der Meppener ist von seiner Pistentour zurück und berichtet, was ihm mitten in der Wüste beim Pinkeln auffiel: Sein Motorrad war weg. Ein Eisenbolzen war gebrochen. Er gleich wieder umgedreht, nach 20 km seine Maschine einsam und verlassen auf der unbefestigten Fahrbahn liegen sehen, sie wieder aufgeladen und behelfsmäßig festgebunden.

Rita und ich gehen schon mal weiter, während die Männer noch schwatzen. Bernhard, ein ehemaliger Langstreckenläufer, kommt uns entgegen. Er fragt, wo steht Ihr denn? Ich sage, am Teufelsfelsen, aber wir werden bald nach Haschhausen umziehen. Wo ist das denn? Beim Fischerhaus, manche nennen es auch Hurenhausen. Für jemand, der Bücher schreibt, der geeignete Ort zum Recherchieren. Immer was los. Bernhard sagt, ich verstehe nicht, dass man etwas mit einer Einheimischen anfängt, die sind doch so schmutzig. Sein Generalisieren pariere ich verschmitzt: Wir haben doch Duschen an Bord. Er übergeht meinen Einwand: Ich hab nie verstanden, wieso Männer zu Nutten gehen. Ich brauch das nicht. Vielleicht reizt sie das Verruchte oder sie haben Sonderwünsche. Rita sagt, wer behindert oder hässlich ist, kriegt sonst keine hübsche Frau ins Bett.

Wir finden unsere Männer nicht und laufen allein zurück. Ich bin mal wieder ohne Schlüssel unterwegs. Rita stellt Walnüsse aus eigener Züchtung auf den Campingtisch. Viel darf ich davon nicht essen, da sie viel der Aminosäure Arginin enthalten. Da muss ich aufpassen und genug von der Gegenspieler-Aminosäure Lysin zu mir nehmen, um einen Ausbruch des **Lippenherpes** zu verhindern. Lysin ist am meisten in Avocado, Bananen, Sardinen Huhn und Ziegenmilch zu finden. Wer mit dem Herpes-simplex-Virus zu tun hat, sollte nach Meinung der Schulmediziner das Küssen unterlassen. Doch keine Angst, die Liebe braucht nicht zu erkalten, denn ich habe früher, als ich noch nicht wusste, wie ein Ausbruch zu verhindern war, niemanden angesteckt. Auf N-Küsse würde ich jedoch verzichten, am meisten aber auf Hasel- und Erdnüsse, da diese dreimal mehr Arginin enthalten als andere Nüsse, Mandeln und Schokolade.

Ich fische aus dem Zeitungsständer des Schwäbisch Berliner Camperkollektivs eine GEO heraus. Sie trägt den Titel: *Tabuthema Bombenkrieg: Verbrechen gegen die Deutschen?* Ich verschlinge den Artikel und denke, da schreibe ich besser nicht drüber. Sonst wird es bei Amazon wieder zum politischen Buch abgestempelt, wie Übersinnlich in L.

A., wohl eine Art moderne Bücherverbrennung. Doch wenn ich bedenke, dass die Briten 2002 Winston Churchill vor dem Architekten Brunel und Lady Di zum *bedeutendsten Briten aller Zeiten* wählten, sollte die Geschichte doch besser noch mal aufgerollt werden. Dann würde sicher George Orwell in der BBC-Umfrage führen. Denn genau diese *Verwandlung der Vergangenheit* als Grundsatz des englischen Sozialismus hat der Visionär in seinem Roman *1984* klar vorausgesehen. Sein Werk ist heute aktueller denn je. Denk an Abhöraffären und implantierte Mikrochips! Ab Januar 2016 sollen alle Babys den Chip als Personalausweis erhalten.

In meiner Kindheit war Remarques Werk *Im Westen nichts Neues* eines meiner Lieblingsbücher. Es wurde damals gelogen und es wird heute gelogen, um einen Vorwand für eine Intervention zu haben. Auch der australische Geschichtsprofessor Christopher Clark zeigt das in *Die Schlafwandler*, sein Buch zum 100. Jahrestag des Ausbruchs des 1. Weltkriegs. Jung sagte, *man wird nicht dadurch erleuchtet, dass man sich Lichtgestalten vorstellt, sondern durch Bewusstmachung der Dunkelheit.* Hätte ich das Sagen, würde ich mit finanziellem Anreiz alle Länder auffordern, ihre Schandtat bis in die Frühgeschichte aufzudecken. Ein globales Gremium könnte sich um eventuell zu leistende Entschädigungen bzw. Rückzahlungen kümmern. Wenn uns dann bewusst wird, dass wir alle gleich *gut* und gleich *schlecht* sind, würden alle Menschen jedes Jahr an einem globalen Trauertag aller Opfer gedenken, an einem Schamtag sich für alle begangenen Verbrechen schämen und an einem Ehrentag uns beglückwünschen, dass wir alle Lebewesen achten und gut behandeln.

Wer den Schaden hat...

Ein abgerissener Fischer kommt am späten Nachmittag an die Tür und fragt nach Brot. Peter, sagt, viel Auswahl haben wir nicht, aber eins mit Käse kannst du haben. Er schneidet das runde Brot auf. Sein Duft steigt mir verführerisch in die Nase. Peter streicht Butter auf, zerteilt eine Ecke Käse darüber, klappt es zusammen und überreicht es dem Marokkaner. Ich drifte in die 1950er und 1960er Jahre:

Meine Oma verteilte auch Brot und Suppe an Hausierer. Es war die Zeit, in der die Menschen vom Staat nichts erwarteten. Viele besorgten sich Wandergewerbescheine und verkauften Gebrauchsgegenstände und Naturalien. Sie kamen mit Bürsten, Schnürsenkeln oder irdenen Töpfen. Oma kaufte nicht immer etwas, bot aber in der Wohnküche Suppe an. Früher gab es vor jeder festen Mahlzeit eine flüssige, was Sinn macht, da zur Verdauung H2O gebraucht wird. Nimmst du vorm Verzehr von fester Nahrung kein Wasser oder keine Suppe zu dir, holt sich der Körper das benötigte Nass von den Zellen und trocknet aus.

Von Tür zu Tür gehende Menschen nährten unser Bedürfnis nach Unterhaltung. Später folgten die schweigsamen Nachmittage vorm ersten Fernseher des Viertels. Und so saßen wir mit den Nachbarskindern zusammengeschweißt bei heruntergezogenen Rollos vor der Flimmerkiste und schauten uns „Pyjama für zwei" an. Jedes Mal wenn Doris Day ihre typische trotzige Hüftbewegung mit entsprechendem Kehlkopfgrummeln machte, stoppte Oma ihr Fußkreisen, setzte sich im Sessel auf und sagte, man könnte meinen, das wäre eure Mama. Damals wussten wir noch nichts von der Verwandtschaft. Was hätte Oma gestaunt, wenn sie gewusst hätte, dass der Urgroßvater der Diva (diesen Begriff hasst Doris noch mehr als „Star") wie sie Schrankenwärter war und sogar in Hei-

delberg, also ganz in ihrer Nähe.

Später kamen die Nachbarn zum Telefonieren, da wir uns die erste Fernsprechleitung legen ließen. Heide Kraft holte meine Mutter auch schon mal mitten in der Nacht aus dem Bett, da die in USA verheiratete Tochter unserer Nachbarn den Zeitunterschied vergessen hatte. Dafür rächte ich meine Mutter. Ich sehe die Szene vor mir, wie die verhärmte Frau wieder und wieder in die schwarze Sprechmuschel rief. Bis ich vor Vergnügen April, April jauchzte. Immerhin konnte ich ihr ein bezauberndes Lächeln entlocken.

Ohne die Zeit zurückdrehen zu wollen, zweifle ich aber daran, dass unser Leben heute so erstrebenswert ist. Maschinen klauen unsere Arbeit. Besonders in Deutschland geht es hochgradig technisiert zu. Immer mehr Bürger fragen, ob in ihrem Interesse gewirtschaftet wird. Als fahrendes Volk sehen wir, dass es auch anders geht. Und wir genießen ein paar Monate lang in unserer rollenden Stube die zwischenmenschlichen Beziehungen unter den Campern und den Einheimischen.

20-02: Ich sitze auf der oberen Stufe des Hymers und schaue, wie sich der Himmel über den Berghängen von Aourir mit einer drohenden Schwärze überzieht. Über mir ist er noch sattblau. Doch die stechende Sonne mahnt ein herannahendes Gewitter an. Ein pelziges Gefühl im Rücken tritt als erhärtender Faktor hinzu. Rollte da nicht schon ein Donner in der Ferne? Egal, wir wollen sowieso nach Agadir fahren, um einzukaufen und Frischwasser zu tanken. Wenn es feucht wird, flüchten viele Camper zur Metropole, da sie dort vor Hotels oder nahe der Promenade auf festem Boden stehen. Hier kann man ein paar Tage festsitzen, wenn es lange regnet. Einige geraten so in Panik, dass sie beim ersten hohlen Klopfen der Regentropfen ihre Dieselmotoren anwerfen und sich in die

Prozession der *Milchwagen* einreihen.

Auf der Straße von Agadir nach Inezgane stehen alle 20 Meter Uniformierte der Militärgarde. Das bedeutet: Der König fährt heute noch durch. Das Wasser an der Tankstelle läuft extrem langsam. Ich kann mir in der Zwischenzeit die Haare waschen, und wir haben noch Zeit zum Brunchen. Gegen 14:00 Uhr sind wir auf dem Weg zum Souk. Die Truppen sind wieder abgezogen. Peter stürzt sich ins Marktgewühl.

Lebensmittel und Haushaltswaren sind auf dem Souk günstiger als in den Großmärkten.

Ich bleibe auf dem Beifahrersitz und warte gegenüber einem Café mit Colareklame. Zwei Männer in dunkelbraunen Kutten und Strickmützen sitzen rechts und links vorm Eingang und halten Maulaffen feil. Eine vorbeischlendernde bunte Schar von Schülerinnen, ein Bettler, der gelbe Plastikflaschen aus dem Müllcontainer fischt, farbenfroh betuchte Marokkanerinnen ... ich würde gern ein Foto nach dem anderen aus dem offenen Fenster schießen, traue mich aber nicht. Bin hin- und hergerissen zwischen dem Anspruch, Fotos fürs Buch zu ergattern und dem Bedürfnis, nicht in die Privatsphäre der Leute zu dringen. Ein älterer Mann in blauem Kittel und weißer Kappe kommt auf mich zu, streckt mir seine Hand durchs Fenster und fragt, wie es mir geht. Er sagt etwas auf Französisch.

Es hat mit dem Fotografieren zu tun. Ich deute auf meine Bücher und sage, ich schreibe ein Buch über Marokko. Er fragt, *Allemande*? Ich sage ja. Das stimmt ihn gnädig. Er schaut noch ei-nen Hauch freundlicher und gibt mir wieder die Hand. Ich lächle eine welke, verbittert wir-kende Frau in brauner Dschellaba mit weißen Streublumen an. Sie strahlt zurück. Dabei hellt ein inneres Leuchten ihre herben Züge auf und gibt ihrem Gesicht einen Hauch von Weichheit zurück. Müde scheint

die Sonne durch einen Dunstschleier. Vier junge Verkehrspolizisten in rot gestreiften grauen Westen rasen auf leichten Zweirädern vorbei. Sie stoppen ein weißes Mercedes-Taxi und kontrollieren die Insassen. Die übliche Hektik, wenn der König in Agadir weilt.

Letztes Jahr fuhr uns an so einem Tag ein Laster ins Heck, direkt gegenüber dem Zementwerk. Ich bat den Pförtner, die Polizei anzurufen. Er fragte, ist jemand verletzt? Ich sagte: Nein. Dann kommt die Polizei nicht. Er gab seinem Kollegen Bescheid, dass er für eine Weile weggeht und ging mit mir zum Wagen. In rührender Weise nahm er sich unser an, schickte den Unfallverursacher zum Tabakladen, um ein Unfallprotokollformular zu holen, das er dann ausfüllte. In der Zwischenzeit waren Renate und Majid, per Handy informiert, vom Bananendorf gekommen. Gemeinsam fuhren wir zur Polizei, um uns das Protokoll bestätigen zu lassen. Der Beamte sagte, das ist Sache der Versicherung des Unfallgegners. Wir fuhren erst mal alle heim. Das Unfallprotokoll schickten wir nach Casablanca und hörten nie wieder von der Sache. Wir hätten uns die Mühe sparen können. Die Versicherungsangestellte sagte, sie hätten noch nie Geld von marokkanischen Versicherungen bekommen. Zwar haben wir eine Vollkaskoversicherung, aber die Prämien steigen dann eben.

Der fünfte Bedürftige wühlt im Müllcontainer. Junge Männer mit Tabletts voller Gläser duftenden Minztees in Silberkannen eilen in alle Richtungen. Peter braucht lange. Womöglich hat er jemanden getroffen. In Agadir begegnen wir mehr Bekannten als in Frankfurt. Nach einer satten Stunde kommt er beladen mit allerlei Gebrauchsgegenständen an die Tür. Wir beschließen, in die Werkstatt zu fahren, die den Unfallschaden vom letzten Jahr für kleine Kasse reparierte. Peter will die Felgen des Hymers lackieren lassen. Der Werkstattleiter begrüßt uns mit Hallo wie alte Freunde. Obwohl wir nur mal fragen wollen, lässt er seine Jungs gleich anfangen.

Das Handy klingelt. Meine Mutter sagt, ich war bei meinen Vermietern. Sie sind nicht böse, dass du Nushins Herkunft verwechselt hast. Ich sage, gut und denke, die beiden wurden ihr vom Himmel geschickt. Nach dem Tod meines Vaters stand das Bahnwärterhaus leer. Alle früheren Mieter aus diversen Ostblockländern und selbst einige Obdachlose konnten sich Häuser bauen oder kaufen. Meine Mutter war ganz verzweifelt, da sie keine Mieter fand. Irgendwann schlug sie die Zeitung auf und las die Suchanzeige von zwei Künstlern aus Darmstadt. Dabei hatte sie das Gefühl, die Anzeige sei genau für ihr leer stehendes Haus aufgegeben worden. Als sich das Paar vorstellte, fand sie beide sehr nett, doch ließ sie Nushins *Hippiekleidung*, ihre xxxlangen türkisfarbenen Fingernägel und das klapprige Auto an ihrer Solvenz zweifeln.

Peter klopft ans Fenster, fragt, ob ich einen Tee will. Der Werkstattmeister strahlt übers ganze Mondgesicht und zelebriert die traditionelle Minzteezubereitung. Mit gekonntem Schwung gießt er den *Whiskey Marocain* in die Gläser. Alle Arbeiter und Kunden sind eingeladen. Einige umkreisen das als Stehtisch verwendete Fass. Ein Mann in grünem Kapuzenmantel ruft mir zu, schöne Berge. Ich frage, wo? Peter sagt, er wollte nur was auf deutsch sagen. Ich tauche in die allgemeine Fröhlichkeit mit ein und spendiere ein paar Datteln. Kurz, nachdem die Felgen lackiert sind, fängt es zu nieseln an. Wir bleiben daher über Nacht in der Werkstatt. Der Chef bietet uns Strom an. Er wohnt gleich nebenan. Während wir ihn, durch eine nackte Glühbirne beleuchtet, in seinen armseligen Räumen hantieren sehen, hält uns der Mond seinen wolkenverhangenen Bauch entgegen. Ich schaue ihn an und spüre, wie mir das Blut

träger durch die Adern fließt. Wir hätten nicht so bescheiden ablehnen sollen, denn unsere Solarzellen konnten sich bei dem bedeckten Himmel kaum aufladen.

21-02: Beim Aufwachen sitzt mir der Traum von schwarzen Blutsaugern im Nacken. Zwei zwitterhafte Insekten trieben auf meiner Kopfhaut ihr Unwesen. Halb Schwarze Witwe, halb Zecke. Die blutrünstigen Gesellen versteckten sich unter meinem Haar. Jedes Mal wenn ich sie entdeckte und abschüttelte, kamen sie kurze Zeit darauf größer und furchterregender zurück. Was mochte diesen Traum ausgelöst haben? Vielleicht meine derzeitige Lektüre *Du wolltest fliegen* von Parvin Darabi. Ihre Schwester, die in den USA ausgebildete iranische Ärztin und Friedenskämpferin Homa Darabi hatte sich am 21.2.94, auf einem bevölkerten Platz in Teheran mit Benzin übergossen und in Brand gesetzt. Um gegen die Verletzung der Menschenrechte und die fundamentalistischen Gesetze in ihrem Land zu demonstrieren. Um etwas zu verändern. Es ist unbegreiflich, dass 15-jährige Mädchen zu Peitschenhieben verurteilt werden, weil eine ihrer Haarsträhnen so dreist sind, unterm Kopftuch hervorzublitzen. Doch viele Eltern sahen sich gezwungen, Dr. Darabi zu bitten, ihren Töchtern Unzurechnungsfähigkeit zu bescheinigen. Denn sie wollten lieber eine gesellschaftliche Ächtung ihrer Kinder in Kauf nehmen, als sie durch den Strafvollzug zu verlieren. Sie hatten Angst, die Mädchen könnten das Auspeitschen nicht überleben. Zudem sind psychische Probleme in der Folge sowieso wahrscheinlich. Vielleicht war mein Traum aber auch eine Reaktion auf die gestrige Wahl zum siebten Parlament der islamischen Republik. Die konservativen Blutsauger und Folterknechte, die das Land ins tiefste Mittelalter stürzen wollen, mögen ihn ausgelöst haben.

Nur 30% der Iraner haben gewählt. Die Macht der restlichen 70 % kann hoffentlich verhindern, dass der mickrige Schössling der Reformen zertrampelt wird. Alle Frauen müssen in der Öffentlichkeit das Kopftuch, den Hijab, tragen. Wären die damit verbundenen Leiden nicht so betrüblich, könnte man brüllen vor Lachen, wenn von Mädchen und Frauen verlangt wird, sich ganz in Schwarz zu hüllen und die Haare schwarz abzudecken. Denn, Schwarz ist die Farbe der Macht und Herrschaft. Nur: Frauen müssen ihre Macht endlich erkennen und ausleben, wie etwa Sultana, die Prinzessin aus dem Hause Al Saud. Widerstand leisten gegen den Unsinn, den Männer praktizieren. Die in Somalia geborene niederländische Politikerin und Autorin des Buches *Ich klage an*, Ayaan Hirsi Ali, schrieb das Drehbuch des islamkritischen Kurzfilms, dem der Regisseur Theo van Gogh zum Opfer fiel. Aufgrund ihrer Texte ist sie höchst gefährdet. Sie schreibt z. B., der Prophet Mohammed erinnere sie an Bin Laden, Khomeini und Saddam. Nach westlichen Maßstäben sei er, der die Ehe mit einer Neunjährigen (Aischa) vollzog, *ein perverser Mann*, ein *Tyrann*. Er ist ein Vorbild aller Muslimmänner und man brauchte sich deshalb nicht zu wundern, dass so viele gewalttätig seien. Ihr wird vorgeworfen, das Kind mit dem Bade auszuschütten. Dagegen wird Irshad Manjis Buch *Der Aufbruch* gelobt. Es fand in den hiesigen Medien kaum Beachtung, da die Autorin als *Gläubige* zu ihresgleichen spricht, statt wie Hirsi Ali ins Lager der *Ungläubigen* zu wechseln. Weitere Bücher über das Thema unterdrückte Frauen im Islam: *Die fremde Braut* von Necla Kelek oder *Wüstenblume* und *Schmerzenskinder* der ebenfalls in Somalia geborenen Waris Dirie. Eine Frau schnitt dem Topmodel ohne Betäubung unter himmelschreienden hygienischen Verhältnissen

äußere und innere Schamlippen sowie Klitoris ab. Vorsichtig geschätzt leben weltweit 150 Millionen Mädchen und Frauen mit Genitalverstümmelung (FGM), davon ½ Million in Europa! Jährlich werden rund 3 Millionen Mädchen verstümmelt. Die FGM ist eine Vergewaltigung, die sich auf eine kul-turelle Tradition beruft. Tatsächlich geht es um Macht und Kontrolle über Frauen. Die Sexualität der Frau soll zerstört werden. Bei jeder Geburt wird wieder geschnitten und zugenäht. Und da wundert sich die wissenschaftliche Welt, warum in Afrika AIDS gleichmäßig über die Geschlechter verteilt ist! Es ist doch ganz offensichtlich: Männer nehmen Drogen und rauchen Opium oder Marihuana. Frauen werden immer wieder verletzt und für jede Drecksarbeit eingesetzt, vor allem für das Arbeiten mit bei uns längst verbotener Pestizide. So wird das Immunsystem systematisch zerstört, da es ständig überfordert wird.

Männer wissen, dass Frauen stark sind, Frauen auch. Doch viele lassen sich unterdrücken und ihre Weisheit instinktiv auf quijotische Weise abwürgen. Oder sie setzen sich Bevormundung, Erniedrigung, Ungerechtigkeit, Folter und Verbrechen aus. Wir lernen besser, unsere Stärke zum Wohl aller zu nutzen.

22-02: Wir sind umgezogen, stehen nun in der Nähe des Fischerhauses, wo wir im letzten Jahr die meiste Zeit verbracht hatten. Am Teufelsfelsen waren wir Rita und Hans zuliebe länger geblieben, obwohl wir so manche Nacht aufrecht im Bett saßen und gebannt der donnernden Gischt lauschten. Die tosende Brandung schien das Wohnmobil jeden Moment mit sich reißen zu wollen. Wir müssen jetzt die im Souk gekaufte manuelle Schüssel wieder montieren, aufstellen und ausrichten; eine nervige Angelegenheit, die uns Gelegenheit gibt, unsere diabolischen Seiten auszuleben.

23-02: Willi und Gerti sind zurück vom Süden. Ihre Schüssel samt LNB ist geklaut worden. Gerti sagt, *mir san sölber schuld*. Der Hund hatte angeschlagen, aber sie waren zu faul, ihn rauszulassen. Ich sage, Willi hat wohl gelästert, dass unsere Oyster schon wieder den Geist aufgegeben hat. Da hat er gleich selbst sein Fett abbekommen. Hab lang gebraucht, dieses Prinzip Ursache - Wirkung zu erkennen. Achte selbst mal auf deine Aktionen und die Reaktionen darauf! Die kleinen Sünden straft das Universum sofort. Gerti sagt, komm in 10 Minuten rüber. Wir schauen mal nach Gabi und Reinhard. Die müssten von Dakhla zurück sein. Als ich zum *Iveco* der Österreicher komme, steckt Gerti mir mit Verschwörermine eine Zigarette mit Feuerzeug zu. Sie flüstert, Willi soll nicht merken, dass ich noch rauche. Er hat das Laster ganz aufgegeben. Aber ich rauche noch 2 oder 3 am Tag. Wir finden den *Clou Camper der Rügener. Gabi erzählt von der Heuschreckenplage im Süden des Landes und schenkt uns frisch eingemachten grünen Pfeffer.

Sexologie & Wünsche unterm Mondvorhof

24-02: In Marokko bebt die Erde. Drei Erdstöße innerhalb von 24 Stunden: Nach den Beben in Frankreich sind nun Mazedonien und Marokko betroffen. Die aus Lehm errichteten Häuser sind fast völlig zerstört. Das Beben in Frankreich liegt über einer geologischen Schwächezone entlang von Rhône und Rhein, mitten in der europäischen Platte. Mit 10%-iger Wahrscheinlichkeit könnte Aachen ein Erdbeben der Stärke 7 haben. Dort würde ich nur nach kalifornischer Art bauen: Holz- oder Stahlgerüst und Gipsplatten. Wieso bebt die Erde in jüngster Zeit so oft? Weil wir ihr die Nährstoffe rauben! Allein im Baikalsee im Süden Ostsibiriens werden jährlich rund 3000 Beben registriert. Dort wird der Raubbau an Bodenschätzen besonders rigoros betrieben, da die Gegend um den tiefsten Binnensee der Erde reich an Metallen ist.

03-03: Wie jeden Tag schockt die Flimmerkiste mit einer Litanei von Verbrechen: 270 Menschen in Kerbela getötet, der belgische Kinderschänder Dutroux vor Gericht. Auch Prominente sollen in diesem Morast stecken. Zeugen seien beseitigt worden. Danach wieder die verbrecherische Ausbeutung der Steuerzahler: Einzelne Giersäcke bekommen den Hals nicht voll genug. Es geht um überhöhte Förderungen beim Bau. Sie macht Arme ärmer und Reiche reicher. Warum müssen wir für alle Fehler der Politiker geradestehen, ohne direkt politisch zu partizipieren? In USA können Bürger in ihren Bundesländern über Maßnahmen oder Gesetzesänderungen entscheiden. Deutsche halten Amerikaner für apolitisch, da die Wahlbeteiligung so gering ist. Müssten wir bei jeder Wahl 20 Entscheidungen treffen und dafür 40 Seiten über Pro und Kontra lesen, um zu wissen, worum es geht, wäre die Wahlbeteiligung bei uns auch geringer. Ich komme mir jedes Mal veräppelt vor, wenn ich mein Kreuz mache und hoffe, irgendwann doch mal eine echte Demokratie erleben zu können, wo aufs Volk gehört wird. Sind wir weniger kompetent als die Briten, Dänen, Finnen, Franzosen, Griechen, Isländer, Italiener, Kroaten, Niederländer, Schweizer ...'?

Wieso können wir nicht wie in USA auf Landesbene direkt politisch partizipieren? Befürchten die Landesherren, nicht mehr mit den Steuergeldern aasen zu können? Statt Subventionen und Förderungen, bei denen das von den Massen erarbeitete Geld zugunsten weniger Privilegierter umverteilt wird, sollte es Steuererleichterungen für alle geben. Würden unsere Gehälter weniger besteuert, wären wir auf staatliche *Förderung* nicht angewiesen und brauchten uns weniger als Bittsteller zu fühlen. Wir könnten ein Haus ohne Zuschüsse errichten. Hätten also das, was uns zusteht. Sollen Bürger nicht wütend werden, wenn Milliarden ihres sauer Verdienten jährlich in den Sand gesetzt wird? Ist es keine Schurkerei, wenn Verantwortliche an ihren Sesseln kleben bleiben oder millionenschwer abgefunden werden? Wie lange müssen wir uns noch damit trösten, dass den Mühlen der kosmischen Gerichtsbarkeit niemand entgehen kann? *Wer Wind sät*, begleicht seine Schuld mit dem Ernten von Sturm, in diesem oder im nächsten Leben. Die *Ersten werden die Letzten*, reiche Geizhälse arm und abhängig sein.

Peter fragt, hast du eine Ahnung, warum Jürgen nicht mehr kommt? Ich sage, der kennt dich halt noch nicht. Als ich ihm den Kaffee mit Sahnehäubchen servierte, hast du gesagt, verwöhne mir den Jungen nicht so, sonst kommt er jeden Tag. Das hat er ernst genommen. Peter sagt, oh, das ist schade, der war

doch ganz nett. Wo er das schöne Gedicht auf dein Wasserbuch gemacht hat. Ja, sage ich, er ist wohl ein Mimöschen.

Der dürre Karlheinz ist gerade mit einem Stapel Holz beschäftigt, der neben seinem Mercedestransporter liegt. Ich laufe in Richtung Straße. Mohammed, dem ich zwei Steine abgekauft habe, sitzt am Wegesrand mit einem Kollegen, der mit nachgemachten Cartier- und Guggi-Uhren handelt. Er packt riesige Elefanten aus Quarz, Tigerauge und Malachit aus. Mohammed sagt, meine Familie macht. Zwei Frauen an Maschin, drei Männer so, er zeigt mit beiden Händen das Arbeiten mit dem Meißel an. Ich sage, wunderschön, hebe den Elefanten auf, boah, ist der schwer. Tigerauge soll Mut machen. Das versteht er nicht. Ich sage, Courage. Ah! In Kalifornien bin ich über Feuer gelaufen. Vorher hat jeder von uns einen kleinen Stein bekommen, Tigerauge. Damit wir mehr Courage haben, um über die glühenden Kohlen zu laufen. Mohammed kommt aufs Geschäft zurück und reicht mir eine Steinfigur. Ich sage, pah, wirklich, viel zu schwer für den Camper. Kannst mir kleine Drusen bringen. Ich deute mit einer Handbewegung an, einen hohlen Stein zu öffnen.

Kaum sitze ich wieder am Laptop, kommen Rita und Hans vom Teufelsfelsen angehetzt. Hans ist erkältet, da es gestern in der Metro zu kalt war; besonders in der Fleischabteilung. Ich packe das Notebook weg, weil wir abgemacht hatten, dass, während Hans und Peter Schach spielen, ich mit Rita zum Campingplatz marschiere. Unterwegs frage ich, haste eben den Mann in der grauen Hose und dem weißen Hemd gesehen? Ria hat letztes Jahr versucht, ein Foto zu machen, als er in seinem Wagen mit einem marokkanischen Knaben am Gange war, der vornüber gebeugt mit heruntergelassen Hosen vor ihm stand. Rita sagt, oh das ist ja eine Schweinerei. Sie wollte zur Polizei gehen, aber er hatte die Tür zugemacht, als sie gerade fotografieren wollte. Ohne Beweise glaubt sie, nichts ausrichten zu können. Hier geht es rund. Vor drei Tagen kam ein Camper mit einer Baseballkappe auf mich zu. Er fragte nach Schreibzeug und verschwand damit in den Dünen. Da hinterm Busch hat ne junge Frau auf ihn gewartet, um ihm ihre Telefonnummer aufzuschreiben. Und? Vorgestern stellte er sich mit seinem Womo schräg hinter uns. Gestern kamen zwei und saßen eine Weile vor seinem Mobil. Irgendwann blieb die Hübsche, die lange Dürre ging zurück zu dem großen Camper. Da halten sich ständig Mädels auf. Ist ja okay. Nur wenn Kinder sich prostituieren müssen. Ja schlimm. Im Straßencafé in Agadir kamen mal zwei Mädchen mit hellbraunen Zöpfen auf uns zu, etwa 7 und 9 Jahre alt. Peter dachte, sie wollten Geld oder Bonbons, ich auch, bis ich ihre obszöne Hand-

bewegung deutete, den Kopf schüttelte und sie achselzuckend zum nächsten Tisch hüpften.

Jan ruft zu uns rüber, Piet meint, Ihr mit Eurem Hymer gehört ins *Plastikcamp*. Hier stehen fast nur umgebaute Busse, Kastenwägen und Jeeps. Peter sagt ganz cool, der hat doch auch einen Motor. Wenn ihm unsere Gesellschaft nicht passt, kann er doch woanders hinfahren. Am Abend übermittelt Jan Piets Entgegnung auf Peters Kommentar: Bei besonderen Leuten wird natürlich eine Ausnahme gemacht. Hans und Rita ziehen auch zu uns. Es wird ihnen am Teufelsfelsen zu langweilig.

Während Johannes B. Kerner Altkanzler Helmut Kohl interviewt, sitzt Peter draußen ganz allein am Lagerfeuer. Irgendwann kommt er und sagt, das musst du mal sehen, der Mond hat heute einen ganz großen Vorhof. Oh, sage ich, da können wir uns was wünschen. Im Nu bin ich draußen, hebe den Kopf und erblicke tatsächlich den größten meiner bisher gesichteten Halos. Sie entstehen wie Regenbögen durch Lichtbrechung. Statt der Tröpfchen sind Eiskristalle in Höhen von ca. 8-10 km beteiligt. Ich wünsche mir, dass meine Bücher von aller Welt gelesen werden und sie zur Regeneration der Erde und zu einem friedlichen Miteinander aller Bewohner beitragen. Peter sagt, ich wünsche mir, dass ich mit deinen Millionen das 24-Stunden-Rennen in einem Porsche gewinne. Lachend sage ich, dein profaner Wunsch torpediert ja meinen.

05-03: Seit Stunden parkt ein blauer Kleinwagen vor unserem Mobil. Plötzlich höre ich Jan in einem resoluten Ton sagen, wenn du das noch einmal machst, ruf ich die Polizei an. Ich gehe raus und frage, was war denn los? Ria kommt im Bikini zu mir und sagt, der im blauen Auto ist hier rumgelaufen und hat zu mir hergesehen und hat ... sie macht die typische Handbewegung. Ich sage, bei Rita am Hühnerweg war auch so einer. Im letzten Jahr hab ich an einem Felsvorsprung nach schönen Steinen gesucht. Da hockte ein Marokkaner direkt über mir und holte sich einen runter. Er hatte einen dieser gestreiften Nachthemden an, nichts drunter. Erst dachte ich, er reibt seinen Arm, bis ich drei Arme wahrnahm. Die sittenstrenge Erziehung des Islam verbietet außereheliche Geschlechtsverkehr. Ein Mann muss warten, bis er eine Frau hat. Erst dann ist ihm Sex erlaubt. Sexuell frustriert bleiben ihm Masturbation oder Homosexualität und *zufällige* Berührungen im Gedränge belebter Plätze oder überfüllter Busse. Auch Vergewaltigungen sind bei erzwungener Abstinenz vorprogrammiert. Oft bleiben sie ohne Konsequenzen für den Mann.

06-03: Ria missfällt die Musik, die Hans aus seiner Anlage erklingen lässt, Rieus Weisen, Strauß und Co. Ich sage, wir können ihm ja mal sagen, dass er es etwas leiser stellt. Mir macht es weniger aus. Wir stehen so, dass es kaum hörbar ist. Hans sagt, ich hab geglaubt, ich mach Euch eine Freude. Was gefällt *Euch* denn? Ria sagt, Roy Orbison könnte ich den ganzen Tag hören. Hans sagt, da hätte ich besser auch gar nicht an Peters Geburtstag gespielt. Wenn Euch das nicht gefällt, hätte ich mir die Mühe mit der Quetschkommode sparen können. In seiner Stimme knarzt Distanz. Versöhnlich sage ich, ach, das war doch was anderes. Das war lustig, wir haben alle gesungen, getanzt und Spaß gehabt. Das war *Live-Musik*. Nur jeden Tag muss ich das nicht haben. Hans lamentiert, das hättet Ihrdoch sagen können. Rita seufzt, na, nun sei doch nicht gleich beleidigt. Das ist Hans schnell. Rita meint, das hätte mit der Leukämie zu tun. Wir wissen ja selbst, wie empfindlich *wir* in krankem Zustand sind.

Die Holländerin geht mit mir über die stoppelige Wiese zurück. Wenn du so für Roy Orbison schwärmst, wird es dich interessieren, dass ich seine Witwe kenne. Ria sagt, die ist

doch verbrannt mit ihren beiden Kindern. Ich rufe, was, wann denn? Barbara in Malibu? Da weiß ich gar nix von. Ria sagt, da gibt es ein Lied, *Lia* oder so, das ist wohl seine erste Frau, die Kinder waren noch klein. Das war in Texas. Ja, ja, sage ich, dann kann das nicht Barbara sein, ihre Söhne waren schon größer, als ich sie kennenlernte. Meine Freundin hat bei ihr gearbeitet. Als ich Ingrid mal besuchte, kam Barbara gerade von einer Hochzeit in Texas, machte uns einen Tee und erzählte von ihrem Flug und der Feier.

Die junge Marokkanerin, die das Rendezvous mit dem Camper hatte, läuft vorbei. Ich lächle ihr zu, sie strahlt zurück, dass mir das Herz aufgeht. Marokkanerinnen sehen bezaubernd aus, wenn sie lachen. Ich kann schon verstehen, wenn so ein alter Knacker gern mal eine junge attraktive Braut zu sich nimmt. Zu Hause kriegt er keine so schöne ins Bett. Wir Frauen können froh sein, dass es Liebesdienerinnen gibt und wir weniger belästigt werden. Liebe ist reinste Lebenskraft und keine Sünde; wir haben sie nur dazu gemacht. Würden wir uns alle lieben, statt uns zu belügen, betrügen und umzubringen, wäre der Himmel auf Erden keine Utopie.

Zottelige Blöker ziehen durch. Ich bringe Gemüseabfälle nach draußen. Die alte Hirtin hebt mit beiden Händen ihre Lumpen an und lässt durchblicken, dass sie etwas zum Anziehen haben will. Ich fische ein T-Shirt und ein paar Socken aus den Staukästen. Letztes Jahr gab ich ihr meine graue Kapuzenjacke aus Seide und eine Flasche Shampoo. Sie hatte ganz verfilztes Haar. Als ich sie wieder sah, glänzten ihre Haare, und sie strahlte über das von Falten zerfurchte Gesicht.

Ich sitze am Laptop und versuche zu arbeiten. Draußen lautstarkes Palaver. Werde diesmal nichts sagen, vielleicht kommen die Herren der Schöpfung selbst drauf, leiser zu sein. Peter kommt rein, holt sich Kaffee, sagt mit einem entschuldigenden Tätscheln meiner Locken, laber, laber, setzt sich aber wieder vorn Camper und klönt weiter. Der schwerhörige Nachbar geht. Ein Händler legt seine bunten Wolldecken auf unseren Teppich und setzt sich Peter gegenüber. Leise unterhalten sie sich über die Familie des jungen Mannes, das Wetter in Deutschland und über Kalifornien.

08-03: Ich stehe schon um 7:30 Uhr auf. Peter auch, aber nur zum Pieseln. Aus der Toilette kommend brummt er, das Wasser läuft kaum, da hab ich wieder Arbeit. Das ist, was Zugvögel auf Rädern jung hält. Neben dem Routenplanen und dem Einstellen auf immer neue Leute sind es diese kleineren und größeren Reparaturen. Mein Blick wird magisch von der rot blinkenden Birne über der Tür angezogen. Ich sage, Batteriealarm, eh, hast du den Receiver nicht abgeschaltet? Oha, sagt Peter, da brauche ich am Wasser nichts zu machen. Kein Wunder, dass es nicht läuft. Wenn wir keinen Strom haben. Ich sage, wenn du immer vorm Fernseher den Receiver ausschaltest, kann das nicht passieren. Peter erwidert, normal hätte der Entladungsschutz funktionieren müssen. Ich hab schon öfter mal was vergessen. Wenn die Batterie bei 11½ ist, müsste der Strom abschalten. Vielleicht ein Zeichen, dass wir die Solarbatterien holen sollen? Peter sagt, Hans hat auch gemeint, wir sollten sie hier in der Metro kaufen. In seinem Katalog kosten sie doppelt so viel, nun hat Gott uns die Entscheidung abgenommen. Denkst du, ER kümmert sich um den Kleinkram? Ich tippe eher auf einen guten Geist.

Eine Batterie schließt Peter gleich auf dem Parkplatz der Metro an. Wie üblich trägt er seine beste Hose. Nun sieht sie aus, als ob eine Mottenschar darüber hergefallen wäre. Die Bündchen des schönen Norwegerpullovers aus Baumwolle hat es auch erwischt. Werde wohl Neue anstricken. Nach dem Früh-

stück klappern wir alle Straßen in Souknähe ab, um den öffentlichen Wasserhahn und diverse Zubehörläden zu finden. Von Hans haben wir den Auftrag, Lötzinn mitzubringen. Das finden wir, kurz, nachdem wir den Fischmarkt passiert. Es handelt sich bei dieser Exposition lediglich um eine Aneinanderreihung verrotteter Holztische und -kästen mit entsprechendem Odeur. Ich bemühe das Wörterbuch und finde löten = *souder* und Zinn = *étain, also étain pour souder*. Die Suche nach dem Elektroladen, die Kupferkabel führen, gestaltet sich schwieriger. Dabei fällt mir der eigennützige Banker J. P. Morgan ein, der Teslas Freie-Energie-Motor torpedierte, da er zwei Kupferminen besaß und Kupferdrähte für elektrische Leitungen dann nicht mehr gebraucht würden (siehe Ferzak, Nikola Tesla und Meyer: *So verbindet Wasser unsere Welten*).

09-03: Der gehbehinderte Karl stellt sich bei seiner Rückkehr aus Agadir direkt vor uns. Er ist nicht zu überzeugen, dass der Platz 30 Meter südlich von uns viel schöner ist. Deshalb ziehen wir um und richten unsere Schüssel wieder neu ein. Es klappt auf Anhieb. Wir genießen den viel schöneren Blick. Hans und Rita sitzen den ganzen Nachmittag im Schatten hinter ihrem LMC und unterhalten sich mit einem Leidensgenossen von Hans. Der Österreicher heißt auch Hans und ist ein *medizinisches Wunder*. Der 60-Jährige litt mit 39 an Lungenkrebs. Nur ein Teil konnte entfernt werden. Er zeigt uns seine Narbe und sagt, damals hab ich einige Monate nur Grünzeug gegessen, und die Knoten waren weg. Aber jetzt vertrage ich keine Rohkost mehr. Ich sage, es gibt andere Diäten gegen Krebs: die streng makrobiotische Kost, also brauner Reis und gekochtes Gemüse ohne Fett. Oder die Öl-Eiweiß-Kost von Johanna Budwig. Letztere habe ich bei einem Gewächs erprobt. Ob es bösartig war, weiß ich nicht, jedenfalls war es nach 6 bis 8 Wochen verschwunden.

Abends am Lagerfeuer sagt Hans, früher haben wir Milch direkt vom Bauern getrunken, und wir waren alle gesund. Ich sage, es macht wenig Sinn, nach dem Abstillen Milch zu trinken und gar von artfremden Säugetieren. Japaner trinken traditionell keine Milch und haben im internationalen Vergleich die längste Lebenserwartung, trotz der beiden Atombomben. Hans reagiert unsachlich rassistisch: Die Japaner sind doch alle so klein und hässlich ... ich tappe in die Ablenkungsfalle und sage, das denken die Japaner von uns und unseren langen Nasen auch, statt zu sagen: Japaner werten die *Atomtests* von 1945 auch als Rassismus.

Leiden kommen nicht von heute auf morgen. Das Immunsystem passt sich jahrelang einseitiger Ernährung und unnatürlicher Lebensweise an. Bis dann noch irgendein Hammer kommt, ein Unfall, der Tod des Partners oder eine Scheidung. Im Fall von AIDS kann man erkennen, wie lang ein Immunsystem braucht, bevor es aufgibt. Man will uns weismachen, die Inkubationszeit, also die Zeit von der Ansteckung bis zum Ausbruch, sei 10 Jahre. Aber der Name *Acquired Immuno Deficiency Syndrome* sagt es deutlich: Es ist eine erworbene Immunschwäche. Wie erwerben wir sie? Indem wir jahrelang widernatürlich mit dem Körper umgehen. Auch heute nach 30 Jahren grassiert AIDS noch zu 80 % unter Homosexuellen und Drogenbenutzern. Wenn du täglich legale oder illegale Drogen nimmst, werden deine Abwehrkräfte immer schwächer. Auch bei Analsex. Die Haut des Anus ist im Gegensatz zur gut gepolsterten Haut der Vagina ganz dünn und wird jedes Mal verletzt. Das Immunsystem muss ständig weiße Blutzellen zum Reparieren dieser Wunden produzieren. Diese kontinuierlich arbeitende Immunabwehr schwächt den Organismus im Lauf der Zeit. Wenn du im Alter von 39 Lungenkrebs hattest und die meisten Krebsarten durch tierische Fette entstehen, hat dein hoher Milchkonsum dazu bei-getragen. Als während des Kriegs die Nazis in Holland einmarschierten und alle tierischen Produkte für sich beanspruchten, ging die Krebsrate gebietsweise bis zu 60% zurück.

Sigrid aus Minden pflichtet mir bei: Meine Tochter wurde vom Arzt gefragt, ob sie Milch trinke. Als sie es bejahte, sagte er, das lassen sie künftig sein, oder sind sie ein Kälbchen? Ich sage, meine Mutter trinkt Milch gegen Schlafprobleme und ist ständig verschleimt. Übrigens, sie wird bald 80 und wünscht sich eine Reise mit dem Camper. Udo sagt, da braucht Ihr nur einen Anhänger, da hat sie ein eigenes Appartement.

> Wir dachten an ein größeres Womo oder einen Wohnwagen. Für Langzeitcamper ist Letzterer bestens geeignet. Jeder hat seinen Bereich mit eigenem TV. Schnarcht der Partner zu laut oder nervt anderweitig, kann man nach hinten ausweichen. Nachteil: wohin zu Haus mit dem Riesengefährt? Man darf nicht überall stehen. Wer weiß, wie lange das in Taghazout noch geht. Bei *Radio Camping* wird gemunkelt, es sollen Golfhotels gebaut werden. Vermessungen werden öfter durchgeführt. Doch seit Jahren wird vermessen und nichts passiert.
> (Jetzt können wir nur noch tagsüber am Teufelsfelsen und in Taghazout stehen, da die Baumaßnahmen nun doch begonnen haben.)

Beim Thema *Gejammer der Deutschen* und *Ausbeutung der Sozialsysteme* würde ich gern bleiben, gehe aber schlafen. Der Qualm des Lagerfeuers wird meinen Lungen zu viel.

10-03: Peter liegt mir gegenüber, stützt seinen Kopf auf den Ellbogen und sagt, als du weg warst, hat Sigrid von einem Mindener erzählt, der in der Karibik lebt und nach ein paar Jahren immer wieder zurückkommt, um zu malochen. Ich sage, ist doch okay, wenn er so viel verdient, dass er wieder reisen kann. Peter sagt: Nein, so sieht bei dem die Maloche nicht aus. Er geht zum Sozialamt, um neue Elektrogeräte zu bekommen, Kühlschrank, Waschmaschine usw., dann verkauft er wieder alles, ja, und wenn jemand sagt, das ist keine moralische Glanzleistung, wenn das jeder so machen würde, pocht er auf sein Recht. Die Leute werden immer dreister. Ich sage, kein Wunder bei all den Vorbildern, die uns die Medien ständig vorführen. Der moralische Verfall wird gesteuert, damit wieder Krieg geführt werden kann. Und es stecken immer dieselben dahinter. Die Profiteure sind Banken und Industrien. Auch die Medien. Am besten, wir boykottieren sie. Je mehr Tricks, Betrügereien und Terror über die Mattscheibe flimmern, desto mehr Gauner und Kriegshetzer züchten wir. Wichtiger wäre, Leute zu motivieren, etwas für andere zu tun. Projekte, die der Allgemeinheit dienen, sollten vorgestellt und prämiert werden.

Peter wechselt das Thema. Er prahlt mit der neuesten Medienweisheit: Männer sind im Alter von 100 noch zeugungsfähig, Frauen nur bis um die 50. Ich sage, zum Zeugen gehört nicht viel. Wenn du Kinder kriegen müsstest, wärst du happy, wenn es nur bis 50 ginge. Die Frau wurde für diese Arbeit gewählt, weil sie mehr aushalten kann. Weißt du, warum Gott zuerst den Mann erschaffen hat? Huh? Er brauchte einen groben Entwurf.

Die Sonne legt sich heute besonders ins Zeug. Ich geh mit meiner Kladde zu Karl, will wissen, was zu tun ist, wenn man während seines Aufenthaltes eine junge Marokkanerin als Haushaltshilfe mitführen will. Er fragt, war der Umzug ein Problem? Ich sage, überhaupt nicht und bin überrascht von Karls Physiognomie. Die weißen Haare und die Gehbehinderung, die ihm einen Stock aufzwingt, lassen ihn von Weitem uralt wirken. Doch mich strahlen blaue Augen aus einem Gesicht an,

das dem Zahn der Zeit beharrlich Widerstand leistet. Karl reist seit 40 Jahren nach Marokko. Viermal nahm er ein Mädchen mit auf seinen drei Monate langen Touren. Klingt nach Sex-Tourismus? In vielen Fällen mag es zutreffen. Wer gewohnt war, bekocht und umsorgt zu werden, wird gern die preiswerte Möglichkeit wahrnehmen, ein Mädchen zum Kochen und Reinigen mitzunehmen.

> Postanschrift: Consul Honoraire de la République féderale d'Allemagne, 6, Rue de Paris, Quartier résidentiel, 80 000 Agadir, Marokko.
> In Deutschland befinden sich Honorarkonsulate in Bremen, Kassel und München.

Karl, der Anfang der Woche nach Agadir gefahren war, um einen Pass für seine **Haushaltshilfe** zu besorgen, sagt, man muss zum Honorarkonsulat fahren. Es hat von 8:00 bis 11:00 Uhr geöffnet. Dort sagt man, *ich möchte jemanden einladen.* Man bekommt ein Formular und trägt den Namen und die Passnummer der Person ein, die man einladen möchte. Kann man auch eine **Betreuerin** anfordern? Bei uns können sich nur die Gutverdiener eine Haushaltshilfe leisten. Karl sagt, da geht man zu Hause aufs Ausländeramt und gibt eine Verpflichtungserklärung ab, dass man für die Rückführung aufkommt. Dieses Formular sendet man zur eingeladenen Person. Die stellt damit den Antrag auf ein Visum Dann wird vom Ausländeramt jemand zum Überprüfen kommen, ob man in geordneten Verhältnissen lebt und die Räumlichkeiten gegeben sind. Ich sage, ein Zimmer mit Dachpatio wäre frei, aber zum Glück ist meine Mutter noch fit. (Meist kommt alles anders als geplant: Stoff für ein neues Buch)

13-03: Reinhard erscheint mit Blacky. Der Rüde macht sich gleich im Camper breit und signalisiert, dass er uns bedingungslos als neue Schälchenfüller akzeptiert. Sein Meister, ein Computerspezialist schaut nach, ob er den

Laptop in Gang bekommt, kann aber nichts ausrichten. So ist es halt mit der Computertechnik. *Input, Output*, kaputt. Der Bochumer erklärt mir weiter *seine* Relativitätstheorie: *Alles ist ein relatives Verhältnis.* Ist das nicht eine Tautologie, frag ich mich. *Die drei Dimensionen sind Dauer, Ausdehnung und Spin.* Wie bist du drauf gekommen? Das hat damit zu tun, dass ich nur auf einem Auge sehe. Die Brille ist so dreckig, kannst du überhaupt was sehen? Ich hatte in meiner Jugend die Welt nach einer Staroperation auch jahrelang einäugig betrachtet. Ob das bei mir auch Folgen hatte?

14-03: Der Wind legt sich heute stark ins Zeug. Er wirbelt Papierfetzen und Plastiktüten durch die Luft. Daher wollen wir einen Tag früher als geplant gen Norden aufbrechen. Kaum fangen wir an zu packen, hört das pfeifende Fegen auf, und wir genießen unseren letzten Tag in Taghazout. Während des Brunches, kommt wieder der Junge mit den großen Kohlaugen an die Tür. Peter wirft ihm ein rasches *No, mercie* hin. Das hält den Kleinen nicht ab. Stoisch beginnt er, seine Souvenirs aus Stein auszupacken. Peter singt: *Nooo, merciiiie.* Aber der 10Jährige stellt eine aufgerichtete Cobra zum Elefanten auf den Boden des Campers, damit wir die Tür nicht einfach zumachen können. Nach Peters wiederholtem *No,* sagt er, *manger.* Wie Al Mundi, der auf seinen Einsatz gewartet hat, breche ich eine Banane von der Staude. Mit wehmutsglücklichem Blick schnappt der Bub nach der Banane, wie ein ausgehungerter Hund nach der Wurst. Bezweifelt er mein Mitspracherecht als Frau? Fürchtet wohl, Peter könne wieder *no* sagen. Beim Weggehen isst er die Banane mit sichtlich mehr Genuss als die Gurke, die ich ihm letztes mal gab.

15-03: Um 11:00 Uhr sind wir immer noch da. Rita kommt vom Bus. Sie war beim Zahn-

arzt in Agadir. Ernsten Blickes und etwas atemlos sagt die sonst so lustige Berlinerin, eben ist vor meinen Augen ein schwerer Unfall passiert. Der Bus hat gerade gehalten, du weißt doch, da am Schild vom Hotel Imourane. Ein Marokkaner rannte über die Straße, weil da der Bus nach Agadir hielt. Er ist einem Camper genau vor den Motorroller gelaufen. Der wurde in hohem Bogen auf die Straße geschleudert. Es muss beide ziemlich erwischt haben. Zu Peter gewandt sage ich, fahr bloß künftig langsam an Bushaltestellen!

Nach dem Verstauen unserer Habseligkeiten holpern wir im Hymer den Weg zur Straße. Ein letzter Blick auf die heranrollenden blaugrünen Wellen. In weißer Gischt entlädt sie der Atlantik rund um den Teufelsfelsen. Strömungen und kleinere Felsen wirken wie schnaubende Seeungeheuer. Die Reihen von *Hymer I, Hymer II* und *Grufti City lichten sich.* Die Strandverkäufer bieten ihre Waren nun eindringlicher an. Wir verbringen die letzte Nacht vor einem Hotel in Agadir nahe der Promenade und treffen die lebenslustige Lilo und

ihren jüngeren Lebensgefährten. Die 83-Jährige interessiert sich für meine Gesundheitsbücher. Sie strotzt vor Energie und führt mich noch schnell in die Tiefen ihrer Ordnungsliebe ein. Aus kartonierten Lebensmittelpackungen tackert sie mit einem Hefter 5 cm hohe Schachteln zurecht, reiht sie bündig in den Schubladen aneinander und sortiert alle Kleinigkeiten übersichtlich darin ein.

Kafkaesken in Marrakesch

Wie schon mal auf der Reise träumte ich letzte Nacht von einem Baby, erinnere mich aber nicht an den Inhalt der nächtlichen Vision. Es soll positiv sein, von Babys zu träumen, etwas Neues andeuten. Als wir in Marrakesch ein Kasino sehen, sage ich, vielleicht riskiere ich ein paar Münzen und denke dabei an Las Vegas.

Dort hielt ich mich mit meinen Eltern zwei Nächte im Flamingo Hilton auf und finanzierte mit nur zwei Aktionen unseren gesamten Aufenthalt. Erst gewann ich mit dem im Package Deal von $189 enthaltenen 5-Dollar-Chip, den ich ohne hinzusehen auf die 19 setzte. Der Croupier begrüßte mich jedes Mal, wenn ich vorbeiging, mit einem freudigen Lächeln. Mit den Freimünzen holte ich noch 25 Dollar aus einem einarmigen Banditen.

Ein paar Jahre später reisten wir mit unserer US-Freundin Carole im Wohnmobil zum Mittelmeer. Im Spielkasino in Monte Carlo kaufte sie sich Chips und spendierte mir 3. Ich warf einen in den Automaten, um mir die Zeit zu vertreiben. Es kamen drei blaue Traubenzeichen: Als ich mich wunderte, wo der ersehnte Klingelton blieb, sagte Carole: Du hättest alle drei auf einmal einwerfen müssen. Das war am Tag, nachdem wir im Schlaf überfallen worden waren.

Wir standen hinterm Felsen zwischen Nizza und Monte Carlo. In der Früh entdeckte Carole vom Alkovenfenster aus einen Leder-beutel, einsam auf der Straße liegend. Es war meiner. Wir vermissten die Kreditkarte und Peters Calvin Klein Jeans, in denen der Wagenschlüssel steckte. Immerhin waren die Einbrecher so nett, den Schlüssel aus der Jeans in den Beutel zu legen. Wir fuhren mit weichen Knien und dem Gefühl, einer Vergewaltigung zum Opfer gefallen zu sein, weiter. Später zeigte sich, dass die Räuber um 5 Uhr morgens in einer nahe gelegenen Brasserie mit der Kreditkarte 3.500 Francs auf den Kopf hauten. Wäre es im Kasino besser gelaufen, wenn die Kreditkartenfirma den Schaden nicht übernommen hätte? Ich glaub's mal!

Peter übergeht meinen halbherzigen Vorschlag zum Zocken. Er hat sich auf eine Kutschenfahrt versteift, zumal wir in der Nähe der Pferdewagen nächtigen. Den ersten englisch sprechenden Kutscher lehne ich ab. Seine Droschke hat die Nummer 121. Quersumme 4! Beim gefährlichsten Transportmittel liegt es mir fern, ein zusätzliches Risiko einzugehen. Der junge Mann in der schwarzen Lederjacke deutet auf die Kutsche mit zwei grau gescheckten Hengsten. Sie stehen an dem hohen schmiedeeisernen Zaun, über den sich blütenschwere Bougainvillazweige aus dem Park stehlen. Ja, mit der Nummer 151 bin ich voll zufrieden, die 7 ist meine Schickalszahl.

Peter meint, Abas, der alte Kutscher mit dem rostigen Englisch sei sein Vater. Wir nehmen die Plätze auf der hinteren Bank ein. Haben die Pferde genug Wasser? Abas antwortet, das sind die Villen reicher Marokkaner und Franzosen. Er deutet auf die herrschaftlichen Anwesen gegenüber der Stadtmauer. Ich sage um eine Nuance lauter und ungeduldiger, die Pferde! *Cheval!* Haben sie genug Wasser? *L'eau!* Der Alte deutet auf den linken Grauschimmel und sagt, das ist Mambo, der andere heißt Jongo. Die Kutsche hat die Nummer 151. Ich gebe mich geschlagen und betrachte das Wasserproblem als gelöst.

Kurz vor der **Bab Khob** rennt ein Junge herbei und wirft mir eine Bougainvilleablüte auf den Sitz. Abas mag denken, der kleine

Strolch habe es auf meine Digitalkamera ab-gesehen, denn er ruft einem der vielen ich hier aufhaltenden Polizisten etwas zu und zeigt nach hinten. Zum Glück schlinge ich beim Fotografieren stets das Trageband um mein Handgelenk. Eine empfehlenswerte Vor-sichtsmaßnahme, auch ohne Droschkenfahrt, auf die ich hätte verzichten können. Viel-leicht reizt sie mich so wenig, weil ich das Rütteln in früheren Existenzen zur Genüge habe über mich ergehen lassen müssen. Eine Frau in Hosen, Jacke und Kopftuch überholt uns auf einem Moped. In der Großstadt kannst du das eine oder andere weibliche We-sen auf einem Zweirad sehen. Aber im Dorf oder in kleineren Orten sehen wir nicht mal Mädchen auf Fahrrädern.

Mambo und Jongo traben am ummauerten Palmengarten vorbei, in dem ein paar Buben Fußball spielen. Während Peter sich einen Sar-g-nagel der Marke *Marquise* anzündet, fühle ich plötzlich eine Hand am Hals und kreische auf. Beim Umdrehen blicke ich in das strah-lende Gesicht eines etwa Zehnjährigen, der womöglich schon eine Weile diese Mitfahr-gelegenheit genutzt hat. Ich bin froh, dass Abas die Fahrt um eine halbe Stunde kürzer als abgemacht ausfallen lässt, nicht nur der Pferde zuliebe. Ich juble, hurra, wir leben noch! Hätte ich nicht auf meiner Glücksnum-mer bestanden, wäre ich jetzt womöglich um Mutters Perlenkette ärmer.

Am Abend weht der warme Wind die fau-lig-süßen Düfte verblühender Rosen vom nahe gelegenen Park zu uns herüber und gibt dem Gestank der Pferdepisse eine gerade noch erträgliche Duftnote. Ich freue mich auf die Fahrt zum Wasserfall und hoffe, dass die Straßen der rund 160km langen Strecke nach Ouzoud gut befahrbar sind.

Ait-Ben-Haddou, Ouarzazate & worn Stars

18-03: Ein Verkehrspolizist erklärt uns, wie wir zum Gaswerk gelangen. Als wir die schönste Stadt Marokkos in Richtung El Jadi-da und Safi verlassen, sagt Peter: Marrakesch hat was. Die Ebene mit den Palmen, da kann man mal aufs Meer verzichten. Die in der Sonne glänzenden Zuckerkrusten der Atlas-gipfel geben der Stadt trotz Auspuffgase einen Hauch von luftiger Reinheit. Ich staune über den coolen Meister des Verkehrs, wo es nur so vor Menschen, Autos, Zweiräder, Handwagen, Eselskarren und Droschken wimmelt. In Indi-en fuhr er sogar zwischen Ziegen und Kühen auf der falschen Straßenseite. Alle passen auf, wir sehen kaum Unfälle, aber jede Menge Pannen und geschobene Kraftwagen.

Auf der Strecke nach Fés und Beni-Mellal durchfahren wir eine sattgrüne Ebene. In dem dicht besiedelten Landwirtschaftsgebiet leben die Leute vom Oliven- und Zitronenanbau. Die schokofarbenen Gipfel der kleinen Berg-kette Jibilet sind in zart blaugrüne Pelerinen gehüllt. Wir passieren ursprüngliche Dörfer an einem wasserarmen Bach und zur Linken einen alten Ksar. Seine von hohen Mauern umgebenen Gebäude sind typische, aus Lehm gebaute präsaharische Wohnstätten. Die Wände sind durch Ecktürme verstärkt.

Ait-Ben-Haddou in der Provinz Ouarzazate ist ein berückendes Beispiel südmarokkanischer Architektur. Du tauchst in eine mittelalterliche Welt ein. Das mächtige Tor der Festung wurde eigens für Orson Wells' Film *Sodom und Gomorrha* errichtet. Es thront über mehrere Kasbahs. Je nach Sonneneinfall terrakotta- bis rotbraune Häuser aus Stampflehm ziehen sich malerisch den Hang hinauf.

Letztes Jahr vollzog ich hier meinen ersten Tauschhandel. Auf dem von Souvenirläden gesäumten Weg hinunter zum Bach wollten uns alle Verkäufer etwas aufschwatzen. Ich sagte, wir haben kein Geld mehr. Ein Lederhändler hatte es auf meine alten Nikes abgesehen. Ich durfte mir dafür aussuchen, was der Laden zu bieten hatte. Kurzerhand tauschte ich die bunten Treter gegen einen Rucksack. Der nette junge Mann gab mir obendrein Baluschen, damit ich nicht barfuß zum Camper hoch kraxeln musste. Er fragte, ob ich auch wirklich happy bin mit dem Tausch!

Den Bach überquerten wir auf Sandsäcken. Eine Filmcrew drehte gerade einen klassischen Streifen mit blauen Tuareg, Kamelen und einer männlichen Musikgruppe in weißen Hemden und runden Kappen.

In den Studios bei Quarzazate sahen wir die Kulissen zahlreicher Filme, von denen wir gar nicht wussten, dass sie in Marokko gedreht wurden. Wie etwa die Verfilmung von Heinrich Harrers Buch „Sieben Jahre in Tibet". Der Angestellte der Illusionsproduktionsstätte deutete auf den Atlas und sagte, hier sehen Sie den marokkanischen Himalaja. Wir entdeckten einen großen Klumpen Pappmaché mit Seitenteilen. Das abgetakelte Gebilde wurde bei der Abenteuerkomödie „Auf der Jagd nach dem grünen Diamanten" von Kathleen Turner und Michael Douglas als Flugzeug verwendet. Dieser Film zieht

mich magisch an und erfüllt das Kriterium für die Aufnahme in meine Koinzidenzensammlung:

Wir wohnten in einer Strandgemeinde in L.A., als er zum 1. Mal im US-TV lief. Der ereignisreiche Streifen beginnt damit, dass die Schriftstellerin Joan Wilder, die einen Abenteuerroman nach dem anderen vollendete, ohne selbst das geringste zu erleben, sich mit dem Zerschmettern eines Tellers entschließt, ihrer in Not geratenen Schwester in den Dschungel zu folgen. Ich identifizierte mich mit der Autorin und hätte gern ihre Wohnung samt Katze übernommen, da ich schon so oft verreist war und mir die Ruhe zum Schreiben herbeisehnte. Einige Jahre später kaufte ich im Second hand Store „A Star Is Worn" auf der Melrose Avenue in einem Anfall geistiger Umnachtung das dreiteilige weiße Outfit des blonden Topmodels, das damals in Deutschland noch kaum jemand kannte. Dabei konnte ich das Leinen des weißen Anzuges befühlen, den Michael Douglas in diesem Film getragen hatte. Dieser Zwirn kostete damals rund 10mal mehr als der Korsettfummel. Heute wäre die Differenz wahrscheinlich geringer.

Was kommt als Nächstes? Lerne ich die Akteure des Films persönlich kennen? Da ein Cousin meines Vaters in Jávea in unmittelbarer Nachbarschaft vom rosaroten Anwesen des Schauspielers lebt, wäre das nicht so abwegig. Während der kurvigen Fahrt überlege ich, ob ich es wagen könnte, auf die Toilette zu gehen. Ich sehe ein Schild, das die Autofahrer auffordert, sich anzuschnallen. Meine Fantasie geht mit mir durch:

Ich sehe mich auf der Klobrille sitzend, Peter brüllt, halt Dich fest! Ein Crash! Splitterndes Holz, Krachen und Knirschen! Ich fliege durch die Luft. Es hat uns beide fatal erwischt. Ich bleibe noch eine Weile, sehe mir die Unfallszene an und gebe dann Peter ein

Zeichen, dass ich mal eben zu meiner Mutter abschwirre. Ich finde sie im Sessel vor dem Fernseher sitzend. Es kostet mich wegen des Elektrosmogs einige Anstrengung, sie auf mich aufmerksam zu machen. Doch dann gelingt es mir, für den Bruchteil einer Sekunde, mich zu materialisieren. Meine Mutter schreit: Neiiin! Dann kullern Tränen ihre Wangen herunter. Sie sitzt wie paralysiert da.

Das Riesenrad eines Volksfestes bringt mich zu Peter zurück. Übrigens hatte meine alte Dame wirklich mal so ein Erlebnis, als ihre Mutter im Alter von 54 Jahren verstorben war. Sie klebte 20 Minuten wie gelähmt auf einem Stuhl an ihrer Arbeitsstelle. Die Mitarbeiter konnten ihr nicht helfen. Eine ähnliche Erfahrung hatte ich mit dem Geist meiner Schwiegermutter am 11.11.1987 in unserem Appartement mit der spirituellen Nummer 11.

Ich kam gerade vom Fitnessraum in unsere Wohnung zurück und schaute zur Wanduhr. Sie zeigte 10 Minuten nach 11; ich hatte also nicht mal eine halbe Stunde trainiert, weil ich irgendwie unruhig geworden war. Als ich auf dem Weg zum Bad an unserem nagelneuen Queensize-Bett vorbeikam, war ich aus heiterem Himmel an Armen und Beinen gelähmt! Ich hatte das Gefühl, meine Extremitäten seien mit Blei gefüllt und ließ mich aufs Bett fallen. War ich krank? Einer Ahnung folgend, fragte ich zaghaft in die dünne Luft hinein, Lisa, bist du das? Auf der Stelle war der Spuk vorbei, und ich konnte mich normal bewegen. Es war wohl Vorsehung gewesen, dass ich gerade eines der Bücher von Shirley MacLaine gelesen hatte, an dem ich mich auch nicht hät-te vorbeischleichen können. Denn es drängte sich an allen Kassen der Supermärkte in mein Blickfeld. Ich sagte meiner vergeistigten Schwiegermutter, dass sie ihren kranken Körper verlassen habe und es ihr nun möglich sei, gedankenschnell zu reisen. Eine Stunde danach

rief Peters Bruder an und bestätigte den Heimgang seiner Mutter. Meinen Eltern gegenüber erwähnte ich öfter Lisas schlauen Zug ihres Sterbedatums. Denn, beide Söhne tun sich schwer mit Daten. Doch wer würde den 11.11. vergessen? Offenbar wollte meine Mutter nicht zurückstehen und bekam es hin, am 1.1.11 ihren Körper zu verlassen. Erst später merkte ich, dass auch mein Vater es zumindest zu einer 11 als Quersumme schaffte: 1.10.1998. Alles Zufälle? Wer's nicht glaubt, wird selig.

Wasserfallen am Ouzoud Wasserfall

Wir fahren durch Tamelelt, dann an einem Ksar mit uralten Toren vorbei. Rechts geht es nach Demnate und Azil. Zur Linken erstreckt sich ein Gebirgszug mit bizarr aus dem Boden ragenden Felsen. Es folgen große Landgüter, *Domaines* und felsige Gebirgszüge mit einzelnen Bäumen auf dem Grat. Nach dem *Canal Tassaout*, der die Ebene zwischen Beni-Mellal und Marrakesch bewässert, wirkt die Gegend eintönig. Am Abzweig Azilal, Beni-Mellal und Fés beginnt der Mittlere Atlas. Im folgenden landwirtschaftlichen Gebiet gedeihen Oliven, Kartoffeln und Weizen. Während uns immer wieder Kinder, Jugendliche und junge Erwachsene zuwinken, erreichen wir die Passhöhe von 980m. Marokko ist ein Land voller junger Leute. Ein Teenager führt die Hand zum Mund und macht das Rauchzeichen. Der immer dichter werdende Bewuchs ist saftig grün, mit kleinen Felsarrangements. Zwischendurch Bäume, vereinzelte Bauerngehöfte mit Ölbäumen, rote Erde, Wolfsmilchpolster und dann der rund 500 m tiefe Taleinschnitt des Qued El Abid. Ein Junge auf einem Esel strahlt uns an, der Himmel zeigt ein zartes Violett, ich würde ihn gern malen. Die meisten Camper scheinen die Wasserfälle auszulassen, denn wir haben noch keine gesichtet. In vielen Serpentinen führt die Piste durch Thujen-,

Wacholder-, Pinien- und Eichenwälder bergauf und bietet einen einmaligen Blick auf die Schlucht und das Ait Attab Flusstal.

Wer den Stellplatz in Ouzoud abends anfährt, mag den abschüssigen Weg als Mutprobe betrachten. Die Mutprobe am Morgen bestehe ich nicht mehr. Ein junger Marokkaner führt uns zum Fluss und übergibt uns einem Kollegen. Dieser hat es sich zur Lebensaufgabe gemacht, waghalsige Touristen auf wackeligen nackten Ästen über das wild rauschende Nass zu führen. Ich sage, mit mir nicht, drehe auf dem Absatz um und stürme davon. Nach ein paar Minuten hat Peter mich eingeholt. Er sagt, ich bin mit der Gruppe junger Marokkaner ins Gespräch gekommen. Sie haben gefragt, wieso ich so gut englisch spreche. Hab gesagt, wir haben lange in Amerika gelebt. Das hat ihnen nicht gefallen. Wieso? Ich hab gelacht und gesagt, Amerika ist doch gut. Sie haben geschrien, *no, no, Deutschland gut* und dabei anerkennend die Daumen hochgehalten.

Wir nehmen den Weg am Flüsschen entlang, freuen uns über eine Entenschar und genießen die Ruhe. Nach wenigen Minuten schließt sich uns ein selbst ernannter Führer an. Er will nur ein amerikanisches T-Shirt haben. Das Bedürfnis nach US-Waren geht Hand in Hand mit der Wut über die Ungleichheit. Er sagt, der junge König war mal mit dem Motorrad am Wasserfall. Die Sonne steht schon hoch, zum Fotografieren sind wir spät dran. Wir befinden uns am Rand des kleinen Sees, der vom Wasserfall gespeist wird. Ein Fährmann setzt uns in einem Floß über, wobei er lediglich an einem Seil zieht, das an beiden Enden befestigt ist. So einfach kann freie Energie sein. Mir gelingen doch noch einige passable Fotos. Ein fliegender Händler hat ein schönes Fossil. An Kaufen ist mit Peter im Schlepptau nicht zu denken. Wieder am *Ozoud Camping Amalou* angelangt, haben wir Gelegenheit, am angrenzenden Feld einen Bauern beim tradi-

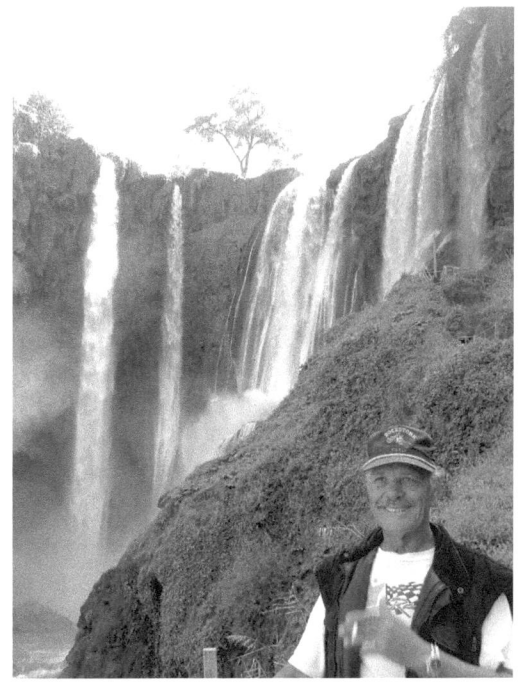

nellen Pflügen zu sehen. Die Landschaft und das rauschende Nass begeistern uns. Von den Campern kommen jedoch unterschiedliche Reaktionen: Der Österreicher Elmar machte ein langes Gesicht und zog gelangweilt die Augenbrauen hoch, als ich nach dem Wasserfall fragte. Seine Landsmännin Erika sagte, wunderbar, müsst Ihr unbedingt sehen. Wir planen, nächstes Mal, drei Tage zu bleiben. Mir ging es dieses Mal um Fotos fürs Wasserbuch.

Wir fahren durch eine zauberhafte Bergwelt mit Olivenhainen, freuen uns über Wiesen mit wilden Blumen, rote Hügel, blaugrüne, schiefergraue und rote Steinformationen. Der märchenhafte Tann, dessen duftende Nadeln einen weichen Teppich bilden, erinnert uns an den Yosemitepark. Obwohl die Bäume nicht so hoch sind, wie in den USA. Am Rande des Nadelwaldes zelebrieren wir unseren Brunch. Ein Schäfer führt seine Herde vorbei. Er und sein kleiner Sohn helfen gerade einer Ziege,

IhrJunges zu bekommen. Der Bub hält das Zicklein mitsamt der herunterhängenden rot-lila glänzenden Nabelschnur hoch. Am Fischerhaus, direkt vor unserem Camper, sahen wir bereits die Geburt von Zwillingskitzen. Ich lege die Kassette von *Dire Straight* ein, die wir schon so oft auf unseren langen Fahrten durch den *Wilden Westen* wählten, weil diese Musik die Einsamkeit der nahezu unberührten Natur auf geheimnisvolle Art untermalt. Schön, die lachenden Gesichter, ruft Peter, als wir drei Straßenarbeiter und einen jungen Mann auf einem Esel passieren und alle strahlend winken. Uns erfreut diese ungescheute Freundlichkeit.

Wir fahren auf einen über und über wie mit Puderzucker bestäubten Berg zu und passieren eine *Großwäscherei*. Rund zwanzig junge Frauen hocken im Kutschersitz entspannt beieinander und unterhalten sich, während die am Fluss gewaschene und nun über Büschen und Bäumen hängende Wäsche trocknet. Die Transportesel stehen abseits und warten darauf, mit der frischen Fracht beladen zu werden. Peter sitzt sichtlich vergnügt am Lenkrad, deutet auf ein weiteres Waschappening und auf den örtlichen Schrotthandel. In **Azil** folgen wir dem Treiben eines großen Souks mit schneebedeckten Bergen im Hintergrund. Ich hätte gern ein paar Fotos geschossen. Doch das Gefühl, unbefugt in persönliche Sphären einzudringen, hält mich ab. Am besten, du schaust dir alles selbst mal an.

Plötzlich fühlen wir uns wie in einem anderen Land: viele Giebelhäuser, die Straßen und Trottoirs sehr sauber. Am See fahren wir scharf rechts zurück, an riesigen Kakteenbüschen vorbei. Dazwischen sandfarbene Felsen in roter Erde. Ca. 300 m nach einer doppelten Piste, die zu einer Landzunge führt, begrüßt uns ein älteres Paar, das einen terrassenartigen Campingplatz mit Blick über den See leitet.

Wir fahren durch ein Militärgebiet und dürfen nicht fotografieren. Zwei Soldaten beobachten uns. Der Campingplatz an der Staumauer ist verlassen. Deshalb fahren wir weiter nach **Beni-Mellal**. Der Hymer windet sich den Pass hoch. Es wird vor Eis gewarnt. Andere Motorisierte sind nicht zu sehen. Am Wegrand stehen Kinder, winken und machen verschiedene Zeichen. Die größeren wollen rauchen. Die kleinen fassen nacheinander an die Füße, ans T-Shirt und tippen auf den Kopf. Das Ganze wirkt wie Schuhplattlern. Da immer noch einige Camper wie Karnevalsprinzenpaare Bonbons regnen lassen, ist die Erwartungshaltung einiger Kinder noch vorhanden; aber kaum noch in den Touristenzentren.

Peter entdeckt mal wieder eine Gemeinsamkeit mit Kalifornien: Das Wasser wird auch in Rohrleitungen über den Berg geführt. Am Eingang der quicklebendigen Großstadt duftet es nach Orangenblüten. An der Hauptstraße hängt Wäsche an einer Leine, die zwischen zwei Bäumen gespannt ist. Wir schauen uns die **Kasba Tadla** an. Ihr Minarett ist von einem Storch besetzt. Kurz darauf sehen wir rot: riesige Klatschmohnfelder vor dem Hintergrund des in der Abendsonne leuchtenden schokobraunen Mittleren Atlas. In **Kenifra** finden wir in einer Wohngegend nahe einer höheren Schule einen ruhigen Schlafplatz.

19-03: *On the road again*. Wir genießen die herrliche Berglandschaft. Peter sagt, wie im Odenwald, nur weniger Wald, dafür höhere Berge. Ha ha! Immer noch sprudelt das flache Rinnsal durch die saftigen Wiesen. Felsformationen lockern die bizarre Landschaft auf. Alles grünt und blüht. Auf jeder kleinsten Hütte thront eine Satellitenschüssel. Ein Polizeiauto schießt an uns vorbei. Peter sagt, ich bin beruhigt, auch die Bullen überholen bei durchgezogener Linie. Vor **Fès** liegt die mit Bäumen gesäumte Straße inmitten eines grünen Teppichs mit orangefarbenen Blüten. Die weiße Königsstadt macht beim Durchfahren einen desolaten Eindruck. Auf einem kleinen mit alter Mauer umrahmten Berg hängt die Wäsche über Büschen zum Trocknen. Keinerlei Bauaktivitäten zu sehen. Peter nervt. Er kämpft mit dem Fahrer eines *Petit Taxis* darum, wer schneller an der Straßenverengung ist. Ich sage, du bist hier Gast, der Mann hat einen Job zu machen! Männer!

Zwei Königsstädte und eine stürmische Überfahrt

Wir passieren eine reizende grüne Landschaft mit rotbraunen Feldern und Olivenhainen. Peter sagt, wie in Salinas. Ich sage, genauso weitläufig flach, aber nicht so stark bewirtschaftet, wie in Nordkalifornien. Fröhlich frei laufende Hühner und Esel machen dies zu einem Ort, an dem ich zur Not als Nutztier reinkarnieren könnte. Wie gesagt, viele Musliminnen würden gern mit ihren Eseln tauschen.

Auf der Hälfte der Strecke nach Meknès taucht erneut ein Ausläufer des Mittleren Atlas auf. Der Bausand ist safrangelb. Orangenverkäufer bieten am Straßenrand ihre saftige Ware auf morschen Holzkarren an. 10 km vor der Königsstadt zeigt Aladins Wunderlampe ein Minidiscyland an. Ein rundes Gebäude ist mit lauter winzigen Kacheln besetzt. Die Gegend um die knapp 600.000 Einwohner zählende Provinzhauptstadt ist sehr gefällig. Das fruchtbare Plateau, auf dem **Meknès** 550 m über dem Meer liegt, wird landwirtschaftlich intensiv genutzt. Erst etwa auf der Hälfte nach Sidi Kacem passieren wir die Rebstockfelder des berühmten Weins von Meknès. Saftige Kornfelder in diversen Grünschattierungen so weit das Auge reicht. Wie eine Raupe bewegt sich ein rotgelber Zug über die Gleise, an riesigen Dattelpalmen, Kakteen und Olivenbäumen vorbei. Betörender Jasminduft hüllt

die elysische Szenerie ein, die ich gern digital gebannt hätte: kleine, mittelalterliche Brücke über sprudelndem Nass, in dem sich die Sonne bricht. Grüne fleischige, in Moos gebettete Blätter wuchern rings um Felsgestein jedweder Größe. Zwei Berber in blauen Umhängen und Turbanen reiten auf Eseln im Glanz des aufgewirbelten Staubes über die Brücke und vollenden das zum Weinen schöne Bild.

50km vor **Mechra Bel Ksiri** ist die Gegend wieder flach. Eukalyptusbäume säumen die Straße. Wir überholen mehrere Orangenlaster. Ich sauge den Duft der Zwiebelfelder ein. Meine Augen ergötzen sich an schönen Menschen in pastellfarbener Berberkleidung. Auf dem Seitenstreifen verkaufen Buben Gemüse. Ziegen fressen ganz nah der Straße, aber keines der Tiere betritt die Fahrbahn. Selbst die wenige Tage alten Zicklein kennen die Gefahr. 75 km vor Larache laufen Kühe umher, deren Vorderfüße zusammengebunden sind, damit sie keine allzu großen Sprünge machen können.

70km vor Larache ist rechts ein Gaswerk, wo wir Flaschen aufgefüllt bekommen.

Zwei Jungen balgen sich, Peter drückt kurz auf die Hupe. Sie winken, danach hauen sie weiter aufeinander ein. Peter hat die Armaturen mit Kassetten und Zigarettenschachteln bepflastert. Ich sage, du kannst die Tankanzeige ja gar nicht sehen. Irgendwann macht es blubb blubb und wir bleiben wieder mal stehen. 40 km vor Larache finden wir endlich eine Tankstelle. Viele Leute haben rote, breitkrempige Hüte auf. In der Mitte verlaufen sie konisch, wie bei den Wasserträgern. Wir überholen einen mit Zuckerrohr vollbepackten Laster.

18km vor Larache liegt ein Haufen **Korkeiche** am Straßenrand. Hey, sage ich, das ist genau, was Fred für seine Modelleisenbahn sucht. Peter träumt weiter. Ich sage, so nah kommen wir nie wieder an den Dingern vorbei. Warum hast du nicht gehalten? Keine

Antwort. Im nächsten Dorf kauft Peter Brot und Eier. Alle männlichen Kunden schütteln ihm erfreut die Hand. Da hier wenig Camper durchfahren, ist es für sie ein seltenes Vergnügen, einen Fremden zu begrüßen. Eine bunte Schar von Frauen in lichten Gewändern warten auf Busse oder Mitfahrgelegenheiten. Kichernd klopfen sich einige auf die Schenkel.

In der Gegend von **Larache** verkaufen Bauern die günstigsten Erdbeeren des Landes. Wir fahren wieder auf den *Aire de Repos,* dem kostenlosen gastlichen Rastplatz der Reederei Comarit. Er wird rund um die Uhr bewacht. Der Parkwächter sagt, wir sollen uns mit unseren Pässen bei der Rezeption melden. Ich sage, Peter, war das bei der Herfahrt auch so? Der Manager kümmert sich um mich, während Peter vom Parkwächter eingewiesen wird. Die Leute arbeiten hier in 2 Schichten á 12 Stunden. Da kann es schon mal passieren, dass man etwas überhört oder missversteht. Jedenfalls hätten wir fast auf dem Schiff *Banasa* der Comarit gebucht, weil der Manager Noureddîne Salaheddine dachte, wir wollten statt der Fähre nach Algeciras, die nach Séte in Südfrankreich nehmen und hätten das Vorbuchen vergessen. Ich erwähne meinen Erfahrungsbericht über unsere Reise. Das weckt seinen Diensteifer. Er zeigt mir gleich die ganze Anlage. Für Fotos ist es schon zu dunkel. Ich werde morgen einige Bilder machen. Der adrette Marokkaner spricht fließend deutsch und englisch. Im Sommer arbeitet er als Purser auf besagtem Schiff, im Winter hier als Direktor. Noureddîne präsentiert stolz Fotos, die ihn in mit Tresse besetzter dunkelblauer Uniform und seine hübsche Frau in Berberkleidung zeigen. Für den Abend lädt er uns zu Suppe und Minztee ein. Als wir ins Zelt kommen, sitzt er am Tisch eines reizenden Paares aus Frankreich. Die beiden haben

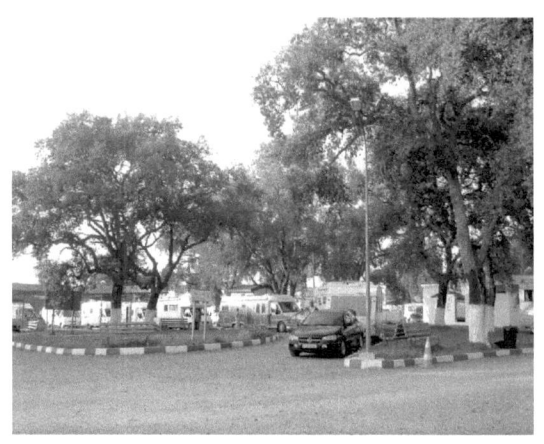

den Winter in Zagora verbracht. Sie fährt mit ihrem Pkw, er mit dem Wohnmobil. Sie verständigen sich mit *Walkie-Talkies*. Ich frage nach dem **Trinkgeldgeben**, oft eine Gratwanderung zwischen Lob und Beleidigung. Noureddîne sagt, für besondere Dienstleistungen kann man zwischen 5 und 20 Dirham geben. Ich gebe dem gastfreundlichen Direktor mein Wasserbuch, worauf er mir das *Familienbuch* reicht, damit ich unter heutigem Datum etwas vermerke. Sein *Eau de Cologne* begleitet mich zum Wohnmobil, mitnichten die Marke, die ich meinem Mann empfehlen würde. (Bin gespannt, ob wir Noureddîne demnächst in der neuen Raststätte sehen.)

20-03: Die Sonne strahlt zum nahen Frühlingsanfang wie frisch geputzt. Ich mache ein paar Fotos von der Anlage und den Mitarbeitern. Neben dem Rastplatz gibt es eine Tankstelle mit Reifenservice und Wagenwäsche. Wir lassen für umgerechnet €5 die vorderen Reifen nach hinten setzen. Für €6 gibt es noch eine intensive Wagenwäsche, bei der das Chassis vom Salz befreit wird. Zwischendurch ruft der Muezzin zum Gebet. Ein junger Gläubiger, dessen Vater in Duisburg lebt, verlässt die Arbeit für einige Minuten, um zu beten. Es gibt weder Vorbehalte, noch ist der Arbeitsablauf gestört. Es sollte auch die

Angelegenheit jedes Einzelnen sein, ob und wie er sich mit einer höheren geistigen Instanz verständigt. Es fällt mir aber schwer, mir Gott als einen solchen Einfaltspinsel vorzustellen, der auf tägliche, formelhafte Lobhudeleien angewiesen ist. *Gott ist groß. Es gibt keinen Gott außer Gott.* Er weiß selbst, wer er ist. Es wird Ihm auch egal sein, ob wir ohne Schuhe oder mit Tiara zu ihm sprechen. Beten wir nicht alle zur selben geistigen Energie, ob wir sie Gott, Allah, Manitu, Sananda, Osho oder Oma nennen?

Besinnen wir uns täglich auf die Kraft der Liebe. Schließen wir uns dieser Energie an! Durch sie sind wir mit der Schöpfung verbunden. Handeln wir ihr nicht durch satanische Aktionen zuwider! Sei es durch Verschandeln der Umwelt, Verpesten der Luft oder Quälen und Übervorteilen unserer irdischen Mitbewohner. Erkennen wir, dass wir in der Lage sind, durch die Kraft unserer Gedanken eine bessere Welt zu schaffen!

Bitten wir den Schöpfer allen Seins um ein artgerechtes Leben aller Menschen, Tiere und Pflanzen, in Fülle und Harmonie.

Bitten wir um die Kraft, dass wir uns in Seinem Sinn bewähren können. Bitten wir auch für jene, die in die Sucht geflohen sind, damit sie künftig ohne Drogen, Alkohol, Rauchen und sexuelle Exzesse auskommen und zu einem bestmöglichen Leben zurückkehren.

Wir fahren an dem reizvollen Campingareal direkt am Strand von Asilah vorbei. Doch die andalusisch wirkende weiße Stadt lädt gerade überhaupt nicht zum Anhalten ein. Bei dem mittlerweile aufgezogenen Sturm kommen nur Wellen an, die bestenfalls an Milchkaffee erinnern. Die Überfahrt wird rau werden.

Im Hafen von Tanger geht es hektisch zu. Hilfswillige kämpfen um unsere Papiere. Haben wir einen erfolgreich abgewehrt, rennt der Nächste auf uns zu und ruft durchs Fenster: *Tickets, please.* Wir sagen, *no* und fahren weiter. Der Nächste kehrt den Offiziellen raus, deutet auf sein Schild und sagt entschlossen: *I need the ticket!* Ich kontere, *no* uniform, no papers. Peter sagt, wir machen das selbst.

Heute im neuen Hafen geht es weniger hektisch zu. Bei der Rückreise nach Europa hätte ich allerdings einen Vorschlag zu machen, nämlich, Nummern zu verteilen, ansonsten ist es nichts mit *wer zuerst kommt, mahlt zuerst.*

Ein Schnellboot, das kaum Fracht hat, scheint auf uns zu warten. Die Höhe der Fähre ist mit 2,9 angegeben. Peter runzelt die Stirn und sagt dem Bediensteten der Schifffahrtsgesellschaft, unser Wohnmobil ist 3 m hoch. Er sagt, probiere es. Es geht ohne Schrammen ab. Der Laderaum ist fast leer. Kaum stehen wir, wird die Maschine angeworfen. Das Schiff legt im selben Moment los, als wir das Womo verlassen. Drei Meter von uns entfernt das blaugrüne, von der Schiffsschraube aufgewirbelte Wasser, als ob es uns verschlingen wollte. An Bord nehmen wir uns je einen Fensterplatz. Auf den Fernsehbildschirmen ist Hallenhandball zu sehen. Plötzlich hebt sich das Schiff, die Geschwindigkeit nimmt rapide zu. Die Gischt spritzt an die Fenster. Salz bleibt daran kleben. Ich kann kaum noch sehen. Draußen tobt ein schwerer Sturm, nur noch Grieß auf den Mattscheiben. Auf den Wellen riesige Schaumkronen. Das Schnellboot kämpft sich vorwärts. Meterhoch spritzt die Gischt. *Rapido*, wie der Angestellte der *Trasmediterranea* versprach. In der Tat sind vom Einfahren in den Hafen von Tanger bis zum Verlassen des Hafens von Algeciras nur 2 Stunden vergangen, weil die spanischen Polizisten und Zöllner uns durchwinken.

Schlaflos in La Linea

Wir fahren durch La Linea und sehen, dass sich die Stadt in den letzten drei Monaten zum Vorteil verändert hat: aufwendig gestaltete Verkehrsinseln, Spielplätze, exklusive Laternen. In Spanien blüht und strotzt das Baugewerbe. Es folgt die übliche Prozedur beim Beschaf-fen der Duty-free-Sargnägel.

21-03: Letzte Nacht war Schlafunruhe angesagt. Die Bässe einer Diskothek verklangen gegen 3:00 Uhr morgens. Geistiger Vermerk:

Nie wieder samstags in La Linea nächtigen.

22-03: Gestrige Nacht ließ ein Schwertransporter alle paar Minuten die Kühlaggregate laufen, um die Fracht frisch zu halten. Früh gehen wir nach Gibraltar, um Zigaretten zu holen. Nach dem Brunch nimmt Peter den Roller, um sein Kraut der Verderbnis zu bekommen. Wenig später kommt er und sagt, ich musste zum Zoll. Sie haben meine Passnummer eingetragen. Kurz darauf gehen wir zu Fuß zum zollfreien Einkauf. Die spanische Zöllnerin sagt, auf mich blickend, you okay, und mit einem finsteren Blick auf Peter, you no. Peter fragt, why not? Sie sagt etwas auf Spanisch. You want Gibraltar back and are not able to speak *Englisch.* Ein Kollege erklärt, Sie müssen den Beutel wieder zurückbringen. Ich frage, wie oft kann ich zollfreie Ware kaufen? Three times within one month. Der Ladenbesitzer, der mit der Verordnung *3-mal innerhalb eines Monats, aber nicht am selben Tag* vertraut ist, gibt Peter eine Quittung, befestigt einen Zettel mit seinem Namen an die Tüte und stellt sie zu den anderen. Zu dem Zöllner sagt Peter, are you happy now?

23-03: Wir wandern nach Gibraltar, um die Kontrabande auszulösen und noch einen zusätzlichen Karton Sargnägel zu besorgen. Später, als Peter mit dem Motorroller noch einmal die englische Enklave besucht, um bei einem Laden für Bootsausrüstung nach einer Befestigung für unsere Satellitenschüssel zu suchen, landet er wieder beim selben Zöllner. Dieser fragt ihn, ob er etwas zu verzollen habe. Peter verneint wahrheitsgemäß. Der Offizielle schaut diesmal nicht nach und sagt, are you happy now?

Da wir uns mal so richtig ausschlafen wollen, fahren wir zur *Playa Torre Nueva bei Santa Margarita*, von der man einen fantastischen Blick auf den Affenfelsen hat. Nach einem Strandspaziergang schlafen wir wie die Murmeltiere. Nach den Krawallnächten unweit des Grenzübergangs zur britischen Enklave eine wahre Wohltat. Am Abend koche ich unseren üblichen Reis(e)eintopf: Reis, Gemüse nach Wahl und weiße Bohnen. Das geht fix, und das Spülen hält sich in Grenzen. Den Reis spüle ich aber besonders gründlich. Von meiner Binnenschifferoma weiß ich, dass so mancher Schiffsgeselle ab und zu ganz nonchalant in den Reisberg pinkelt. Vorm Gekochten gibt's enzymhaltige Ananas oder Papaya mit Avocado, damit die Bauchspeicheldrüse weniger Arbeit hat. Hitze zerstört die Enzyme. Ohne diese Biokatalysatoren können wir weder denken noch atmen oder verdauen. Nehmen wir keine mit Rohkost auf, muss die Bauchspeicheldrüse sie in Sonderschichten produzieren. Macht sie schlapp, wundern wir uns über unseren **Altersdiabetes**. Der zu zwei Dritteln geleerte Topf bildet am Folgetag die Basis für einen Reissalat mit viel frischem Grünzeug. Auch die traditionelle Zubereitung von Speisen kann ganz einfach sein. Versuch es mal! Deine Zellen werden es dir danken.

Neuerwerbung fürs Koinzidenzalbum

Wir verlassen den Ort Richtung Algeciras/ Cadiz und nehmen die Abfahrt nach Jerez de la Frontera (110). Wir wollen Peters Bruder in Portugal besuchen, um mit *tota la familia* seinen 60. Geburtstag zu feiern. Eigentlich wollte ich hier aufhören und über die Pyrenäenhalbinsel im nächsten Buch berichten. Doch die *Kleine-Welt-Geschichte* im Naturpark Doñana will ich dir nicht vorenthalten. Deshalb geht es noch etwas weiter:

Die A 381 war früher eine bezaubernde Nationalstraße. Jetzt ist sie fast durchgängig zur Autobahn ausgebaut, wodurch die Schönheit der Landschaft ziemlich auf der Strecke geblieben ist. Jede Menge stark geschminkter Frauen in gelber Schutzkleidung regeln den Verkehr. Keine Wortspielerei beabsichtigt! Nahe dem zweiten See fahren wir an einer *Camino de Servicio* ab und frühstücken in der Einbuchtung vor einem in Naturstein eingelassenen grünen Eisentor. Ich löffele gerade mein 4-Minuten-Ei, als sich ein gedrungener Spanier in sportlich dunkler Kleidung mit seinen kurzen Beinen über die Mauer quält. Er trägt ein Bündel am Stock über der Schulter wie Hans im Glück. Ich sage, das ist wohl ein Wanderer, der ein Mahl bekommen hat. Wir grüßen, *hola.* Er grüßt zurück und verschwindet auf der Straße in Richtung der für ihren Sherry berühmten Stadt. Peter sagt, vielleicht war er einbrechen und denkt nun, diese blöden Ausländer, merken auch gar nichts. Ein paar braune Stiere mit dicken Hörnern laufen die saftig grünen Berghänge hoch und lösen in ihrer Unverfälschtheit bei mir das bekannte Herzflimmern aus, das ich sonst eher bei Babys und Kleintieren spüre.

> Es grasen heute noch viele Rinder. Sie müssen sich aber das hügelige Weideland mit jeder Menge Windrädern teilen.

Wir fahren Richtung Sevilla und Flughafen, vorbei an der Rennstrecke, auf der die Formel-1-Fahrer nur noch üben. Auf der Höhe empfängt uns der bunte Schrott eines Bau-

maschinen- und Traktorenfriedhofs. Kurz vor Sevilla fahren wir auf die kostenlose Autobahn, die bis Portugal geht. Wir machen einen Abstecher zum hübschen Wallfahrtsort El Rocio, einem Eldorado für Ornithologen. Die Vogelvielfalt ist in diesem herrlichen Naturschutzgebiet einzigartig. Überall nisten geflügelte Warmblüter unter den Dachkannen. Uns ist es diesmal zu belebt in den Sandstraßen. Zu Pfingsten reisen die Gläubigen in Kutschen oder hoch zu Ross an.

25-03: An der Cuesta Maneli im Naturpark Doñana nächtigen wir auf dem schönen Rastplatz bei frischer Nordbrise. Während wir den Camper reisefertig machen, hören wir ein Geräusch, wie von einem Fesselballon. Oder liegt ein Kriegsschiff draußen? Auf dem mit Holzbrettern angelegten Weg, der kilometerlang über die Dünen zum Strand führt, vertreten wir uns die Beine. Wir sind umringt von duftenden pilzförmigen Nadelbäumen. Soweit das Auge reicht, nur stumme Bäume und das Rauschen des Windes.

Ich fühle mich wie in einem verzauberten Märchenwald, in dem lauter kleine lebende Tempel zur geistigen Sammlung einladen und frage, weißt du, was das für Bäume sind? Sie sehen wie gestutzte Kiefern aus. Peter reagiert nicht, wie so oft, wenn er etwas Gefragtes nicht weiß. Er läuft weiter, während ich zwei Aufnahmen mache und mich wundere, wieso ich so wenig Bäume und Sträucher kenne. Gerade als ich mir in Gedanken meine Ignoranz verzeihe, da ich ja nicht alles wissen kann, sehe ich von weitem Peter bei einer jüngeren Frau stehen. Sie scheint die Einzige zu sein, die diese traumhafte Welt mit uns teilt. Als ich ankomme, sagt sie nach der Begrüßung in Fränkisch gefärbtem Bayrisch: Wissen Sie, dass diese Schirmpinien erst im 18. Jahrhundert hierher gekommen sind? Oha, sage ich, so schnell hab ich mit der Beantwortung meiner Frage nicht gerechnet. Die Buchhändlerin und Lektorin erforscht mit ihrem Mann die *Welt der Bäume*. Der Titel des gleichnamigen Buchs kommt mir bekannt vor, wie überhaupt die ganze Szene. Die Fachfrau sagt, die Schirmpinien können von Sandverwehungen erstickt werden. Der Wachholder dagegen passt seine Wurzeln an und kann daher überleben. Ich sage, der hat wohl mehr Zeit zur Anpassung gehabt. Die Pinien werden es irgendwann auch noch schaffen.

Beim Frühstück fällt mir ein, dass dem gerade Erlebten ein Traum vorausgegangen war. Wieder mal ein *Déjà vu*. Auch dämmert mir, dass ich damals gleich nach dem Erwachen im Internet nachschaute und nach einer weiblichen Autorin suchte. Ich fand aber nur das für Naturliebhaber sehr empfehlenswerte Buch *Die Welt der Bäume* von Rudolf Wittmann. Da ich es im Traum mit einer Frau zu tun hatte, dachte ich, na, war wohl nix. Dabei ist der die Lorbeeren allein genießende Autor ihr Mann. Das alte Lied von den in der Männergesellschaft herabgeminderten Beiträgen der Frauen.

Beklemmende Heimfahrt

Am 7. April kommen wir bei strahlender Mittagssonne in Marbella an. Die Stimmung ist gedrückt. In der Nacht ist Susannes Bruder Ronny tödlich verunglückt. Sie will heute Abend mit den Kindern nach Deutschland fliegen. Vorher zeigt sie uns einen Videofilm, den ihr Bruder von sich und der Familie kurz vorher drehte. Ahnen wir unseren Tod voraus? Wie mein Vater, der Briefe und Dokumente eines jeden Jahres in Ordnern sammelte. Auf den letzten schrieb er: *Bis Ende Sept. 98*. Am 1.10. verließ er seine leibliche Hülle. Bei Theo war es ähnlich. Er und Andrea, die Tochter meiner Cousine Heide, hatten uns erstmals zusammen mit ihren Kindern besucht. In der folgenden Nacht träumte ich, Theo sei tödlich verunglückt. Ich sagte es Peter, meiner Ma und Heide. Letztere sagte, Theo hat in letzter Zeit öfter gesagt, dass er nicht alt werde. Er hätte immer viel Glück gehabt. Aber jetzt hätte er keine Schutzengel mehr. Theo kollidierte mit einem Lastwagen und war sofort tot. Meiner Freundin Marita Rohde erschien vor ihrem tödlichen Unfall eine Frau in Schwarz in einer schwarzen Limousine. Zwei oder drei Wochen vorher kam sie mit ihrem Mann zu einer Runde Golf. Danach bat sie mich in zwei verschiedenen Lokalen, ihr Reiki zu geben. Das war noch nie vorgekommen. Von Maritas schwarzem Mercedes war nur der Kofferdeckel heil geblieben.

Seit letzter Neumondnacht verfolgen mich Reinhards Relativitätstheorie und meine Wahrnehmungen. Hin und wieder laufen, im Stadium absoluter Entspannung bei geschlossenen Augen *Filme* auf einer rechteckigen Bildfläche im Bereich des dritten Auges ab. Ich sehe dreidimensionale Szenen von oben. Meist völlig fremde Inhalte: Revolutionen, irgendwelche miteinander kämpfende Krieger, um Feuer tanzende Wilde oder einfach nur Leute unterschiedlicher Couleur, die durch Straßen laufen; oder farbige geometrische Figuren. Letzte Nacht war ich im Traum schwanger. Mein Bauch fühlte sich wie ein mit Wasser gefüllter Ballon an. Ein neues geistiges Kind? Oder Reinhards Theorie, die mir dauernd in den grauen Zellen herumschwirrt? Hat der Wasserbauch etwas mit dem *Wunderwesen Wasser* zu tun? Ist Wasser die fehlende Komponente zu Dauer, Ausdehnung und Spin? Das aus dem Kosmos kommende Nass ist überall, in lebender und *toter* Materie. Die Wasserkristallfotos von Masaru Emoto zeigen uns: Wassergeister wissen alles. Je mehr Wasser, je mehr Wissen. Neugeborene bestehen zu über 90 % aus H_2O. Bist du nicht auch schon mal von einem Baby angeblickt worden, so als ob es dich klar durchschaut?

Masaru Emoto bewies durch seine Wasserkristallfotografie, dass Wasser die Fähigkeit hat, Schwingungen und Informationen von Worten und Gedanken zu übertragen. Er informierte Wasserproben mit positiven Worten oder Gedanken, wie z.B. Liebe, Danke, Mutter Teresa, auch mit negativen, wie etwa Dummkopf, schmutzig, Teufel oder Du machst mich krank! Die fotografierten gefrorenen Wassertropfen der positiv informierten Proben zeigten bezaubernde Kristalle, bei negativ informierten waren nur Bruchstücke von Strukturen erkennbar. Weiter füllte Emoto Wasser in Flaschen und heftete beschriftete Etiketten daran. Der Effekt war wie beim gesprochenen Wort. Als er Wasser mit einer erbaulichen, reinen Musik beschallte, war der Aufbau des Kristalls bildschön. Dagegen erzeugte ein mit anapästischen Kurz-kurz-lang-Rhythmen ausgesetztes Wasser ganz erbärmliche Kristallbilder (Meyer 2014).

Jede Art von Schwingung beeinflusst auch unser Körperwasser und damit unser Wesen. Wir haben die Wahl, unsere Suppe mit einem anapästischen Beat zu versalzen oder unseren inneren Saft durch eine Bachsonate bzw. einen Ohrwurm von Elvis oder den Beatles in eine höhere Schwingung zu bringen, die unseren Organismus harmonisiert und balanciert. So macht das Beten vor einer Mahlzeit Sinn. Wenn wir beim Zubereiten von Speisen singen oder positiv denken, bekommen sie uns besser. Bevor ich die Wasserkistallfotografie kannte, fragte ich mich ab und zu: Warum vertrage ich ein gleich zubereitetes Gericht mal sehr gut, während es mir ein andermal schwer im Magen liegt? Am besten kochen und essen wir nichts, wenn uns etwas an die Nieren geht oder unser Blut in Wallung bringt. Folgendes von Ernst F. Braun (wasserkristall. ch)

abgelichtetes Foto von mit meiner Signatur informiertem Wasser zeigt das Ereignis, als Peter mir auf einen *Moonhopper* Hüpfball half. Es ist eines von 15 Wasserkristallfotos. Siehe *SO VERBINDET WASSER UNSERE WELTEN.*

Von der Algarve zur Plage Blanche

Da wir mittlerweile in Portugal leben, haben wir es nach Marokko weniger weit. Dennoch hat es insgesamt zehn Jahre gedauert, bis wir uns mal wieder auf den Weg nach Nordafrika machten. Peter war jahrelang auch im Winter als Testfahrer in der Eifel tätig gewesen. Deshalb verzichteten wir auf unsere ausgedehnten Winterreisen. Nach dem Ende seiner Renn- und Testfahrerei siedelten wir in die portugiesische Algarve. Denn, mit Peters marginaler Rente könnten wir in Deutschland unseren Lebensabend nicht finanzieren. Meine Rente ist mit €247,92 trotz dreimal mehr angerechneten Jahren noch geringer. Da wir Abhängigkeit jeglicher Art ablehnen, wählten wir Portugal als günstigeres Land zum Leben. Hier haben wir keine Heizkosten oder Fernsehgebühren. Wir können kostenlos in der Bibliothek im Internet surfen und deutsche und englische Zeitungen und Gazetten lesen. Ein Mittelklassenwagen kostet knapp €150 Steuer und Versicherung pro Jahr bei 45 % Schadensfreiheitsrabatt. Ein Haus kann man bereits für €200 mieten, meist außerhalb (7-10 km vom Strand) mit viel Garten. Für eine Freundin haben wir uns mal ein zweistöckiges Haus im Fischerort Santa Luzia für €350 angeschaut.

Ein weiterer Grund für den Umzug war, näher am Geschehen unseres Investments zu sein. Peter hat zu meinem Leidwesen sein gesamtes Erbe einem ehemaligen Fußballmanager für eine von Ballestero entworfene Golfanlage und ein Julio-Iglesia-Konzert gegeben. Letzteres ging in die Hose. Das Projekt *Quinta do Vale* wurde nach vielen Jahren genehmigt. Es sind auch schon einige Villen verkauft worden. Aber wir haben bisher noch keines der uns zugesprochenen Häuser und Grundstücke erhalten. Das Projekt hat den Besitzer gewechselt, die Millenium Bank hat die Hand darauf, und wir warten immer noch auf eine Kompensation für unser Investment. Wir müssen wohl steinalt werden, um das luxuriösere Leben noch genießen zu können. Aber, wir hatten das ja in unseren jüngeren Jahren schon. Außerdem, das lernten wir im Apartment auf Rädern, braucht man gar nicht viel zum Glück.

Am 6.2.2015 ist es dann wieder so weit. Wir brauchen, statt der üblichen knapp 3.500 km nur rund 1200 km zu bewältigen. Von Juan Carlos, der mich überschwänglich begrüßt, erhalte ich neben unseren Tickets für €220 eine Flasche Wein und einen Kuchen. Allerdings erwartet uns in Tanger die erste Überraschung. Zwar hatten wir schon gehört, dass Tanger einen neuen, viel größeren Hafen hat. Aber da wir aufs Einkaufen und Tanken im Marjane eingestellt sind, wählen wir die Küstenstraße statt der Autobahn nach Agadir. *Big Mistake!* Denn von der Autobahn aus wären wir zwei Stunden früher beim Supermarkt gewesen.

Aber dafür haben wir einen herrlichen Blick auf Gibraltar und Tarifa.

Etwa 25 km vor Tanger kratzt Mia an der Tür. Seit ihrer Sterilisation kann unsere Hündin die Blase kaum kontrollieren. Daher halten wir meist jede Stunde an. Während ich Mia an der Leine Gassi führe, nähern sich plötzlich Dutzende Kapuzenmänner in langen Kutten. Sie kommen vom Mittagsgebet. Einige zeigen so ernste Minen, dass mir mulmig wird. Wir kehren rasch um und verschwinden im Womo. 8 km vor Tanger die übliche Polizeikontrolle. Wir werden, wie auch auf der restlichen Reise, vorbei gewunken. Auf der kilometerlangen Palmenallee fällt uns bereits die enorme Bauaktivität auf. Unzählige edle Laternen säumen die vierspurige Straße. Tanger hat sich in den zehn Jahren unserer Abwesenheit total verändert. Vor lauter Baustellen können wir keinen Abzweig nach Rabatt finden. Mehrmals geraten wir in den Sog eines Minisouks und in immer engere Gassen. Und mehrmals erkundigen wir uns nach der *direction pour Rabat.* Aber jedes Mal, wenn wir endlich das Schild gefunden haben, kommt gleich wieder eine Straßensperre, eine aufgerissene Straße oder eine Umleitung, und die Fragerei geht von vorn los. Zumindest erfahren wir an den neuartigen Ampelanlagen, wie viele Sekunden wir noch warten müssen, bis es wieder grün wird und umgekehrt. Nach gefühlten zwei Stunden finden wir den Marjane auf der Ausfallstraße nach Rabat. Der Preissturz beim Öl hat sich nicht wie erhofft prozentual auf den Preis des Diesels ausgewirkt. Wir zahlen 8,09 DH statt der 5,5 DH vor zehn Jahren. Auf der Autobahn entdecken wir, dass die Zahlstellen keine Kreditkarten akzeptieren. Zwar hatten wir zu wenig Euro in Dirham getauscht, fanden aber in unserer gemischten Währungsdose neben US und Kanada Dollars, Britische Pfunde und Schweizer Franken noch rund 2.500 DH.

Zwar war noch das Konterfei von Hassan II zu sehen, aber wir konnten alle Scheine und Münzen loswerden und gaben rund 450 DH aus. Insgesamt fallen von Tanger Hafen bis Agadir rund €50 Autobahngebühren an.

Schade, wer die schöne Stadt Asilah sehen will, muss nun die Autobahn verlassen; beim Vorbeifahren ist absolut nichts mehr von der weißen Stadt zu sehen. Es ist schon dunkel, als wir in Rabat aufgrund von Ampelanlagen gefühlte drei Stunden in der Autoschlange stecken. Wir vermuten, aus Versehen die Autobahn verlassen zu haben. Aber auf der Rückreise ist es auch bei Tageslicht kaum anders, nur ist der Stau weniger lang. Auf der Raststätte bei Settat können wir nicht mit der Visa Karte tanken, der Tankwirt nimmt aber Euros. Zwischen Settat und Marrakesch, vor Skhour Rhama, verpasse ich, ein wunderschönes altes Dorf aus Lehmhäusern zu fotografieren. Es nestelt wie von Engeln umarmt auf einem grünen Hügel. Links davon ein Felsenmonument, in der Mitte eine weiße Moschee. Ich stelle mir vor, dort eine Zeit lang zu leben und nehme mir vor, irgendwann mal das Dorf zu erkunden. Wir sehen fast keine Wohnmobile, aber jede Menge Wagen der von Mehmed Scholl beworbenen Marke.

An der Steilküste nahe dem Friedhof stehen junge Karlsruher in einem Mercedes-Kastenwagen, ein Irenpaar und ein Brite. Ich verteile Werbekarten für meine englischen Bücher und ahne nicht, dass dies fast der einzige Kontakt mit Insulanern auf der ganzen Reise ist. In der ersten Nacht ist alles wie früher. Am nächsten Abend, inzwischen sind noch drei oder vier Wohnmobile hinzugekommen, rückt ein weißer Nissangeländewagen mit 4 oder 5 Gesetzeshütern an, die uns auffordern wegzufahren. Die meisten fahren zum Marjane Supermarkt, wo man noch stehen kann. Wir haben es weniger weit und fahren nach dem Kreisel in Aourir die nächste Auffahrt links hoch und

stellen uns an die Mauer des Elektrizitätswerks. Wir wollen Renate und Majid, die ein paar Häuser weiter Ihre schöne *Villa Sunset* zahlenden Gästen zur Verfügung stellen, so spät nicht stören. Am nächsten Morgen kommt Majid mit dem Rottweiler Leo vorbei. Sein leidiges Erlebnis bricht mir fast das Herz. Während wir an einem der Tische in dem mit Blüten überschäumenden Vorgarten saßen und ich Leo streichele, sagt Renate, als er noch ein Welpe war, wurde seine Schwester Linda geklaut. Ach Gott, der Arme! Ja, Leo war lange krank. Er hat sich das Fell von den Vorderläufen abgenagt. Der Tierarzt musste dreimal kommen. Renate führt uns durch den dreistöckigen Palast, den die beiden mit viel Liebe und vortrefflichem Geschmack eingerichtet haben. www-villa-sunset.ma

Auf dem Sonnendeck genießen wir den Blick über den Atlantik und bestaunen den Bauboom in Tamghrat, Aourir und Taghazout. Ich scanne das Gelände des Scheichs und frage, gibt's was Neues bei den Saudis? Renate sagt, manchmal richten sie Scheinwerfer auf uns, denken wohl wir beherbergen Spione. Ich ergreife die Gelegenheit, meine E-Mails zu checken und entdecke eine von Willi. Oh, schön, Gerti und Willi kommen morgen mit dem Flieger in Agadir an. Da können wir sie ja übermorgen im Hotel besuchen. Da Anfang des Jahres alle Camper die neue Platte verlassen mussten, ist diese Gegend für uns nun nicht mehr interessant. Zwar können wir tagsüber am Teufelsfelsen stehen, aber das ständige abendliche Zusammenpacken und Wegfahren ist ziemlich lästig. Allerdings können wir in Agadir auch nur tagsüber vor der Strandpromenade parken. Abends kommen die Offiziellen und schicken uns weg. Wir fahren zum Marjane. Doch der neue Saudibesitzer des Supermarkts, in dem es nun keinen Alkohol mehr gibt, errichtete eine Schranke vor dem Parkplatz nebenan. Vielleicht ist es auch der saudische Einfluss, dass heute die Frauen überwiegend Kopftücher tragen. Früher war das eher die Ausnahme.

Wir fahren zum Stadion, wo man nachts stehen kann. Allerdings besser mit Ohrstöpsel. Der Verkehr auf der nahen vierspurigen Straße lässt zwar nach 22:00 Uhr nach, aber es kommt auch mal vor, dass wir durch lautstarke Dispute von Discobesuchern aus Orpheus' Armen gerissen werden.

Im Souk suchen wir einen Schuhmacher, der meine sich schon von der Sohle gelösten Schafwoll-Markenstiefel wieder in einen tragbaren Zustand bringen soll. Als wir einen entdeckt haben, hilft uns ein junger Mann vom Lederwarenladen gegenüber mit seinen Englischkenntnissen. Rasch sind wir uns einig. Ich sage, aber wie finde ich in diesem riesigen Wirrwarr wieder hierher? Herr Elattari gibt mir eine Visitenkarte. Darauf steht Nr. 550, Eingang 10. Hinterher wundern wir uns, dass er uns nicht mal in seines Vaters Laden gelockt hat. Beim Abholen fragen wir ihn nach einem Tischler, weil wir zwei kleine Holzstücke zum Befestigen der Satellitenschüssel brauchen. Jetzt geht Herr Elattari sogar mit uns zum Ausgang 10, überquert mit uns die Straße, führt uns zum Schreiner, und keiner der beiden will etwas von uns neh-

men. Ich sage na, dann mach ich wenigstens Werbung für Sie. Vor zehn Jahren haben wir es öfter umgekehrt erlebt, die Leute wollten etwas haben, ohne das geringste dafür zu tun.

Am Freitag dem 13. fahren wir zur verabredeten Zeit zum Hotel der beiden Wiener. Beim Aussteigen sehe ich Willi etwa 30 m entfernt um die Ecke kommen. Er wirkt mit seinem Gehstock behäbiger als früher, die nachfolgende Gerti hat sich kaum verändert. Wir spazieren in der Gegend umher und essen im Restaurant Etoile, am Place Tamri in Talborjt. In der Küche wirkt ein wahrer Künstler. Der gemischte Salat für 20 mit viel Gemüse, Ei und Makrele ist wie ein Mandala jedes Mal anders garniert. Der nette kleine

deutsch sprechende Ober sagt, nur anschauen, nicht essen. Davor gibt es, wie zu allen anderen Gerichten gratis Brot mit Oliven, Butter, Harissa und einen würzigen Aufstrich mit frischen roten Zwiebeln. Es gibt ganze Menüs für 40. Besonders lecker ist die Tajine. Nur mit Gemüse kostet sie 25, mit Hühnchen 30 und mit Kamel 35. Da können selbst arme Rentner öfter essen gehen. Wir essen fast täglich mit unseren Freunden, auch an der Strandpromenade, gut und preiswert. Unsere Fahrt zu sechst im Wohnmobil nach Taghazout glückt ohne offizielles Einschreiten.

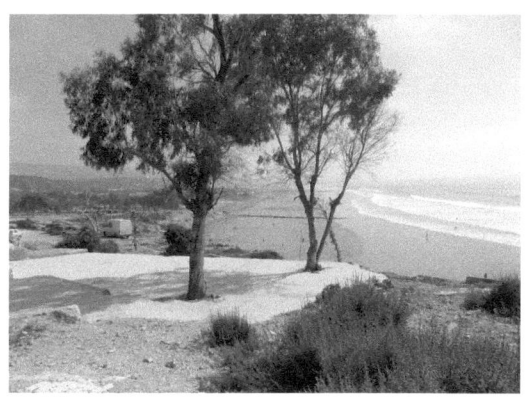

Wir parken vorm Ort auf dem Parkplatz des früheren Terrassencafés, in das wir wie früher auch heute gern eingekehrt wären, aber es ist abgerissen worden. Nur das Zementplateau und zwei Eukalyptusbäume sind geblieben. Wehmütig schauen wir auf den Atlantik und all die schönen Plätze, auf denen wir früher so unbeschwert überwintern konnten.

Ende März sind wir wieder allein und fahren nach **Tifnit**, wo wir endlich frei stehen können. Wasser spendiert die Fischereigenossenschaft. 3 Miniläden birgt das Dorf. Am 5. Tag kommt eine Filmcrew aus USA, um in dem idyllischen Dorf eine Sequenz der neuen Serie *American Odyssey* zu drehen. Dabei

geht es um eine US-Firma, die islamistische Terrorgruppen finanziert. Einer der Filmleute fragt mich, ob ich Rugby spiele. Die brauchen wohl Statisten. Er hat offenbar nur

meine Figur gesehen. Wenn sie keine Nahaufnahmen brauchen, gehe ich durchaus noch als junge Frau durch. Statt nur dem Treiben am Strand zuzuschauen, hätte ich mal besser die Werbekarten für meine englischen Bücher an die Wischer der riesigen Wohnmobile der Filmcrew geklemmt. Über den islamistischen Terrorismus habe ich meine Gedanken bereits weiter oben verewigt. Dass die USA schon immer Terroristen und Kriminelle für ihre eigenen Zwecke missbrauchen, ist bekannt. Ich denke nur an Noriega und Bin Laden. Die USA unterstützt auch schon immer Putschisten, meist durch verdeckte Operationen der CIA, wie etwa gegen die sozialistischen Regierungschefs Patrice É. Lumumba

und Salvador Allende. Was immer gegen die Interessen von US-Unternehmen steht, wird beseitigt. Die Genfer Konvention scheint für die Großmacht, die Noam Chromsky Schurkenstaat nennt, nicht zu gelten. Im Interview mit Euronews.com vom 17.4.2015 spricht mir der selbst ernannte Anarchist aus der Seele: *Hoffentlich gibt es endlich einen Volksaufstand gegen die vernichtende, zerstörerische Wirtschafts- und Sozialpolitik, die von den Bürokraten und den Banken kommt.* In der Rede Obamas in West Point vor 11 Monaten bekannte sich der umstrittenste Friedensnobelpreisträger, mehr denn je, zu einer Politik des dauerhaften globalen Krieges im Namen der

Interessen der amerikanischen Finanzelite. Hallo? Müssen wir dann bei jeder Flugzeugentführung und jedem Absturz davon ausgehen, dass staatliche Institutionen der USA dahinterstecken? Denn, wenn wir uns bei jedem Krieg und Unglück fragen, wem nutzt es, kommt fast immer die USA als größter Nutznießer in Frage. Oder wem soll ein Krieg auf europäischem Boden mehr nutzen als den USA? Nun verdienen sie sogar serienweise am Terrorismus. Wöchentlich, mitunter täglich, berichten die Medien über verstörende kriminelle Machenschaften staatlicher US-Institutionen. Da ist die Frage erlaubt: Kann sich ein mächtiger Staat alles erlauben? Bodenlos unfassbar ist der Bericht vom 20.4.2015 über den Justizskandal: Fehlerhafte Haaranalysen des FBI führten dazu, dass unzählige Unschuldige fälschlich verurteilt wurden, 32 sogar zum Tode.

Der Strafverteidiger Brian Claypool nennt das *kolossale Desaster* ein *systematisches Versagen*. Wenn von 28 Haaranalytikern des FBI 26 falsche Gutachten abgaben, ist es erlaubt zu fragen, ob dies *ein Marschbefehl von oben war*. Am Tag zuvor gab es einen Bericht über die von den USA vor einem halben Jahrhundert begangene Horrortat. Das fünf Jahre lang mit Flugzeugen zum Zwecke der Entlaubung des Dschungels versprühte *Agent Orange* hinterließ drei Millionen Opfer. Vor allem leidet das ganze Land mit den vielen missgebildeten Kindern. Mehr als eine halbe Million irakischer Kinder starben durch das unter der Führung und mit dem Willen der USA eingeführte Embargo gegen Irak. Das ist nur eine winzige Auswahl *guter US-Taten*. Da kann ich zusammen mit Putin nur lachen, dass sich die USA als *Die Guten* darstellten, als es um die Stationierung der Abwehrraketen ging. Die Amerikaner bzw. die NATO wollen sie zur Abwehr von Angriffen aus dem Iran aufstellen. Kann man es Putin verdenken, dass er sich vom US-hörigen Westen mehr bedroht fühlt als vom Iran? Er scheint es jedenfalls als Witz aufgefasst zu haben, dass er sich keine Sorgen zu machen brauche, weil sie doch *die Guten seien*. Ha ha.

Zurück zur Scheinwelt der internationalen militärischen Verschwörung zwischen den USA und Al Kaida in Tifnit. Am Abend fliegt eine kleinmotorige Maschine über den idyllischen Ort. Aha, sage ich, der König schaut sich die Sache auch mal an. Der fitte Franz aus Überlingen sagt, am Morgen waren schon zwei Helikopter da. Da wette ich, dass wir innerhalb von drei Tagen verscheucht werden. Da wir eh morgen weg wollen, ist uns das egal. Gegen Mittag fahren wir los. Auf der kurzen Strecke kommen uns sogar mal drei Schülerinnen auf Fahrrädern entgegen, aber alle mit Kopftuch. In **Tiznit** erfahren wir, dass der 85-Jährige, der mit seiner 80-jährigen Gemahlin Etelka immer wieder Marokko bereist, recht hatte. Einige verscheuchte Camper stehen nun mit uns auf dem Platz neben dem Supermarkt nahe dem Campingplatz. Auch sie konnten die Filmterroristen in Tifnit nicht mehr bis zum Ende anschauen. Wir gehen mit Mia durch das Stadttor, die an der Campingplatzmauer anschließt. Ich spreche ein Paar in Deutsch an und wundere mich wieder mal, wieso wir oft Fremde sicher ihrer Nationalität zuordnen können. Ich sage, wissen Sie, wo wir hier Gemüse kaufen können? Ja, da vorne, sagt die kesse Blonde, wir gehen da auch hin. Danach begleiten wir Klaus und Eva zu Ali,

dem Silberschmied. Peter kauft auch ein paar Silberarmreife für seine Enkelinnen. Auf dem Campingplatz vor dem edel mit Marokkomotiven bemalten Wohnmobil der Buttmanns werden wir mit Bier, Käse und Cracker verwöhnt. Ich revanchiere mich am nächsten Tag mit einem Cranberrybuch mit Widmung.

Wir bleiben noch ein paar Tage in Tiznit. Eva kauft einige Stücke beim Silber-Ali, der sein Haupt stets mit einem Turban schmückt. Er sagt zu Eva, die recht passabel Französisch spricht, dass er für mich 700 Kamele geben würde. Ich lache, weil ich das mitbekommen habe, worauf Ali sagt, für das Lachen gebe ich noch mal 100 dazu. Ich gebe ihm meine Armbanduhr zum reparieren und frage, ob er auch einen Schneider kennt. Letzten Winter hatte ich mit einem schwarzen Baumwollstreifen meine Markenjeans vergrößert. Da ich nach der glutenfreien Ernährung wieder abgenommen habe, hilft mir Ali ein schmales Zierband in dem Senf-gelb der Nähte zu finden. Er führt mich zur Schneiderwerkstatt seiner Schwägerin. Drei Damen beratschlagen das Projekt; dann zeigt mir die Schneiderin, wie sie es machen will. Ich bin begeistert und sage, da wird der Calvin vor Neid erblassen, dass ihm das nicht selbst eingefallen ist. Als mir Ali die Jeans bringt, bin ich verblüfft. Die Schneiderin hat das Band so eingenäht, dass die alten Kappnähte auf beiden Seiten zu sehen sind. Dachten die Damen, ich würde anders nicht rein passen? Ich trenne also alles wieder nach und nach auf, weil ich nirgends Strecknadeln finden kann, und nähe es selbst wie geplant per Hand. Die Jeans sitzt nun wie angegossen.

Eva und Klaus wollen weiter nach Dakhla. Wir fahren mit gen Süden, weil wir die *Plage Blanche* noch nie gesehen haben. Auf der Strecke sind die Straßen durch den Sturm und die Überschwemmungen teils weggerissen. Der größere Campingplatz in Sidi Ifni ist total zerstört, am Pool sind Teile des 5-m-

Sprungturms weggebrochen. Wir beabsichtigen, mit Blick auf den Hafen zu nächtigen. Es scheint ein Fischerfest im Gange zu sein, da zahlreiche Boote im Hafen herumfahren, so als ob irgendetwas gespielt wird oder ein Wettrennen stattfindet. Kaum bricht die Dunkelheit herein, kommt auch schon die Polizei, um uns zu warnen. Wir dürfen zwar stehen bleiben, aber auf eigene Verantwortung. Eva und Klaus fahren nach unten, um neben dem Campingplatz zu parken. Weil wir die Satellitenschüssel schon eingerichtet haben, riskieren wir es. Ein SUV mit jungen aber ruhigen Leuten steht ein paar Stunden neben uns. Nachts ist es angenehm still.

Auf der Fahrt gen Süden freuen wir uns über blaue Blütenteppiche. Die Plage Blanche empfängt uns mit dem berühmt-berüchtigten Wind. Außer einem Franzosen und einem Paar aus Österreich stehen Inge & Franz aus Augsburg sowie Marlene und Kurt aus Magdeburg. Mit letzteren wandern wir durch den Sand und waten im Wasser. Wir sprechen auch über die Schuftigkeit in der Welt. Ein Trost bei all der Ungerechtigkeit ist, dass es eine kosmische Gerechtigkeit gibt. Auge um Auge ... die Letzten werden die

Ersten sein, man kriegt alles in der nächsten manchmal schon in derselben Inkarnation zu-

rück. Mitunter schlägt das Karma sogar innerhalb einer Stunde zurück, wie kürzlich im Hohen Atlas. Ich schaue gerade in die Landkarte. Als ich wieder hochblicke, entdecke ich gerade noch einen Mann auf einer Mauer sitzend, eine leere Wasserflasche in der Hand haltend. Ich sage, der wollte Wasser, wieso hältst du nicht? Peter fährt stur und stumm im zweiten Gang nach oben, 500 Meter weiter kommt ein Dorf, dann geht es noch steiler nach oben, die Straßen vom Sturm an

vielen Stellen zerstört, es scheppert überall. Peter steigt aus, will die Befestigung des Motorrollers in der Garage kontrollieren. Er entdeckt Wasser am Reifen. Da er vergessen hat, nach der Temperatur zu sehen, ist das Wasser fast ganz raus gekocht. Ich sage, die kleinen Sünden straft der Kosmos sofort, hättest besser dem Mann die Wasserflasche gefüllt. Zum Glück war er nicht weit vom Dorf entfernt, vielleicht hätten wir sonst eine neue Zylinderkopfdichtung gebraucht.

Deutschsprachige Camper sehen wir heuer selten. Bisher sind uns kaum mehr als ein Dutzend Wohnmobile aus der kalten Heimat begegnet. Vor zehn Jahren waren es etwa 200. Momentan sind fast nur Franzosen unterwegs. Am wenigsten vertreten sind die Briten; bisher haben wir nur drei getroffen. Hat wohl mit den

ISIS-Warnungen zu tun.

Die Magdeburger beschließen, mit Eva und Klaus nach Dakhla zu fahren. Wir bleiben auf dem Weg zurück gen Norden in Aglou Plage hängen. Ausnahmsweise hat der Wind heute frei, dennoch trudeln einige Hang Glider über die Klippen. Ein Fischer fragt, ob wir morgen Pulpo wollen. Combien? 50 par kilo. Aber gut schlagen. Oui, oui, lacht er über Peters anschauliche Gestik. In der Nacht legt sich ein Sturm so heftig ins Zeug, dass der Fischer gar nicht hinausfährt. Jedenfalls ist er bis mittags noch nicht da, sodass wir die unwirtliche Gegend leider schon wieder verlassen. Wenn das Wetter mitspielt, ist dieser Platz, den wir

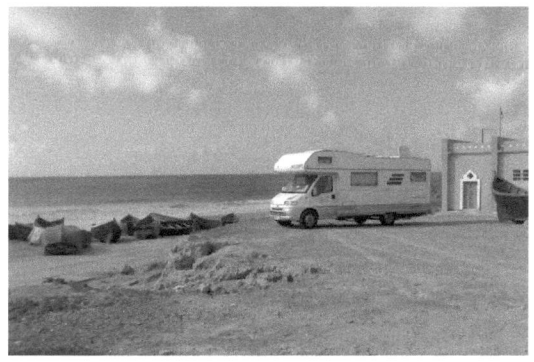

vor der farbigen Wasserrutsche rechts abbiegend erreichen, ideal. Wir können direkt neben der Fischereigenossenschaft stehen. Ein kleiner Laden und ein Café sind rasch zu Fuß zu erreichen. Weiter hinten an den Felsenklippen stehen überwiegend Leute mit Hang Glidern oder Quads.

Wir fahren noch einmal nach Tiznit, da meine Uhr nur drei Tage lang ging. Für 30 Euro sollte sie erheblich länger halten. Unsere Lieblingsfranzosen mit den beiden Yorkshire Terriers sind auch wieder oder noch da. Ich gehe allein zu Ali. Er nimmt die Uhr und schwingt sich auf seinen Drahtesel. Ich sitze allein mit Mia im Laden. Nachbarkinder kommen, um mit Mia zu schmusen. Es dauert eine Zeit lang, bis Ali zurück kommt. Die Uhr ist jetzt komplett gereinigt, sagt er. Aber sie hat nicht mehr das Lederband, sondern glänzt jetzt mit einem nachgemachten Rolex Präsidentenarmband. Ich sage, Ali, ich hab so eins zu Hause, aber es ist nicht gut für die Gesundheit, wenn wir Metall ständig am Arm oder um den Hals tragen, Ringe sind okay, aber ... Ali sagt, okay, no problem und schwirrt wieder ab. Er kommt mit der Uhr und einem neuen Lederarmband für 45. Ich bin zufrieden und renne zurück zum Camper. Peter ist weg. Ich bereite das Abendessen zu als Peter mit dem Franzosen zurück kommt. Letzterer führt ein lustiges Theaterstück vor; händeringend mal in die eine, mal in die andere Richtung laufend, ruft er, Marianne, Marianne! Ich grinse. Wir haben Dich gesucht, sagt Peter nur trocken zu der Komikereinlage.

Im Café um die Ecke trinken wir täglich im Internet surfend, frisch gepressten O-Saft und Minztee. Auch freunde ich mich mit der jungen Kassiererin des Supermarktes an. Sie ist gar nicht glücklich mit ihrer Situation und würde lieber an der Uni Französisch und Kunst studieren. Ich sage, stell dir einfach täglich vor, dass du zur Uni gehst, bei meinem Mann und mir hat es auch geklappt, wir haben unser Hobby zum Beruf gemacht.

Wir wollen nach Tafraout fahren und noch

mal einkaufen, da Tiznit einiges bietet, was wir in Agadir nicht gesehen habe, wie frische Mandelmus und Dattelpaste. Ohne neue Landkarte verfahren wir uns und geraten auf eine längere und ziemlich zerstörte Straße nach Agadir. Es ist eher ein mit Schotter ausgebesserter Zickzackweg mit einem Bagger alle 2 bis 3 km. Hoffentlich kommt uns keiner entgegen. Was, wenn Du stark bremsen musst? Wenn wir über eine Klippe rutschen ... ach was, ich hupe doch vor jeder Kurve. Von angespannt bis atemlos erklimmen wir den Antiatlas. In vier Stunden schaffen wir die Strecke. Vor lauter Stress hab ich keine Fotos gemacht.

In Tafraoute nesteln wir zwischen den Palmen. Noch vor Kurzem sollen hier über hundert Wohnmobile gestanden haben. Ein paar Franzosen und ein deutsches Paar in einem Concord sind die einzigen Nachbarn. Letztere sollen für die gleiche Strecke 9 Stunden gebraucht haben! Am nächsten Tag fährt Mohamed Fareh vorbei und bietet seine Dienste als Autolackierer an. Wir einigen uns, dass er seine Künste an Schwellern und Radkappen unter Beweis stellen kann. Abends zieht eine Frau eine Handkarre mit einem riesigen, in dicke Tücher eingewickelten Topf durch die Palmenanlage. Sie bietet heiße Hararasuppe mit Kichererbsen an und füllt 4 Schalen in meinen Topf. Das erlöst mich heute vom Joch des Kochens. Doch das Nachwürzen ist bitter nötig. Apropos Joch, Yoga mache ich unterwegs fast nur im Bett über der Garage, was die Stellungen erheblich einschränkt. Die Sonne legt sich heute beim Verteilen ihrer wärmenden Strahlen heftig ins Zeug. Endlich haben wir das erhoffte Wetter. Gegen Abend fahren wir zu Mohameds Werkstatt und warten mit einer Handvoll anderer Wohnmobilisten auf das handwerkliche Wirken. Im Restaurant in der Nähe harren wir am Abend im Außenbereich bei nervigem Hundegebell auf unsere Tajine. Da ich denke, der kleine Köti auf dem Balkon bellt wegen Mia, bringe ich sie zum Womo. Doch das Bellen geht fröhlich weiter. Beim Essen sage ich, an die Tajine von Agadir reicht diese nicht ran. Morgen kaufen wir uns eine eigene Tajine und machen sie selbst. Nach drei Tagen sind Mohameds Mannen endlich so weit, und wir fahren wieder nach Agadir für letzte Einkäufe im Uniprix. Dort treffe ich Fatia aus Casablanca, die hier 5 Tage allein Urlaub macht, mal weg von der Familie. Ich frage in Englisch, wieso trägst Du kein Kopftuch? Mein Mann wollte, dass ich eins trage. Ich hab gesagt, trage du doch eins. Das können sich aber nur unabhängige Frauen erlauben. Ja, sage ich, gute Ausbildung und Beruf bedeuten Freiheit. Dann leidest Du auch nicht an Vitamin-D-Mangel. Huh? Wenn keine Sonne an die Haut kommt, wirst Du krank.

Von Agadir fahren wir nach Taroudant. Die

Stadt hat sich enorm vergrößert. Es ist uns zu laut und ein Internetcafé ist viel zu weit entfernt. Deshalb bleiben wir nur eine Nacht. Beim Hohen Atlas schafft mich weniger der Serpentinenstress als die Höhe. Jedenfalls hab ich nach der geruhsamen Nacht am Stausee kurz vor Marrakesch Nasenbluten. Peter will noch nach Zagora. Da ich aber auch am nächsten Morgen noch mal Nasenbluten habe, sage ich, mir ist jetzt nicht so nach Wüste. Was ist, wenn ich krank bin? Wir fahren also nur noch nach Marrakesch. Ich kaufe zwei schöne Ansichtskarten vom *Platz der Gehängten,* eine für meine Schwiegertochter, die andere für meine Verwandte in Carmel. Beide haben heute am 3. April Geburtstag. Doris ist 91. Ich frage sie, ob sie den Platz noch so in Erinnerung hat. In einer ihrer Biografien hab ich ein Foto entdeckt, auf dem sie mit ihrem Filmpartner James Stewart ebenfalls hier steht. Hitchcocks Streifen *Der Mann, der zu viel wusste* gewann einen Oscar für die beste Filmmusik für *Que sera sera.* Ich wünschte, es gäbe auch bei uns wie in USA einen Sender, der nur alte Filme bringt. Ronald Reagen, der Lieblingstanzpartner von Doris Day, dem Letztere schon früh eine Politikerkarriere nahelegte, schaute sich im Alter mit seiner Nancy auch nur alte Filme an.

In Marrakesch blüht der Tourismus mehr denn je. Die abendliche Stimmung von zehn Jahren kommt bei all dem westlichen Einfluss nicht mehr auf. Die Preise sind auf das Doppelte gestiegen. Außer dem günstigen O-Saft für 4DH ist hier alles fast doppelt so teuer als in Agadir oder wo wir sonst waren. An einem Stand, an dem ein junger Marokkaner Fladenbrot verkauft, steht eine junge Deutsche. Sie fragt, was das Brot kostet. 20DH. Was, sage ich im Vorbeigehen, das ist ja Wucher. Es kostet doch überall nur 2. Die Deutsche sagt, ich hab halt Hunger. Hinterher fällt mir ein, dass sie doch besser in einem Café

einen Salat für 20DH bestellt hätte und dazu ein Brot. Da wäre das Essen doch angenehmer gewesen. Die ganzen Weltstars, die hier Villen und Paläste besitzen, haben die Preise versaut und dem Nepp noch Vorschub geleistet. Auch bei den Garküchen, wo sie einem die Vorspeisen ohne zu fragen hinstellen, ziehen sie dir nun für Brot, Oliven und Harissa 15DH ab. In Portugal bekommen wir für diesen Preis noch Sardinenpaste, Butter und mancherorts auch Käse.

Die Rückreise genießen wir zu dritt auf den diversen Freiterrassen. Mia muss in keinen Container. Der Zöllner schaut in die Garage und die Toilette nach einem geschmuggelten Marokkaner. Dann sieht er Mia, ach, einen Hund haben Sie auch, der ist ja wohl gesund? Dem EU-Pass, mit dem ich dienstwillig wedele, schenkt er keinerlei Beachtung. Aber wehe, wir hätten es versäumt, die €150 für die Tollwutimpfung und die Blutuntersuchung auszugeben oder die Testung auf Tollwutantikörper wäre niedriger ausgefallen als die geforderten 0,5 IU/ml, klar wären wir dann kontrolliert worden. Die Zöllner haben ein Gespür dafür, ob alles in Ordnung ist oder ob die Leute etwas zu verbergen haben. Mia hat dreimal die geforderten internationalen Einheiten, und die Impfung gilt drei Jahre. Lassen wir sie einen Tag vor dem Ablauf dieser drei Jahre impfen, braucht sie keinen neuen Bluttest. Zu beachten ist immer, dass der Bluttest auf Tollwutantikörper frühestens 30 Tage nach der Impfung durchgeführt wird. Peter will noch mit dem Motorroller nach Gibraltar fahren, darf aber mit seinem Helm nicht rein. Nur die Ohren bedeckende Helme sind noch erlaubt.

In Mazagon laufe ich mit Mia nach der langen Fahrt erst mal zum Strand. Wir verbringen eine ruhige Nacht ohne Belästigung von offizieller Seite, ganz ungewohnt nach dem ständigen Scheuchen und Ermahnen. Die

Regierungen, vor allem in Marokko, haben derzeit große Bedenken bezüglich potentieller Terrorangriffe.

Nach dem Frühstück fahren wir über Huelva nach Cartaya, wo Karl und Loni mit Obstbäumen, Fotovoltaikanlage und Windrad ein relativ autarkes Leben führen. Es ist eigentlich eine Alters-WG. Denn, Karls Bruder Franz mit Frau Waltraud bearbeiten nebenan ebenfalls ein riesiges Stück Land. Zwei- bis dreimal im Monat treffen wir uns sonntags in Moncarapacho, Fuseta und Casela Vela auf den Märkten und schwelgen danach in lukullischen Freuden. Nach unseren üblichen Großeinkäufen in Spanien, wo vieles günstiger ist als in Portugal, treffen wir alle vier zu Hause an, ohne sie vorgewarnt zu haben.

Beim Kaffee erzähle ich von meiner Serpentinencaprice und dem Nasenbluten. Waltraud sagt, nachdem ihr Sohn verunglückt war, litt sie auch unter Nasenbluten. Loni sagt, nächstes Mal trinkst du dir einen Rausch an, dann ist dir alles wurscht. Da kenne ich mich aus, das hab ich schon als Neunjährige erfahren. Wie das? Meine Mutter hat ihre Freundin Frau Meier in Rüdesheim besucht, die haben da eine Schnapsbrennerei. Kennst doch Asbach uralt. Klar, ich hab schon Erfahrung mit den Weinbrandbohnen. Du auch? Ja, ich hab gelesen und auf meinen Fahrlehrer gewartet. Ohne mir was dabei zu denken, hab ich eine Bohne nach der andern genascht. Herr Hesselmann fragte während der Stunde: Aber Fräulein Holschuh, was ist bloß heute mit Ihnen los? Loni sagt, bei mir war das etwas heftiger. Aber mit Warten hat es auch zu tun gehabt. Ich war 9 Jahre alt, als meine Mutter mit mir nach Rüdesheim reiste. Die Villa der Meiers hatte mehrere Ebenen. Die beiden Frauen haben sich unten unterhalten, und ich hab ganz oben mit Zeitschriften und zwei Dackeln gesessen. Auf dem Tisch stand eine riesige Glasschale mit Weinbrandboh-

nen. Ich hab mich da bedient. Irgendwann hat mich meine Mutter gerufen. Beim Aufstehen bin ich über die beiden Dackel gestolpert und der Länge nach hingefallen. Frau Meier hat gefragt, was ist denn mit der los? Meine Mutter hat gesagt, jo mei, die is besoffen. Ja, sage ich, die Dinger sind so süß, da merkst du gar nichts, bis es zu spät ist. Aber für solche Fahrten mit Peter werde ich mir künftig eine Dose Bier an Bord in Reserve halten.

Zu Hause erwartet uns die Samtpfoten-Rasselbande. Sie sind alle gut über den Winter gekommen. Nur der rote Fritz, mit dem schwachen Immunsystem, ist fort. Seinen aufgetriebenen Bauch hatte ich als Immunschwäche erkannt. Später kamen dunkle Flecken auf dem Schnäuzchen dazu. Sie gingen mit Spirulina wieder zurück. Fritz war nur halb so groß wie seine Geschwister. Deshalb denke ich lieber, dass ein Nachbar oder Tourist das lustige kleine Kerlchen zu sich genommen hat. Jetzt müssen die lieben Kleinen dringend kastriert werden. Das wollte unser Nachbar erledigen, da ich schon zwei Katzen von ihren Fortpflanzungsorganen habe befreien lassen, noch bevor sie in die Tiefen ihrer Weiblichkeit abgetaucht waren. Werner hatte sich schon länger um die wilde Sippe gekümmert. Wir haben sie dann gemeinsam gefüttert.

Doch Werner hat sich während unserer Abwesenheit körperlich verabschiedet. Der Bayer hat seinen Körper verlassen und kann sich die Kätzchen jetzt auf einer höheren Frequenz schwingend ansehen.

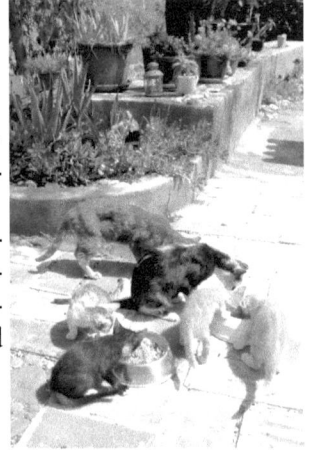

Allah Ma' Aki.

Kulinarisches

Basisches Bohnenmus

400g weiße Bohnen	mit
3 EL Olivenöl,	
½ rote Zwiebel	und
2 Knoblauchzehen	im Blender pürieren
3 EL gewürzte Oliven	vierteln und das Mus damit garnieren
gefrorene Biozitrone	darüber raspeln; mit
Pfeffer und Salz	abschmecken

Cranberry-Frischkäsekugeln auf Salat

50g getr. Cranberries	hacken
2EL gemischte Kräuter	gehackt; zusammen mit
2 EL Sesamsamen	in einem tiefen Teller mischen
200g Ziegenfrischkäse	mit etwas

Kräutersalz & Cayenne würzen; mit Löffel nussgroße Portionen abstechen; in den Teller mit den Cranberrybröseln abstreifen, in den Bröseln wenden; zwischen den Handflächen zu Bällchen rollen; diese bis zum Servieren zugedeckt im Kühlschrank aufbewahren

100 g Feldsalat	alternativ 1 kleinen
Frisée-/Kopfsalat	waschen, putzen
1 Grapefruit oder Orange schälen, filetieren

Für die Sauce:

4 EL Cranberrysaft	mit
4 EL Sahne	
1 TL Meerrettich	und
1-2 EL Nuss-/Sesamöl	verrühren; kräftig

mit Salz und Pfeffer abschmecken. Zum Servieren, Salat, Frucht und Käsekugeln auf Teller verteilen; Soße über die Salatblätter träufeln. **Tipp:** Die Frischkäsekugeln zieren in kleinen Pralinenpapierhülsen jedes kalte Büfett.

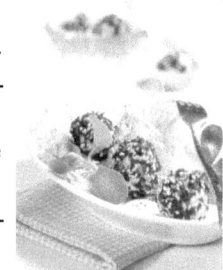

(Rezept verändert meinem Cranberrybuch entnommen)

Couscoussalat, kernig

200g Couscous	mit
1 großen Tomate,	fein gewürfelt, je
¼ Salatgurke/Zucchini	fein gewürfelt
10-15 dunkle Oliven	in Scheiben schneiden
½ Bd. Korianderkraut	waschen, Blättchen vom Stängel zupfen
2-3 EL Olivenöl	und dem Saft
½ Biozitrone	vermengen und drei

Stunden ziehen lassen. Für einen cremigen Geschmack kann ein Biojoghurt oder eine halbe Avocado eingerührt werden.

Kürbissuppe mit Cranberries und Fladenbrot

1 EL getr. Cranberries	in
2 EL kochend. Wasser	20 Min. ziehen lassen, abseihen, Flüssigkeit auffangen
2 EL Cranberries	grob hacken
400 g Kürbis	würfeln
2 Kartoffeln	und
50g Ingwer	schälen, fein würfeln
1 große Zwiebel	abziehen, würfeln, in
2 EL Süßrahmbutter	zusammen mit
1 TL Curry und	
1 TL Kurkuma	andünsten; Gemüse und
gehackte Cranberries	kurz mitdünsten;
750 ml Gemüsebrühe	angießen; Gemüse darin

weich kochen, fein pürieren; eingeweichte Cranberries in restlicher Butter kurz anbraten, aufgefangene Flüssigkeit zugeben und verkochen lassen; Beeren in die Suppe geben

1 Becher Biojogurt	unterziehen; Suppe noch mal erhitzen, mit
Meersalz & Cayenne	und etwas
Stevia oder Xylit	abschmecken; mit
Schnittlauchröllchen	bestreut servieren

Fürs Fladenbrot (Chapati)

500 g Vollkornmehl	in eine Schüssel geben, eine Mulde eindrücken
1 TL Salz	und
2 EL Olivenöl	hineingeben; allmählich
200ml warmes Wasser	einrühren; ca. 15 Min.

lang kneten, bis der Teig weich und elastisch ist; Kugel formen, in feuchtes Küchenhandtuch wickeln und mindestens 1 Stunde ruhen lassen. Den Teig in zwölf Portionen teilen, diese zu kleinen Kugeln formen; auf bemehltem Brett rund und dünn ausrollen. Nach dem Ausrollen nebeneinander legen und mit feuchtem Tuch bedecken, damit sie nicht austrocknen. Eine Pfanne fünf Minuten bei mittlerer Hitze erwärmen; Chapati hineinlegen, trocken backen, bis die Unterseite weiße Flecken und die Oberseite Blasen hat; wenden; backen, bis die Unterseite braune Flecken hat. Zwischen jedem Backvorgang angebranntes Mehl aus der Pfanne wischen. Die fertigen Chapatis in geschlossenem Topf aufbewahren, um das schnelle Auskühlen und Austrocknen zu verhindern. Am besten kurz vorm Servieren zubereiten. Wir können sie auch auf Vorrat einfrieren.

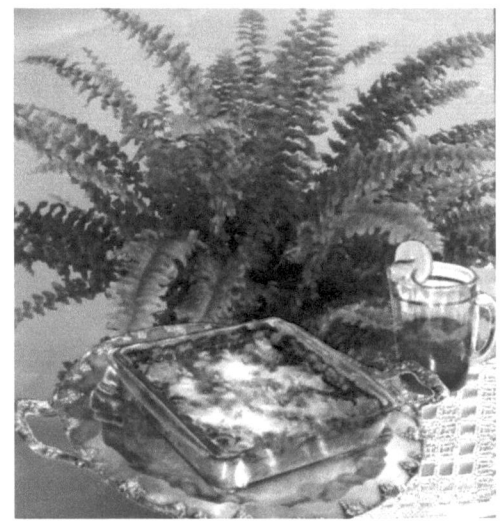

Papaya – Pep up (ersetzt probiotische Joghurts)

¼ Papaya,	
½ TL Spirulina (stimuliert die Darmflora),	
1 Kps. Cranberrypulver	(Inhalt) und
1 Tasse Reis/Sojamilch	ungesüßt, im Mixer verflüssigen und mit
3 Tropfen Stevia	süßen

Power-Drink für die Arterien

10 geschälte Mandeln,	
½ TL Apfelpektin	und
1 Beutel Cranberrypulver	(oder Kapsel) in
1 Glas kalten grünen Tee	in Blender oder Mixer verflüssigen
3 Tropfen Stevia	zum Süßen zugeben und verrühren

Süßer Karottenauflauf

4 Eigelb	mit
5 EL Sesam- oder Nussöl	schaumig schlagen
1 EL Spirulinamehl,	
3 - 4 große Karotten	schälen & raspeln
20-25 Datteln	klein schneiden

	und zufügen
1-2 Tasse gekochte Hirse	unterrühren
4-5 Eiweiß	steif schlagen und unterziehen. Mit
Stevia und Zimt	würzen, mit einigen
Minze-Blättchen	garnieren

In einer gefetteten Auflaufform bei 90° gut eineinhalb Stunden im Backofen backen.

Wir können den Auflauf statt mit Datteln auch mit herzhafteren Ingredienzen herstellen, z. B. mit Mais oder Mungobohnensprossen und mit Kräutersalz und Cayenne pikant abschmecken.

Das Rezept ist dem Buch *Spirulina, Überlebensnahrung für ein neues Zeitalter* entnommen.

Tajine mit Gemüse

2 große Zwiebeln	abziehen, achteln und mit
½ Tasse Wasser	in die Tajine geben, auf kleiner Flamme garen; in der Zwischenzeit
½ kg Kartoffeln	und
½ kg Gemüse	nach Wahl würfeln oder in Streifen schneiden und mit
3 EL Oliven	über die Zwiebeln schichten.

Karotten in Längsstreifen vierteln und wie ein Zelt übers Gemüse (Kürbis, Rote Beete, Zuchi-ni, Blumenkohl, Tomaten, Paprika etc.) legen. Evtl. ein Ei mit Schale oben daraufsetzen. Der Duft der Tajine sagt dir wenn sie gar ist.

Nachwort für noch nicht ganz Überzeugte

Wenn du diesen nicht ganz alltäglichen Bericht über unsere Marokkoreisen gelesen hast, magst du mich für etwas exotisch halten, um es milde auszudrücken. Denn, meine Themen haben mit früheren Leben, anderen Wahrnehmungssphären, mit Koinzidenzen oder prophetischen Träumen zu tun. Doch die *handfesteren Bereiche,* in denen ich mich an drei Akademien ausbilden ließ, konnten mich nicht von den kosmischen Gesetzmäßigkeiten abbringen. Ich habe von Kindesbeinen an erfahren, dass es außer der sichtbaren Welt noch andere Welten gibt und wie Kierkegaard gelernt: *Das Leben wird nach vorn gelebt, kann aber nur hinterher verstanden werden.*

Wir sind mit Vorlieben und Talenten zur Welt gekommen und nutzen sie besser beruflich. Dann bescheren uns diese persönlichen Fähigkeiten ein reiches und glückliches Leben. Öffne also die Schatzkiste deiner Gaben und bringe sie in die Welt! Mir ist das Motivieren meiner Zeitgenossen in die Wiege gelegt worden. Mein Wunsch ist, dass wir alle unserem inneren Heiler, Lehrer und Propheten vertrauen, da unser Planet dann bald ein besserer Platz zum Leben ist. Vieles im Buch mag dir unvorstellbar vorkommen, wie mir anfangs. Du hast das Privileg, alles glauben zu dürfen, aber nichts glauben zu müssen. Vielleicht hast du selbst schon die eine oder andere bestätigende Erfahrung machen können. Wenn du willst, kannst du mir darüber berichten, am besten per E-Mail: DrMarianneEMeyer @ gmail.com. Vielleicht sehen wir uns mal in Marokko oder *en route.* Bis dahin wünsche ich dir auf deinem Weg ins Licht alles Gute und immer strahlende Gesundheit.

Danksagungen

Jenen, denen ich am meisten Dank schulde, sind schon ins Licht gegangen. Meine Mutter Alwine Holschuh und mein Vater Ludwig kümmerten sich liebevoll um unsere Katzen. So konnten wir sorgenfrei reisen. Später übernahm das Elisabeth Fleischer. Danke Csöpi!

Dank allen Marokkoreisenden für die mir bekundeten Erfahrungen mit Land und Leuten. Sorry, bei einigen habe ich die Nachnamen nicht behalten. Ich danke jenen, die im Buch vorkommen und nicht noch mal hier erwähnt sind. Folgenden Personen gilt mein Dank für Rat, Tat, Literatur oder Fotos: Uschi & Jürgen Lenz, Karl & Loni Brugger, Gerti & Willi Wittner, Hedi & Rudi Müller, Susanne Würtz, Eva & Klaus Buttmann, Rita Staschel, Hans Grombach, Gabi & Reinhard Lüth, Rineke Hofman, Helga Evenhuiss, Ingrid Herrmann, Majid Motaib, Renate Daun-Motaib, Elmar Wabnegger, Monika & Gerhard Zinn, Edith Kohlbach und last but not least C-Peter Meyer.

Wahl der Stellplätze ~ Camper-Eigenheiten

Auf unseren bisherigen Reisen in die sonnigen Gefilde stellten wir fest, dass in einschlägigen Reiseführern angepriesene freie Stellplätze sich oft in Baustellen, Hotels oder mit Schranken versehene Parkplätze verwandelt haben. Deshalb raten wir allen frischgebackenen ortsfremden Mobilisten, die Augen immer offen zu halten. Oftmals verbergen sich die im Sonnen- oder Mondlicht glänzenden weißen Wägen hinter Klippen, Kaimauern, Koniferenbüschen oder Pinienwäldern.

In der Regel tauscht sich das fahrende Volk gern aus. Einige Camper haben keine Fernseher an Bord, und die Konversation ist eine willkommene Abwechslung. Besonders Neulinge erfragen besser, wenn sie sich zu einer Gruppe Weltenbummler hinzugesellen, gute Stellplätze, Entsorgungs- und Einkaufsmöglichkeiten sowie Wasserstellen. Jeder Ort hat an einem bestimmten Wochentag Markt. Die **Markttage** findest du in deutschsprachigen Zeitschriften an Kiosken in Spanien bzw. in Marokkoführern. Über Kultstätten *en route* können auch Camperkollegen oder die Büros der Touristeninformation anhand von Broschüren Auskunft geben. Wenn wir auf der Autobahn von Tanger nach Agadir anreisen, können wir getrost auf den Autobahnraststätten nächtigen. Sie werden alle bewacht. Allerdings empfiehlt sich das keinesfalls auf den französischen Raststätten. Da sind die Überfälle fast schon vorprogrammiert, sofern die Wohnmobile an den Türen ungenügend gesichert sind. Wir durften diesbezüglich in unseren früheren Reisejahren schon zweimal Lehrgeld bezahlen.

Einmal sind wir um ca. 3 Uhr morgens in Südfrankreich auf der Raststätte Catalan angekommen. Obwohl wir Sandy im Wohnmobil zum Bellen dabei hatten, brachen die Räuber ein und zerrten Peters Rucksack unter seinen Füßen weg. Besser ist es, Geld in der Schmutzwäsche zu verstecken. Wir hatten damals von João Escudos und spanische Pesetas im Wert von rund 1.500 Euro bzw. 3.000 DM dabei. Hätten wir damals schon den Euro gehabt, hätten wir gar nicht so viel Bargeld mitgeführt.

In jedem Fall ist es besser, sich kurz vor der Dämmerung in einem Wohngebiet oder an Kirchen und Friedhöfen ein ruhiges Plätzchen zum Übernachten zu suchen.

Alle *Zugvögel auf Rädern* bevorzugen je nach individuellen Bedürfnissen unterschiedliche Stellplätze. Einige suchen nach geeigneten Orten, wo ihre Hunde frei laufen können, andere wollen Leben um sich haben und bevorzugen die Stadtnähe. Inlineskater, wie Erhard und Gerhard, halten sich wie wir gern eine Zeit lang da auf, wo man gut rollt. Letzteren Chemnitzer trafen wir in Puerto Mazzaron. Er brachte uns einige seiner neuesten Fertigkeiten bei: Überkreuz, Slalom rückwärts, und während der Fahrt hochspringen

und in entgegengesetzter Richtung weiterfahren. Als wir an einem drahtigen Franzosen mit polierter Glatze vorbei skateten, fragte er Peter in ganz passablem Deutsch: Wie lange hast du gebraucht, um einigermaßen laufen zu können? Peter sagte, das ging ganz schnell, weil ich früher Schlittschuh lief. Ich mach das erst seit zwei Wochen. Der Ex-Handballnationalspieler sagte, ich bin schon 74, aber wenn du mich das nächste Mal siehst, habe ich auch solche Dinger.

Kein Wunder, dass Camper länger leben. Sie trauen sich mehr zu und tun, was ihnen Spaß macht. Gerhard war früher Tennislehrer. Er und Rudi, Ex-Manager bei Siemens, bevorzugen mitunter große Freiflächen mit fester Erde, wo sie mal ein Match miteinander riskieren können. Seit ich meinen Schläger mitführe, treffen wir Gerhard nicht mehr. Ich bin an Aufschlagtipps interessiert.

Einer meiner Lieblingsplätze war die *Playa de Percheles* in **Cañada de Gallego** an der Küste südlich von Cartagena, besser bekannt als *Schlangen-* oder *Hymerbucht*. Mittlerweile wurde den Campern ein 2,10 m hoher Riegel vor die begehrte Freizeitkolonie geschoben. Doch in der Nähe bieten sich weitere Stellplätze an. Die *Platte* nahe Taghazout wurde Anfang 2015 geschlossen. Am **Teufelsfelsen** konnten Freunde 2016 wieder stehen.

Tipps

Im **Reisehandbuch von Edith Kohlbach** sowie in ihrem **Campingführer** finden durch Marokko reisende Individualtouristen rasch alle wichtigen Routen und Plätze. Sie werden alle 3-4 Jahre neu aufgelegt. Die Michelin-Karte 742 dient dem Überblick.

Marokkanisches **Gemüse** ist besser und billiger, ebenso **Obst, Eier, Geflügel** und **Fisch**. **Wurst und Käse** sind weniger gut und teuer: gut gegen Gelenkschmerzen.

Wer auf **alkoholische Getränke**, wie Bier,

Wein und Spirituosen nicht verzichten will, sollte sich zu Hause bzw. auf der Strecke in Frankreich oder Spanien damit eindecken, denn sie sind in Marokko viel teurer. **Quellwasser in Flaschen** ist mittlerweile in Marokko genauso vielfältig und günstig wie bei uns.

Tierfutter ist sehr teuer in Marokko. Eine Kilodose kostet so viel wie ein ganzes Huhn.

Zweitaktöl, Benzin und Diesel ist in Marokko preiswerter als in Europa.

Solarpanelen sind bei uns günstiger.

Unsere **Reiseapotheke** enthält neben Pflaster und Verbandszeug *Colloidales Silber* (Micropur flüssig) gegen Infektionen, Übelkeit, Insektenstiche und zur Desinfektion. Wir können uns Silberionen selbst herstellen mit 2 Stäben aus 99,99% Silber, und eine 9-Volt-Batterie mit Clipanschluss (Kabel rot/schwarz). Obligatorisch sind **japanisches Heilöl, Kohletabletten** gegen Durchfall, jede Menge **Spirulina** bester Qualität. **Wund-** und **Brandsalbe** sowie **Cavit** zur Zahnfüllung runden den Schutz ab. Bei Darmproblemen (Durchfall/Verstopfung) hilft **Flohsamenschalenpulver**, bei Seekrankheit **Ingwer**; beides bietet *spiraverde.de* in bester Qualität. Prima gegen Alters- und Pigmentflecken wirkt die intensive Pflegecreme von *Sanatur* mit UVA- und UVB-Lichtschutzfilter. Bei Blasen- und Anti-Aging-Problemen helfen Cranberries oder *Blasen-Kraft*, OPC Plus, Green Kamut, Vitamin E und weitere Überlebensmittel von drhittich.com

Adressen

Marianne E. Meyer, Apto. 320, P-8801 Tavira
drmarianneemeyer @ gmail.com

ADAC-Stelle, Sigi Graetz **Tel.** 0528/84.37.52
E-Mail: adacsigi@gmx.net / Adresse siehe S. 30

Staatlich Marokkanisches **Fremdenverkehrsamt**
Graf-Adolf-Str. 59, 40210 Düsseldorf
Tel. 0211/ 37 05 51 - Fax 0211/ 37 40 48

Botschaft - Ambassade de la République fédérale d'Allemagne
7, Rue Zankat Madnine, Rabat
Tel. 00212/3/ 770 96 62 - Fax 00212/3/7 706851

Honorarkonsul
Consul Honoraire de la République féderale d'Allemagne
19, Rue Moussa Ibn Noussair, Agadir
Tel. 00212/4/ 484 10 25 - Fax 00212/4/484 0926

Botschaft
Niederwallstr. 39, 10117 Berlin
Tel. 030/ 2 06 12 40 - Fax 030/ 20 61 24 20

Generalkonsulate
Cecilienallee 14, 40474 Düsseldorf
Tel. 0211/ 45 10 41 - Fax 0211/ 43 98 29

Adickesallee 65, 60322 Frankfurt a. M.
Tel. 069/ 55 98 87 - Fax 069/ 5 97 55 35

Notruf-Tel. in Marokko **Polizei:** Tel. 19
Ambulanz: Tel. 15
Unfall außerhalb von Ortschaften Tel. 177

Literatur

Brunswick, Muriel. Kulturschock Marokko. Sept. 2002, ISBN: 3831711143

Därr, Erika und Astrid. Reise Know-How. Marokko vom Rif zum Anti-Atlas. 10. komplett aktualisierte Aufl., Bielefeld 2004

Kohlbach, Edith. Mobil reisen: Marokko, Stuttgart, 3. Auflage 2002.

Campingführer Marokko-Mauretanien 2013/14 Reisehandbuch Marokko: Marokko zum selbster"fahren" - Routen, GPS-Waypoints, Städte, Hotels, Camping, Insider-Tipps, 2007

In Tifnit standen wir 9 Tage bei Kaiserwetter. An Aglou Plage und Plage Blanche konnten wir auch frei stehen.

In diesem fesselnden spirituellen Roman nehmen wir an Mariannes aufregendem Leben auf vier Kontinenten teil. Dabei wird uns klar, dass wir alle miteinander verbunden sind und **Familien seit Generationen** ihr eigenes Wertesystem besitzen. Dieser Code der eigenen Regeln, Sprüche und Kommunikationsstile kommt auch zum Ausdruck, wenn die Familienangehörigen ohne sich zu kennen auf verschiedenen Kontinenten leben.

Das Buch stellt eine Brücke dar, die das Land der Lebenden und das Land der Toten verbindet. Es zeigt, dass es weder Schuld noch Zufall oder Glück gibt, sondern nur Ursache und Wirkung, die viele Jahrhunderte und Verkörperungen auseinanderliegen können. Glück, Pech und Zufall sind nur Begriffe für das noch nicht erkannte Gesetz. Das einzig Bleibende ist das die Welten Verbindende, der einzige Sinn des Lebens: die LIEBE.

Isabel Groß, eine der ersten Leserinnen, sagte: Das Buch gehört in jeden Haushalt. Bei Amazon kann der geneigte Leser mal reinlesen, aber für kosmische Pluspunkte besser beim lokalen Buchhändler bestellen.

ISBN: 978-3738643510 208 S. 17x22 cm €9,99

Warum können besonders ältere Menschen von Spirulina, der Nahrungsergänzung Nr. 1, profitieren? Bei rund 80 % der über Fünfzigjährigen schrumpfen allmählich die Muskeln. Letztere lechzen geradezu nach gut verdaulichem Eiweiß. Die basische Mikroalge enthält davon mehr als 60 %, dreimal mehr als tierische Produkte. Spirulina glänzt mit über 100 Vitaminen, Mineralien, Spurenelementen und ca. 1500 Enzymen, die für einen harmonischen Ablauf aller Aufgaben im Körper sorgen. Ohne diese Katalysatoren könnten wir weder denken noch atmen oder verdauen. Wenn wir ein methusalemisches Alter erreichen wollen, müssen wir dem Körper Nahrungsenzyme geben und die Körperabwehr stärken. Im Ankurbeln des Immunsystems und Vorbeugen sowie Heilen von Krankheiten ist Spirulina ein Meister.

Sie erfahren im 7., teils farbig illustrierten, Spirulinabuch der Bestsellerautorin, spannend und querlesefreundlich, wie, wann, wofür und wogegen Sie die Alge am besten nehmen, wie Sie sie selber züchten und aus ihr gesunde Leckereien zaubern können.

ISBN: 978-3738626629 104 S. 17x22cm €7,99